在路上

李一鸣◎著

天津出版传媒集团
百花文艺出版社

图书在版编目（CIP）数据

在路上 / 李一鸣著. -- 天津：百花文艺出版社，2022.8
ISBN 978-7-5306-8343-9

Ⅰ. ①在… Ⅱ. ①李… Ⅲ. ①散文集-中国-当代 Ⅳ. ①I267

中国版本图书馆 CIP 数据核字(2022)第 111592 号

在路上
ZAI LUSHANG
李一鸣 著

出 版 人：薛印胜
选题策划：薛印胜　王　燕　**责任编辑：**王　燕
封面设计：彭　泽
出版发行：百花文艺出版社
地址：天津市和平区西康路 35 号　**邮编：**300051
电话传真：+86-22-23332651（发行部）
+86-22-23332656（总编室）
+86-22-23332478（邮购部）
网址：http://www.baihuawenyi.com
印刷：天津新华印务有限公司
开本：880 毫米×1230 毫米　1/32
字数：150 千字
印张：8.75
版次：2022 年 8 月第 1 版
印次：2022 年 8 月第 1 次印刷
定价：58.00元

如有印装质量问题，请与天津新华印务有限公司联系调换
地址：天津东丽开发区五经路 23 号
电话：(022)58160306　邮编：300300

自序

那些年、那些人、那些地、那些事……

写下这些具有回溯感的语词，心中顿时生发出“鬓已星星也”的喟叹。

三十六年前，那个短发寸头、意气风发的大学生，还未踏上社会，人生之路就突遭变故，原已确定留校的他，第二天将不得不服从命运的安排，告别校园，回归故土。空怀一腔四海志，那天下午他心情黯淡，神不守舍地走出校门，恍恍惚惚地乘上一辆刚刚到站的公交车，上了车，竟不知去往何处，一片茫然中看线路图，突然想到“八一立交桥”站附近的《当代小说》杂志社。一个月前投去的一组散文稿件怎样了？于是决定去探探。那是一九八〇年代，文学的一个黄金时代，一家刊物每天收到的稿件能装好几麻袋，他那几千个密密麻麻稚拙的字在如山的来稿中，无异于不起眼的一群小蚂蚁，谁会注意到呢。推开编辑部那扇淡黄色的门，他突然觉出了唐突，进而感到忐忑和虚弱。他硬着头皮，嗫嗫嚅嚅，向门口左边第一张桌子后一位编辑张开了口：“老师，我是山师……”一张戴着眼镜的脸从高高的纸堆深处亮出来。

多年后，回想起当时的情景，他还会怦然心动。“眼镜”编辑听了他的自我介绍和作品题目，一下子站起来，向他伸出手：“太好了！我正要找你！”“眼镜”把他领到编辑部的阳台上，轻轻合上门，转过身来朗声说道：“你的散文写得好！三篇作品我都看了，很有味道！”那时，一缕夕阳从西窗射进来，“眼镜”头上几根纯白的发从满头黑发中独立出来，直直翘着，在光尘里散发出剔透的银光。他的心脏怦怦直跳，有点气喘，脸开始发烧，不知说什么好，咽了一口唾沫，话脱口而出，却是：“老师，哪一篇能发表？”“眼镜”哈哈大笑了两声，拍了拍他肩膀，说：“三篇都发！”

从此，“眼镜”，他的散文处女作的编辑，《当代小说》“诗与散文”副刊的编辑部主任，后来又成为杂志副主编、主编的傅树生，成为他写作的引路人。那天，当他像做梦一样飘下杂志社所在的大楼，挤上公交车的一瞬间，他的心一下子落定了，在嘈杂喧腾的车厢里，心中却有说不出的安宁和淡定。

“我的人留不到济南，我的名字会在济南流传！”

当他坐着回返老家的长途汽车驶出济南市界的时候，一个声音在心里呐喊。

各位看官，原谅这青春的狂言吧，谁没有年轻的时候呢。

这么多年过去了，我还记得那天下午的所有细节，常常惊异于偶然的一个念头对于一个人一生的影响。人生固然总体来看是一个必然的轨迹，但那必然又寓于许多个偶然之中。那天，如果，如果没因偶起的念头去《当代小说》编辑部，或许我就从此沉落凡尘，与文学无缘。

至今，我依然钟爱着散文，滨州、烟台、京华，不管工作如何忙累，生活多么繁杂，我还会拿起笔、摊开纸，或是打开电脑、手机，在飞机上、在高铁上，甚至在饭桌上，捕捉脑际的一个闪念、情感的一次冲动、突然的一种悟觉，记录下对自然的感悟、对人生的思考、对世界的体察。只有面对内心，让笔管与血管相接，使情感从眉头落到笔头，把感念从心上流到纸上，这才感到充实。我曾说过，文学是我的存在方式，我的命。这在别人听来，或许矫情；自己的才情、智慧，与之似乎也不配。但信念和目标，谁说没有距离？这距离甚至有一生那么长。

这些年，我拉拉杂杂写了几百篇作品，但一直懒于梳理，总觉没有几篇满意的，更缺乏集中起来“示众”的信心。“示众”有时就是“审丑”的代名词，故而就任其散落在那里。感谢王燕女士，如果没有她的恳切鼓励，也就没有这本小书的诞生。

《在路上》，是我一篇散文的标题。王燕女士建议以此作为书名，一个点拨，唤醒了我。“在路上”，何尝不是走在大地上的一代又一代青年甚至人类的一种精神意向？中国现当代知识分子“在路上”的征途，充满艰辛，也充满希望，充满愿景。为了寻求真理，他们艰难远行。为国为民的理想，使他们心中充盈无畏的使命和庄严的责任；求学求变的目标，使他们的步伐轻快而坚定。告别封闭的乡村，扑向开放的大城；摆脱保守的枷锁，跃上自由的天地；挥别贫瘠的生活，奔向富足的梦想……这一切皆令人心旌摇荡。但是，当初，他们或许没有意识到，这条路途也是精神的“逆旅”、人生的“苦旅”。外边的世界，有温暖，也有冷漠；通往未来的路，有坦途，更有沟壑。他们常常陷入精神的困顿、思想的困惑、生活的困窘、理想的困境。喜与哀、乐与忧、欢与悲、合与离……万千情绪，顺境与逆境、成功与失败、挫折与奋起、迷惘与求索……几多经历。这一切，一经投入诗与思的熔炉，便有了结晶为文学美玉的可能。

选入这部文集的作品，大致是“在路上”的三条线。第一条是成长线，既有我从读小学、初中、高中，到读大学、读博士的求学之路，也有从恋爱、结婚、生子到送子上学的生活之旅。第二条是社会线，叙写曾经走过的地、遇到的人、经历的事和从中的感悟。第三条是文化线，从一处景观、一种风俗、一个事件中，发现一段历史，寻求一种价值，塑造一种精神，在对历史的追忆、对人事的书写、对文化符号的探寻中，展开价值评量和批判重构。

对于散文写作，我一直认为，它应是作者自由的而不是桎梏的，个体的而不是群体的，真实的而不是虚假的，关注生命的而不是见物不见人的，审美的而不是功利的对于世界的把握、体验和垂询。相比其他文体，散文写作是作者个体生命经验最直接、自如、自由的诉诸与表达。它不仅饱含作者对自然界、人类社会等客体世界的深刻体验与揭示，更是作者心灵的真实“自传”。如果将小说比作博尔赫斯笔下的“小径交叉的树林”，把诗歌比作“三千年前，引人惊叹的闪电”，那么，散文则更接近于人类面对大地的心灵倾诉。

我推崇“有我”“主真”“由自”的散文。“有我”，是散文文体内在的特质。周作人强调散文要“言自己之志”“以自己表现为主体”；李素伯认为散文特质在于“作者最真实的自我表现与生命力的发挥，有着作者内心的独特的体相”。写作中追求“有我”，就要求散文写作要杜绝公共体验、公共语言，抒写个人性、特质性、创造性经验。“主真”，是散文的文体伦理，是长期以来散文读者和作者之间达成的一种默契。狄德罗说，“任何东西敌不过真实”;维特根斯坦也指出,“关于写作,你不可能写出比你自己更真实的东西”。散文写真实,就要警惕陷入虚无、虚假、虚伪,描绘真的客观世界,表达真的生命体验。当然,主真并不意味着拒绝时代的新变和散文创作手法上的多元创造。“由自”则是散文的超迈所在。胡适曾说,“自由, 在中国古文里的意思是‘由于自己’,就是不由于外力,是‘自己作主’”。“由自”,意味着散文作家应秉持独立品格,通过自由内质的呈现和自在外形的创设,在心绪无拘的流淌中,获取世俗意义的暂停,抵达对世界抑或内在精神结构的审视和警醒,回答有关人类的大问题。

笔力不至,而心向往之。

且再上路!

李一鸣

2022年6月27日

目录

第一辑　那些人

第二辑　那些年

第三辑　那些地

第四辑　那些事

第一辑

那些人

远眺华不注

济南北，历城界，黄河南，一山奇崛，名曰华不注。

尽管我在济南度过几年大学时光，很惭愧，对华不注知之甚晚。甚至在毕业那年听孔孚老师讲课之前，未之闻也。

那天下午，师大中文系名家讲堂开讲，讲座人：孔孚。

正是夏天，阳光透过悬窗，满室可见光中的细尘。先生仙风道骨，左手挥写板书如行云流水，右袖空空如也，那份洒脱与从容，至今铭怀。

那次讲座中，先生用曲阜乡音吟诵了他的几首诗，深远渺然。其中最得意的一首是《飞雪中远眺华不注》：

它是孤独的
在铅色的穹庐之下
几十亿年
仍是一个骨朵
雪落着
看！
它在使劲开

华不注，山名取自《诗经·小雅·棠棣》，诗曰："棠棣之华，鄂不韡韡。""华"同"花"，"鄂不"即"萼跗"，亦即花蒂。山名"华不注"，俗名花骨朵。

多年以来，每每忆起那首短诗，就为先生的诗意奇思讶然，宏旷的时间，苍远的空间，尽在寥寥数笔之间。铅色穹庐大雪纷落的背景中，华不注山就像一个含苞的花骨朵，它在使劲开。巨大的动感与画面感扑面而来，逶迤跌宕。华不注，一个天地间经年的花骨朵，第一次开放在心神之内。而先生赋予此山"孤独"的蕴意、"使劲开"的意象，或正于隐秘间道出华不注的精神指向。

记得刘大櫆曾言："神远而含藏不尽则简。"这样的简，无疑是一种诗文之化境，而孔孚先生的华不注诗，不正是深得此简之妙处？那是简约之丰腴、至简之尽境。

是的，那山是孤独的。它曾经开放过、灿烂过。

北魏·郦道元的《水经注》对它曾不吝赞美："单椒秀泽，不连丘陵以自高；虎牙桀立，孤峰特拔以刺天。青岸翠发，望同点黛。"可以想见，在华北平原的广阔旷野中，视野所及，一马平川。蓦地，视线被一崭绝孤峙的存在所挡，一座孤峰拔地而起，如一支青椒向天，似一颗虎牙凌霄，若一弯翠黛蹙聚，这才引得年轻的地理学家惊叹赞美，诉诸笔端。

那年，李太白器宇轩昂，飘然而至齐鲁，别后留下名篇《昔我游齐都》："昔我游齐都，登华不注峰。兹山何秀俊，绿翠如芙蓉。萧飒古仙人，了知是赤松。借予一白鹿，自挟两青龙。含笑凌倒景，欣然愿相从。"诗仙酣游山东一回，华不注怎样的场景激起了诗人的浪漫诗思？骑白鹿，挟青龙，够奇幻，够威风。

李太白的神思自是苍龙入穹无从追证，留下的华不注诗却因而有了仙意奇思。被赋予灵魂的华不注不仅化入诗词经典，而且进入了名画宝藏。

台北故宫博物院有一幅赵孟頫的《鹊华秋色图》。打开卷幅，但见画面一片辽阔的绚烂：树木繁盛，房舍掩映，河流蜿蜒，渔舟往复。在远处，再远处，更高处，有两山遥相对应，左山方圆，右峰高耸，分外醒目。整幅画作为金黄色笼盖，景物则高低错落、疏密有致，用笔则书画相长、枯润相契。细品此画，洋溢着高逸名士之风，散逸文人之气，好山好水、半渔半樵的隐逸之心呼之欲出。

画中之山是何方名山？且看赵孟頫的题跋：

“公谨父齐人也，余通守齐州，罢官归来，为公谨说齐之山川，独华不注最知名，见于左氏，而其状又峻峭特立，有足奇者，乃为作此图。其东则鹊山也。命之曰鹊华秋色云。”

原来赵孟頫仕元后，曾任同知济南路总管府事三年有余。跋中齐州即济南历城也。他罢官回到故乡浙江湖州后，欣逢祖籍济南的老友、词人周密（字公谨），禁不住向他叙说济南山水之奇。而周密一生并未到过济南，却对祖籍充满深情，竟自号为华不注山人，足见其情志。赵孟頫的介绍更加激起周密对故里的向往，敦请赵孟頫作画一抒心怀，于是便有了这幅名画的诞生。画中左山是鹊山，右手那座平地而起、奇绝峻拔者，即华不注。“云雾润蒸华不注，波涛声震大明湖。”想来华不注不仅入画，而且伴着历城三年多的记忆，也常常入赵孟頫的梦吧。

去年夏天，因一机缘回到济南。

车过历城，得以于多年后远眺华不注。浩浩平原之上，华不注峰孤峻秀，一派昂然大气。据考证，汉代中期，黄河改道由利津一带入海，造成支流灌注，济水泛滥，华不注周围形成湖泊。至唐称莲水湖，其时稻溪回还，芦荡轻摇，水村渔舍，仿若江南，远望华不注，恰如水中含苞欲放的一枝荷花。到了金代，元好问曾到济南一咏华不注："华山正是碧芙蕖，湖水湖光玉不如。"可见山湖相映之美。元中期，王恽客居济南，留给后世一篇《游华不注记》，文中描绘了华不注一带的山水盛景。至明朝，亢思谦写《续游华不注峰记》时，欲抵山下已须舍舟而乘车。到了清代，全祖望游华不注，周围已是莽然田舍。后康有为来登华不注，大赞"南京钟山紫金峰，北京翠微山、煤山，扬州的七星山，苏州的横山……然山水之美皆不如华不注也"，但华不注周围早已不复昔日山光水色，"含笑凌倒景"的情景只能在古诗中寻找！

沧海桑田，岁月悠悠，华不注兀兀独立。

华不注是"忠文化"的见证者。《左传》记载，鲁成公二年，齐晋两国交战，齐顷公亲率大军在"鞍"与晋军决战。齐顷公自信满满，声称"灭此而朝食"，甚至未给战马披挂铠甲就参战。结果，"齐师败绩"，齐顷公被晋军追逼，"三周华不注"。危急关头，大臣逄丑父果断与之更衣换位，并佯命其到山脚的华泉取水，齐顷公方免罹难。以此，丑父冒着生命危险忠心救主的事迹载入典籍。以致名列唐宋八大家的大文学家曾巩来游时，挥就一首《华不注山》："高标特起青云近，壮士三周战气酣。丑父遗忠无处问，空余一掬野泉甘。"为丑父事迹不被彰显而愤愤不平。而清代赵执信来到华不注，也深深缅怀丑父之人格："欲寻丑父易位处，华泉之水今独清。"

华不注山下，也曾掩埋着另一个高贵的灵魂。

元邵显祖《重修费公闵子祠记》中记载，闵子骞最早葬于华不注山下。如果说逄丑父树立了忠的典范，闵子骞则书写了孝的传说。

小时候，就常常听妈妈讲起鞭打芦花的故事。闵子骞十岁时，母亲去世，其父续弦。继母冬天做冬衣，给自己亲生的儿子棉衣絮的是棉花，给闵子骞冬衣里装的是芦花，棉花看着薄其实暖，芦花貌似厚却难挡寒。某日，子骞和弟弟随父乘车出门探亲，途中突然风雪大作，弟弟眉开眼笑赏景为乐，子骞则蜷坐一团瑟瑟发抖。其父疑其作状，恨其不争，怒用鞭打，袄烂花飞，其父这才明了真相，立即赶车返家，愤然休妻。子骞跪求父亲："母在一子寒，母去三子单。留下高堂母，全家得团圆。"小时听完故事，一是恨骞父糊涂粗暴，二是担忧自己以后万一有了继母的命运，而对闵子骞的行为很不理解。如今思之，与其说闵子骞因孝道而闻名，毋宁说是他的宽厚与善良感动了世人。

这一忠一孝，让这座山有了人的温度。

岁月如风斯年远去，华不注不语，默默矗立在齐鲁大地的烈阳里。

其实，山水最终是活在文化里，活在人的情感里。

我的心中，正扬起一场大雪，雪中的华不注，苍然盛放。

忆江南·过无锡

一

一座城，泊在阔大摇荡的水中。

三十三年前，那时还很年轻的我，曾在丽娃河畔华东师范大学度过了一个绿意葳蕤的夏天。丽娃河的宽博超出想象，河水缓缓地不易觉察地流淌，盛大的河水漫溢到两岸的垂柳下、草丛中。记忆里仿佛总有一层岚霭笼罩其上，河面隐闪波光。早晨、正午或黄昏，我常常独自漫步河边，蓊蓊郁郁的树冠深处，传出鸟的叫声，叽叽喳喳，啾啾，咕咕咕，吱吱吱……有的像窃窃私语，有的如高声喧哗，有的遥相呼应似深情对话，有的你高我低像激烈争辩，时或响起一片哗笑声，树下晃动起斑驳的树影。倏然，一声粗壮惊心的鸟叫，继而便见一只大鸟从浓密枝叶中腾出，扑棱棱飞向河的对岸，黑白相间的羽翼在晨光中如巨扇展开，行过处投下移动的一团黑影，异乎寻常的长长尾巴如两柄交合的利剑，嗖的没入草丛中。

常常沉浸于沉思或倾听，丽娃河记下我青春的心事。

关于丽娃河名字的由来，说法不一。一说二十世纪二十年代初，西班牙侨民何塞马利奥·费尔南德斯在上海郊野选购了这块土地,主要是看中穿越其间的这条河流,他在这里建造了上海开埠后第一座度假村,并将之取名为Rio Rita,音译为“丽娃栗妲”,意译便是“丽娃河”。另一种说法是,这个度假村后来成为白俄流亡贵族古鲁勒夫人的私人花园,彼时美国影片《丽娃栗妲》正在上海放映,主人遂以“丽娃栗妲”为花园命名,河也随之得名。还有一种传说则凄美得多,说古鲁勒夫人有个漂亮女儿丽娃,爱上一位中国青年,夫人嫌弃小伙子的清贫落拓,故而横加阻拦,没想到在一个春天的雨夜,绝望的丽娃一跃投身这条河,为了纪念这位美丽少女,民间便以她的名字为河命名。对于这个故事,我抱以怀疑,总觉是后人的附会,但又宁愿相信它是真的,这个故事赋予河流爱情的和文学的感伤滋味。

丽娃河一向为华师学子认作青春之河、爱情之河。“夏雨诗社”社长宋琳毕业后去了法国巴黎,他在给友人的信中曾深切怀念这条河:“如果这世上真有所谓天堂的话, 那就是师大丽娃河边的一草一木,一沙一石。”文化学者李劼也对它情有独钟:“在我离开学校之前,几乎天天早晨跑到河边对着河水,坐在河岸边的草地上静心,打坐,谈人生。”他的长篇小说《丽娃河》,充满对大学生活的回忆,寄托了浪漫的青春梦想。现在想来,三十三年前,茅盾文学奖得主李洱已告别丽娃河去了中原,格非业已留在它身旁,文学评论家杨扬刚刚读完硕士研究生,作家毛尖正在奔向它的路上。可惜当时我不认识他们,当然他们也没有后来的盛名。

我进修的内容与文学相距甚远, 有时间我就参加校方和大学生自发组织的活动。在一个演讲会上,大学生们意气昂扬,声言重估历史事件和历史人物, 慷慨陈词论说解决中国政治、经济、社会改革问题，群情激昂，空气像被燃烧了一样，那时，我的脑际不由闪过电影里“五四”青年学子的镜头。在中文系的一个座谈会上，满耳听到的是弗洛伊德、卡夫卡、博尔赫斯、卡尔维诺等名字，记得一个长发搭肩、留着小胡子、穿着草绿色上衣的男生，胳膊有力地一次一次挥动，声音高拔尖细，口里不时蹦出象征主义、未来主义、达达主义、超现实主义、抽象派、荒诞派等名词。我还参加了在大礼堂举行的一个报告会。那年第二届亚洲大专辩论会在新加坡举行，辩题是《儒家思想可以抵御西方歪风》，复旦大学队在与台湾大学队辩论中夺冠，获胜归来的4名队员被邀请到华师作报告，他们畅谈辩论会盛况，纵论改革开放与国人精神的重建、教育改革与发展、大学生的责任与使命。他们激情四溢，豪情万丈，大礼堂里座无虚席，走廊上满满当当全是人。还记得我循着一张海报的指引，旁听了中文系一个博士论文答辩会，参加答辩的是王智量教授指导的两个博士研究生，一位面部黝黑、身体敦实壮硕，另一位则面庞白皙，文静纤弱。壮硕博士的论文是关于托尔斯泰的研究，纤弱博士研究的则是屠格涅夫。壮硕的声音醇厚而洪亮，让人想到一头活力四射的犍牛；纤弱的状态绵软，嗫嗫嚅嚅，令人想到一只温驯的小兔。有那么一瞬间，恍惚中我把他俩当成了托尔斯泰和屠格涅夫本尊。他们的答辩词中，不时闪出“革命”“改革”等语词。答辩委员会依稀有7个人，除了王智量教授，另外只记得其中大名鼎鼎的作家王西彦、青年才俊王晓明。后来得知他俩是父子关系，心中暗自惊诧，感叹不已。那时的王晓明还是三十岁出头，初出茅庐，透着青涩，如今算来，这位著作等身的知名学者已是66岁了。

进修班结业后，我便兴致盎然，决意一览南方盛景。于是便见到那座城。

二

我先是从上海坐火车到了杭州，马不停蹄围着西湖乱逛，走苏堤，赏风荷，柳浪闻莺，花港观鱼，仰观双峰插云，远望雷峰夕照，聆听南屏晚钟，遥想平湖秋月、三潭印月、断桥残雪……

那时游西湖的人似乎不多，第二天中午在西湖边一个简易的小饭馆，我点了一道西湖醋鱼。我的故乡是平原，一年难得吃到一次鱼，记得小时候，有从渤海边或是小清河畔来的人，骑着笨重的自行车，车后座上嵌着两个高耸的柳编鱼篓，村人们提着粮食排着队去换鱼。妈妈曾经用一筐地瓜换来几条小鱼，第一次吃鱼，香得不行，鱼刺都嚼碎咽了下去。后来上了大学，食堂里也难得见到几回鱼，即便有，也缘于囊中羞涩，望鱼忘语。在丽娃河畔食堂吃过几次鱼，那大概是鲅鱼吧，鱼肉很厚实，略有些硬，没有细刺。吃完鱼肉后，往那残羹冷炙中，添上几勺免费的酱油、醋和盐（那时食堂免费提供，不知现在还有否），再冲上半瓷缸开水，顿觉是天下少有的美味。而西湖醋鱼口感颇为独特，夹一块入口，一阵酸意袭来，细细咀嚼，那鱼肉又有一丝丝咸、一丝丝甜、一丝丝鲜。西湖醋鱼号称酸不倒牙、甜不腻口、咸不齁人、鲜不发腥，果然！还记得正午的环湖路上一辆车也没有，一个黄发碧眼的外国青年脚蹬滑板车，飞一样划过眼前，他灰色的衣襟鼓荡起来，向后扬起，过了好一会儿，滑板车与柏油路摩擦发出的哗哗哗的声响仍悠远传来。

向晚时分，我乘公共汽车到了苏州，住到铁道医学院附近一个旅馆。一个客房四张床，那晚住了我们两个人，同舍的似乎是个中年人，高、瘦、黄、皱，头戴一顶苇笠，一句话也没说，只是看了我一眼，点了点头。他睡得很早，第二天一早就不见了人影。我爬起床，按计划去留园、虎丘、拙政园等处游逛。

一进留园大门，与我想象中的应是一个大广场不同，硬是直接走进一个相当狭长、曲曲折折的胡同。过道尽头掩映着一个圆形的洞门，远山近水，花红柳绿，若隐若现，确也别有风韵。回廊复折，左右两侧墙上，嵌着一个又一个方形的、圆形的、菱形的漏窗，就如一帧帧画框，摄取了园林中的绿竹、青石、风亭、月榭，令人陡增对园林深广幽静的想象。小院深深深几许，树梢上隐见楼舍精美炫丽的飞檐一角，转过一片树林，拐过五颜六色、花团锦簇的一个花圃，穿过幽僻小巧的天井，豁然开朗便面对了一方安静的湖水，湖面上由近及远铺展着浑圆翠绿的荷叶，东、西、南、北，这里，那里，正有一个、两个、三个、五个、十个含苞欲放的蓓蕾，从荷叶中挺出嫩红的面庞。思忖这留园的布局，恰合了藏露相衬、疏密相间、虚实相合、旷奥相契的中国古典园林哲学，所谓补而不满、隔而不绝、界而未界之妙，于此可窥一斑。

虎丘盛景在剑池。传说虎丘曾是海湾中一座小岛，随海潮涨落时隐时现，所以被称为海涌山。大海何在？如今唯在诗中：“海当亭两面，山在寺中心。”“宝刹近城郭，峰从海涌来。”而海涌山之改名虎丘，乃来自《史记》的记载，“吴王阖闾葬于此”，传说阖闾在此下葬后第三日，人们惊见“白虎蹲其上”，故将这里更名为虎丘。海已不见，剑池犹在。剑池之神秘，在于传说阖闾墓的开口就在这里。沿着山路上行，路的尽头就是著名的千人石。石平如砥，坐一千人虽有夸张，但也够广阔。站在石上北望，但见“虎丘剑池”四个大字浑厚遒劲。进入书有“别有洞天”的圆门，一股寒气扑面而来，仿佛霹雳破地，裂透千仞，一池绿水兀自深沉。那池子颇为狭长，一方长方形池子的那端陡然收窄过去，整体形成一柄宝剑的形状。洞外的阳光斜射水面，剑池泛起凛冽的寒光。面对洞壁上“风壑云泉”四个沉着遒劲的蓝色大字，我仿佛听到来自2500年前的海啸风声。

赶到拙政园时，天已暗了下来。我请摆摊的摄影师给我在公园门口照了一张相，便匆匆离去，赶往下一个城市——无锡。

无锡，泊在阔大摇荡的水中。

三

我之所以称无锡在水中，是因为在我心目里，无锡其实是摇荡在汪汪洋洋的大海中。当然在理智上，我明白，那里并没有海，只有湖。

三十多年过去了。

带着当年这座城市留给我的美好印象，这次借“五一”假期，我和爱人，还有正在读研的侄子，风尘仆仆从京华来到无锡。过了知天命的年纪了，故地重游，为的是追寻和捡拾一点青春的记忆。

记得那次旅行结束时，回顾一程风景，我曾生发感慨：江南于我，上海是一条河，杭州不过是一座湖，苏州乃是繁华市井幽僻处一个精致的小园子，而无锡却是自然山林中的大景致：鼋头渚是“海”边的岛，蠡园周边是望不到岸的“海”，寄畅园活在青山静默的目光和淙淙泉水中，而梅园则是面对茫茫太湖的一个繁花似锦的大天台……

城当然不复当年的城池。那时候我是乘坐长途汽车咣当咣当赶来的，风尘仆仆从车站步行着去找旅店，正是傍晚时分，暮色笼罩长街，青石板路浮动着一层似有若无的红光，街上没有几个行人，走过几座小桥，横望过去，只见高高低低拥拥挤挤的白墙黛瓦人家枕河而居，错错落落的灯光照着缓缓流淌的河水，乌篷船的轮廓依然可见，驳岸上的光点闪闪烁烁，探入水中的阶梯明明暗暗……在临街的那家饭馆，就着一碗榨菜肉丝汤，我一连吞下三碗米饭，对于一个北方小伙子来说，那碗确实太小了，而榨菜做汤也是平生第一次见到，头一回品尝。

而这次，我们是以每小时350公里的速度乘高铁而来，入城的路线已是全然陌生，满眼是绿，是车水马龙，是高楼大厦直冲霄汉。下榻宾馆后，马上查城市地图，求助百度，询问服务生。可是，三十年河东，三十年河西，昔日的小街是哪条路都已认不清，当年的饭馆更是无从寻找，就如我的青春，再也不能归来。

我们去了鼋头渚，登上半岛，依旧的烟波浩渺，依旧的帆影点点，依旧的绿色欲滴，不同之处在于园林愈大，植物愈多，景观愈富华，韵味愈典雅。听说鼋头渚近年开辟了樱花谷，种植了100多个品种3万多株樱花树，想那阳春时节，漫山遍野，堆云叠雪，高坡深谷，霞光散射；风来时，花海浮动，落英缤纷，人游其中，岂不快哉！正如郭沫若所言，太湖绝佳处，毕竟鼋头渚。只可惜“五一”暮春时节，花季已过，在这赏樱胜地、樱花天堂，唯余满树摇苍翠，芳菲早已逐逝波……蠡园、梅园、寄畅园，一路游去，都觉似曾相识，却又绝非当年景色。是景改了，还是人变了？物是，人在，只是时光，时光这无赖，摇落了花，摇老了树，摇走了人的青春，最终改变了这个世界。

四

黄埠墩坐落于无锡京杭大运河河心，远望是一个被绿色环绕和覆盖的椭圆形小孤岛，仅有200多平方米。导游说小岛不小，赫赫有名。原来历史上夫差、康熙、乾隆“三帝”，春申君和文天祥“两相”，海瑞“一青天”，都登临过黄埠墩，从而为它赢得不俗的名声。

夫差，就是葬于虎丘的那位吴王阖闾之子。据说当年他率兵北上伐齐时，为提振士气，曾在墩上大宴群臣。当初吴越之战，阖闾受伤而亡，夫差立志报仇，一度大败越军。而越王勾践为保存有生力量，采纳范蠡之计，表面称臣乞和，却不忘雪耻，卧薪尝胆，暗地里厉兵秣马，正是利用夫差北上争霸、国内空虚之机，一举攻入吴国，杀死吴太子，奠定取胜基础，并最终灭了吴国。夫差这个战乱分子，正如子贡所评，为人凶猛，性情暴烈，连年发动战争，群臣不堪忍受，士卒不忍其苦，造成民怨沸腾。尤其是他刚愎自用，轻信谗言，不听劝谏，甚至杀死了智慧过人的伍子胥，最终落得人亡政息的下场。如今想起他在黄埠墩上得意扬扬，与群臣吆五喝六的场面，不啻是一场笑谈。与其说黄埠墩因他扬名，毋宁说是他污损了黄埠墩的名声，无辜的黄埠墩，为其蒙羞。

康熙和乾隆曾分别有过六次南巡，每一次南巡都到黄埠墩上做过短暂停留。康熙第一次登上黄埠墩时，正是深夜，岛上高挂的红灯笼，透过垂柳，映照着静静呼吸的大运河，远处隐隐传来清脆而悠长的磬音。康熙若有所思，提笔写下“兰若”二字。“兰若”是佛教用语，意为“寂静处”。乾隆来时，不仅赞誉黄埠墩“遥观波影涌蓬莱”，还留下“梁溪溯远练，惠山濯翠螺”的诗句，对于这位动辄写诗抒怀，一生写过四万多首诗的皇帝诗人来说，这也算是诗中佳联了。回朝后，他下旨在昆明湖按照黄埠墩形制建造了“凤凰墩”。可见黄埠墩在这两位帝王心中留下了深刻印象。至于提到两人南巡时劳民伤财、挥霍奢靡的行径，联想到康乾年间，英国已经爆发资产阶级革命，成立了共和国，通过《权利法案》限制王权，设立银行和股票交易所促进国家发展，心中不免顿生不平之气，不说也罢。

至于楚国春申君黄歇曾在这一带疏治水利，黄埠墩由此得名，海瑞曾为岛上环翠楼题写“玩山临水第一楼”之匾，都算不上什么了不起的大事。在我看来，黄埠墩的大气象，在于顶天立地的文天祥。

端严正大的“正气楼”才是黄埠墩高昂的头颅。

五

文天祥一生三次过无锡，其中两度经过黄埠墩。

第一次过无锡，他正是风华正茂、意气风发的年华。这位18

岁获得乡试第一，20岁中选贡士的青年才俊，乘舟前往临安应试，路过无锡时，住在前朝宰相李纲曾隐居读书的梁溪居。李纲在金兵入侵汴京时，力主抗金迎战，带领军民殊死作战，最终击退金兵，保全了首都，但不久就遭投降派诬陷排斥。后来他一度被起用为相，整顿朝纲，革新内政，可是仅仅77天即遭罢免，空怀满腹治国之志，不得不隐居祖籍故里。夜宿梁溪居，文天祥定然会想到李纲这位民族英雄。他从李纲的人生经历中悟到了什么？“君子进而在朝，则行其道；退而在野，则乐其志。”此时的文天祥尚未入仕，他怎能预知未来等待自己的是怎样的跌宕或辉煌？

就在那次古代文人的终极考试中，文天祥以“法天不息”为题对策集英殿。万字文章，不打草稿，一挥而就，文天祥在601名进士中脱颖而出，被钦定为状元，从此踏上了惊涛骇浪、沉浮不定的人生之旅。

文天祥第二次过无锡时，南宋已是危在旦夕。元将伯颜率二十万大军南下，气吞万里，来势汹汹，朝廷竣急诏令天下勤王。文天祥闻讯而动，倾尽家财作军资，集结起一万多人队伍，毅然决然北上增援。穿过无锡，在常州与劲敌遭遇，血战两日，部将麻士龙战死疆场，朱华部尸横沟壑，尹玉率残余士兵五百人拼了整整一夜，侵晨时全军覆没。“若使无人折狂虏，东南哪个是男儿。”黄埠墩见证了一代英雄肝胆皆冰雪的心迹！

文天祥最后一次过无锡，则是被幽禁在黄埠墩上。之前，他以丞相之职奉命前往兵临城下的元军兵营谈判，谈判中他大义凛然，慷慨抗论，怒斥元将伯颜，伯颜恼羞成怒，将他拘留起来，押解元大都治罪。到无锡时天色已暗，担心文天祥被劫，就把他囚于四面环水的黄埠墩。无锡民众闻听丞相被俘过境，也知来日难测，悲愤欲绝，持香跪送，哭声震天，鞭之不散。文天祥感怀泣下，口占七律《过无锡》：

金山冉冉波涛雨，锡水茫茫草木春。
二十年前曾去路，三千里外作行人。
英雄未死心先碎，父老相从鼻欲辛。
夜读程婴存国事，一回惆怅一沾巾。

一心救国，坚守气节的文天祥，此后的人生之路便是一条通往死亡之途。

山河破碎风飘絮，身世浮沉雨打萍。一路上颠沛流离，屡遭诬陷，背负猜忌，几度险些丧命，虽知以一人之力难以改变危国现实，他依然以卵击石，拿一颗头颅作金石之音。身陷大狱，面对恐吓，他面无惧色："但欠一死报国，刀锯鼎镬，非所惧也！"面对元世祖许以"元朝宰相"的劝降，文天祥慨然应答："我受宋朝三帝厚恩，号称状元宰相。今事二姓，非我所愿。"一边是生，一边是死，一边是相位，一边是地狱，他舍弃了生，选择了死，成就了永生！在他死后，夫人在其衣带中发现手迹："吾位居将相，不能救社稷，正天下，军败国辱，为囚虏，其当死久矣！顷被执以来，欲引决而无间，今天与之机，谨南向百拜以死。其赞曰：'孔曰成仁，孟曰取义，惟其义尽，所以仁至。'读圣贤书，所学何事，而今而后，庶几无愧。"

想起27年前那个春天的上午，那位20岁的英俊青年对策集英殿,主考官的评语是:“古谊若龟鉴,忠肝如铁石。”

六

就要离开无锡了,此行最后一站是东林书院。驻足依庸堂,在那副名联“风声雨声读书声声声入耳,家事国事天下事事事在心”前难以释怀。想起被魏忠贤杖毙的万燝,被铁钉入脑而死的杨涟,惨叫声“昼夜不息”的左光斗,投湖自尽的高攀龙……

右壁名人题词区,邓拓的《过东林书院》引人注目:

> 东林讲学继龟山,事事关心天地间。
> 莫谓书生空议论,头颅掷处血斑斑。

“这里就相当于现在的研究生院吧?”我回头问侄儿。

“你糊涂了!他昨天不就飞回去了?今天网上游戏大赛!”

遇见

一

从此就有了不同。

从烟台回到北京，早晨六点半，如往常一样，我骑上共享单车，行进上班的路上，西直门、积水潭、德胜门、鼓楼、钟楼、安定门、雍和宫……感觉身体就像一条泥鳅，钻行在嘈杂拥挤的晦暗不明中。护城河边的街道本就不宽，道路一侧一夜之间停满汽车，有时甚至摆成两列，这便使得街道更为逼仄，时有黄的绿的白的单车，在汽车与汽车的缝隙里横七竖八地歪着躺着，宝马、奔驰、奥迪、帕萨特、斯巴鲁、雪佛兰、菲亚特、电动车、三轮车、农用车……从身边碾过，发动机气喘吁吁的嗡嗡声、身后突然冒出的半声鸣笛、远处撕心裂肺坚持不懈的喇叭声，墙根儿那里有女声高唤一个名字，桥头上一群交易蔬菜的人正粗声大气争执，这一切与呛鼻的烟尘、生辣的葱蒜味和不知哪里飘出的缕缕油炸气息融合起来，滚滚升腾于京城的清晨。单车前轮一圈一圈地滚动，路旁或直或弯或粗或细的古槐一棵棵闪过，新生的朝阳透过纷杂的枝条，在路上投下斑驳的光影，树影车影人影交织在一起，眼前忽明忽暗，脸上时温时凉。心中则有迷茫，有清明，有开启新一天生活的希望与坚定。

在日复一日的上班路上，我曾不止一次飞起来，飞到空中，俯瞰雄伟的北京。

北京，这座巨大的城池，背倚由西向北向东北连绵的群山，面对缓缓向东向南向渤海倾斜的华北大平原，永定河、潮白河、拒马河、泃河、北运河蜿蜒流动，藏蓝色的湖泊点缀其间，金碧辉煌的紫禁城庄严肃穆、飞檐斗拱，环绕它的是高高低低的大厦、方方圆圆的楼顶、灰白红黄各种颜色的墙体、四通八达的街衢和蓊蓊郁郁的街树。沿着细如丝线的北二环辅路往东移视，就会看到一个状如黑蚁的影子，骑着一辆黄色的小如玩具的自行车，头一沉一沉，背一拱一拱，在阳光、楼影、树荫、桥洞中明明暗暗出没，闪闪烁烁的是眼镜和自行车钢圈反射的亮光。

他从哪里来？

他到哪里去？

二

1859年。

说来已是160多年前的事情了。

英俊而青涩的少年王懿荣从烟台来到京城。

王懿荣的祖先本是历史上有名的琅琊王家，岁月嬗递中，其中一支辗转迁到烟台福山，渐渐成为那里的冠族大姓。从清代顺治到道光200多年间，这个家族先后出过6名翰林、26位进士、58个举人、368员秀才，留下了父子三翰林、兄弟多举人的传奇。王懿荣母亲的祖上是乌衣巷谢氏的一支,明代从浙江迁至福山,此后便安居下来。旧时王谢,于此联姻。

然而王懿荣却似乎生不逢时。他出生前五年,1840年,英国人发动鸦片战争,强迫清政府签订《南京条约》,中国陷入任人宰割的境地;他出生四年后,家庭罹遭变故,祖父在山西巡抚任上获罪,被遣戍新疆,一个显赫的名门望族由此败落为苦舍寒门。

14岁,他随母亲赴京,投奔时在兵部任事的父亲。从遐陬僻壤前往京师大都,两千多里行程,山路惊险崎岖,土路狭窄泥泞,或是酷暑难耐,或是风雨侵袭,他们的马车走走停停四五十天,才到达京门。漫长旅途的寂寞枯燥,难掩一颗青春骚动的心。走出福山,王懿荣就如峪岥山深处的一棵幼苗,要移植到京城大都去,长成一棵大树。京城是皇家重地、人文渊薮,世界向他展开阔大、高远、苍茫的远景,那里蕴藏着无限的可能。

然而,他不知道,阴鸷酷烈的苦难已为他打开了樊笼。

在那个年代,文人进阶从而实现人生志向的唯一渠道是科举考试,纵有千般武艺、万丈雄心,也必须首先经过科举考试的选择。1862年,同治皇帝登基那年,17岁的王懿荣怀揣大志、满腹锦绣,第一次参加顺天府乡试,考官许其光为发现这位少年的佳制欣喜异常,以北闱第一名位次向主考官推荐,不料竟未获批准,王懿荣在科举求仕路上首考失利。

不知那一夜,那两年,他是怎么熬过来的。

然而,这才仅仅是开始。

1864年,他参加顺天甲子正科考试,不第。

1867年,他参加顺天丁卯正科考试,不第。

1870年，参加顺天庚午正科考试，不第。

1873年，参加顺天癸酉正科考试，正榜未取，副榜第一。

1875年，参加顺天乙亥恩科考试，不第。

1876年，参加顺天丙子正科考试，不第。

14个春秋，七次乡试，他遭受了七次沉重打击。此时他已是31岁年纪，早已结婚、生子，饱经生活的磨搓淘洗。其间，他年仅17岁的弟弟突发疾病去世，娇小可人的大女儿就死在他怀里，次女和两个儿子相继来到这个世界。他还患了一场重病，奄奄一息，三月不起，他的结发妻子黄兰日夜不寐、悉心照料。当他渐渐康复时，妻子已是心力交瘁，体力不支，三年后满怀不舍，遽尔远去。十几年的京城生活，他获得了生的喜悦，也经受了病的折磨、死的悲哀，更尝尽科举考试的煎熬。他人的嘲讽与歧视、生存的残酷无情、人生的难以把握、命运的不可叵测，足以把人击倒，王懿荣应该也有过退缩甚至放弃的念头吧？晚清已是气数殆尽，败象毕现，官场黑暗，考场又何尝一派清明？本该最容不得瑕疵的科举考试，也常常为人情牵制，被铜臭污染，受贪腐挟持。尽管因科举考试作弊被处斩、发配、连坐的时有发生，但也难以阻挡秽行的无孔不入。有的考官见钱眼开，利令智昏；有的座师为情所绊，畸轻畸重。满腹经纶的，也会名落孙山；长袖善舞的，却可金榜题名。有过多少压抑，就有多少退意；有过多少失望，就有多少放弃。然而，他自少年时代就属意金石文物，沉浸浓郁，含英咀华，既积淀了深厚的学术根底，又练就了锐利的鉴别眼光，早已成为颇有名气的金石家。“墨癖书淫是吾病，旁人休笑余癫癫。”一个能为兴趣爱好至癫的人，不考试，也可以有事去做；不当官，精神也有寄托。但中华传统文化精髓已经融入王懿荣的生命基因，他执守着修身齐家治国平天下的人生信念，怀揣立德立功立言的生命渴望，撑起两根硬骨头，挺起一颗金石头，一次又一次撞响命运之门。

这一次，他成功了。1879年，他那支老笔经了汗水、泪水、血水的淬火，终于坚如铁帚，扫清了乡试路上的最后障碍，中乡试第三十一名举人。仿佛此前的连续落榜就为了积蓄强大的生命势能，由此开始，王懿荣的人生就如被阻挡和抑制太久的汹涌澎湃的江水，排山倒海，奔腾向前，发出阵阵轰鸣。翌年会试，他获第一百五十六名贡士，复试列一等第三十五名。大主考官、内阁大学士宝鋆对他的制文大加赞赏："鸿文无范，旷世逸文。"大考官翁同龢赞叹他"文笔雄直，经策博通"，可见他的经策和文笔达到的高度。在接下来由皇帝主持的殿试中，王懿荣以对国事深刻的洞察和无畏的勇气，不避敏感，不惧风险，从人君、吏治和军事三大经国大事切入，提出人君节俭、吏治倡廉、整军经武的对策。经过这场决定人生命运的殿堂大考，王懿荣脱颖而出，获选二甲第十七名，赐进士出身，继而参加翰林院庶吉士选拔，又以一等第三名入选。三十年焚膏继晷、孤独穷理，十八载尽心修性、穷通不移，35岁的他，意气风发登上了科举考试的高端，实现一直萦绕于心的天下抱负有了平台。

然而，也许没有人会想到，二十年后，王懿荣创下了中国历史上的惊天之举。

三

二十一世纪开启的第一年,我35岁,被任命为那所大学的副校长,受命从八百里外的滨州,挺进烟台海边,建设大学新校区。一群中年人,离开长期生活工作的老地方,离开老婆孩子,离开家,一下子扎到茫茫滩涂,过起野外集体生活,那时候,我仿佛又回到了大学时代。

这离我大学毕业已是第15个年头了。

难忘的二十世纪八十年代。

那是整个社会由封闭骤然开放的年代,一个生活急剧变化的年代,一个思想解放的年代,一个有青春、有热血、有理想、有幻想,激情燃烧、热气腾腾的年代。

教学楼门厅贴满各种讲座招贴:“第三次浪潮与社会变革”“高等教育的革命”“萨特与存在主义”“王富仁论鲁迅:中国反封建思想革命的一面镜子”“黄永玉的艺术世界”“王立平、王酩、施光南、杨洪基谈流行音乐”……西方哲学研究会、文学社、武术队、合唱团、时装队、辩论学会、演讲协会、围棋协会等三十多个社团招新广告随处可见。“寸草心”诗社最是热火朝天,学校在校生三千多人,诗社社员竟然过千,阶梯教室坐满聚精会神聆听诗歌讲座的人们,走廊里、窗台上也长满了耳朵。中午的楼间草坪上,一对对恋人深情相拥,呢喃细语着诗的语言。山腰上,正有一群男男女女大学生举行诗歌朗诵会,朗诵者挺胸抻脖,声嘶力竭,声音伴着山风传得很远很远。山涧平地上一群野餐的学生,时而爆发出尖叫和欢呼。

夜幕降临，教学楼、实验楼、图书馆如一个个发光体，在暗夜里呈现出有力道的直线斜线曲线，一百、二百、上千个窗口泻下温和的光瀑。图书馆、教室，到处都是读书自习的学生，期刊阅览室里只听到纸张掀动的声音、钢笔笔尖摩擦纸页沙沙的声音，偶有一声叹息也格外分明。大礼堂正在演出时装秀，在热烈的音乐声里，男女模特们在台上踱着优雅的猫步，夹克衫、蝙蝠衫、花格子衬衫、绿军服、灰工装、道道服、晚礼服，牛仔裤、踩蹬裤、萝卜裤、喇叭裤、直筒裤，一步裙、迷你裙、连衣裙、套装裙，新旧杂陈，五光十色。学生食堂二楼，赤橙黄绿青蓝紫各种颜色的灯泡闪闪烁烁，录音机里播放着《甜蜜蜜》《我只在乎你》《酒醉的探戈》《热情的沙漠》……或柔情似水，或粗犷铿锵，人们合着音乐跳着交谊舞，华尔兹、探戈、狐步舞、伦巴、恰恰恰、斗牛舞……灯光明明灭灭，舞者的影子在墙上变形异动着。

熄灯铃响过，男生宿舍楼公共洗手间里，仍有人在呼哧呼哧洗衣服，有人在哗啦哗啦冲澡，时或有歌声高高低低、断断续续传出来，一个在唱帕瓦罗蒂的《我的太阳》，到了高音部分声音攀不上去终于变为撕裂音，继而传来一阵剧烈的咳嗽；另一个在唱《故乡的云》："有个声音在对我呼唤，归来吧，归来哟，浪迹天涯的游子。归来吧，归来哟，别再四处漂泊。"高音层层递进，低音圆润婉转，充满惆怅，饱含深情，很快有人加入进去，楼下竟也传来一个高拔的和声。学生宿舍里，有的在开"卧谈会"，尼采、弗洛伊德、叔本华、卡夫卡、托夫勒、波普尔……一个个新潮的名字传出来。有的宿舍没有任何动静，只看到某个床头有手电筒集束的光，照着翻开的书页。有的则亮着暗黄的烛光，桌子上放着一个大脸盆，周围杂乱地摆放着大大小小、高高低低的不锈钢碗、搪瓷茶缸、罐头瓶子和纸杯，门缝里隐隐透出酒香……

入学后，系里指定了班干部，那时的我内向、胆小，只管自己读书，不喜与人交际。或是因为感应到校园蓬勃的律动，平添了几分胆量和勇气，我直接找辅导员提出建议：为了让更多同学得到锻炼，每学期团支部书记和班长应该通过竞争上岗产生，支委、班委由团支书、班长组阁，一般不要连任。没想到系里采纳了我的建议，经过竞争演说、民主投票，我担任了团支部书记。那段时间，我胸中有一股勃勃之气，每天似乎都有无穷的力量期待迸发。我曾经在一个傍晚转了几次公交车，找到山东省话剧团，打听了好几个人，没有半点儿怯懦和犹疑，就敲开话剧团党委书记、副团长薛中锐的家门。二十世纪七八十年代，薛中锐在山东人民广播电台播讲《烈火金刚》《平原枪声》《林海雪原》《渔岛怒潮》《大刀记》等长篇小说，那时电视尚未普及，媒体单一，人们精神食粮匮乏，听广播成为许多人主要的文艺生活，于是薛中锐成为人们心目中的明星和偶像。薛中锐打开门，没有责怪我的莽撞，而是热情请我就座，给我倒上一杯热茶。我表达了请他给我们做报告的请求。他可是获得全国话剧最高奖“金狮奖”和戏剧表演最高奖“梅花奖”的大牌演员，他会答应一个大学生的请求吗？没想到薛中锐一点儿都没犹豫就同意了。活动那天中午，我径直去学校办公大楼三楼找到王荣纲副校长，因为入学时他在大礼堂给我们新生做过报告，所以知道他。我向他提出学校派车去接薛中锐的请求，王校长听后，慈祥微笑的脸上现出严肃的神情。他立即拿起电话，听上去是打给校办主任的，他要求立即安排车:“让一鸣同学带车去！”富有音乐感的胶东口音好听极了。

那年,我们还成立了学校历史上第一个大学生记者团,为的是提高参与社会、干预生活的能力。记者团成立大会一应由我们自己组织。我们请来了副校长张建义、校党委宣传部长、校团委书记和各系分管学生工作的党总支副书记、团总支书记,还逐个登门,请来了山东省新闻出版局副局长、山东电视台台长、新华社山东分社副社长、大众日报副总编辑、人民日报驻山东记者站首席记者等嘉宾。在会议现场,校团委宣传部长孔祥华老师私下对我说:“你们还真行,场面这么大！不知内情的话,还以为是省委宣传部召集的会呢！”在这次会上,王纪元同学当选为记者团团长,我和另外几位同学被选为记者团副团长。大学生记者团成立后,我们与北京大学、中国人民大学、复旦大学、南京大学、武汉大学等高校新闻系很快建立了联系,我们还参加了中国人民大学在大众日报实习的同学为个体户维权的活动。当年寒假前,大学生记者团副团长、体育系的段超庆和中文系的张世勤、赵连兆等商定组织二十多名同学深入沂蒙山区开展百村调查活动。不知哪位同学直接将调查计划报给了省委副书记李振。李振接见了参与社会调查的部分同学,并安排省委办公厅开具了介绍信。放假后,同学们一到临沂汽车站,就被接到了行署招待所,临沂地区行署副专员唐乐群接见了他们。开学后,李昌安省长主持召开大学生社会调查工作座谈会,段超庆报上了他撰写的一篇20多万字的调查报告,其中提供了大量关于沂蒙山区经济和社会发展的第一手材料和政策建议,张世勤专门就挖掘和弘扬沂蒙精神提交了专题报告,为“沂蒙精神”的挖掘和宣传开了先河。

“天下者,我们的天下;国家者,我们的国家;社会者,我们的社会;人民者,我们的父老乡亲。国家的事就是我们的事,社会的事就是我们的事,老百姓的事也是我们的事,我们不管谁管,我们不说谁说,我们不做谁做?”在学校大礼堂举行的“大学生的责任和使命”演讲比赛中,我把毛泽东年轻时的文章做了引述和阐发,赢得了热烈掌声。演讲会后,山东人民广播电台记者采访了我们几个参加演讲的同学,大众日报记者向我约了稿。后来,我收到家里的来信,信是妈妈口述的,妹妹那稚拙的字分外让人感到亲切。信里说:“前几天,家里的广播小喇叭里提到你,大队书记说从报纸上看见了你的名字,现在咱村周围十里八庄都知道你,好些乡亲来家里找我,想让你帮着解决他们的难事儿。”

啊
亲爱的朋友们
美妙的春光属于谁
属于我
属于你
属于我们八十年代的新一辈
再过二十年
我们重相会
看看伟大的祖国
该有多么美
天也新
地也新

春光更明媚
城市乡村处处增光辉
啊
亲爱的朋友们
创造奇迹要靠谁
要靠我
要靠你
要靠我们八十年代的新一辈

一转眼，八十年代过去了，二十世纪过去了。

烟台大海边，千亩滩涂上，一座银灰色的现代化大学城已经崛起。为了心中热爱的文学，46岁，我千里赶考，来到北京。莫非到了这个年龄，就开始喜欢回忆了？常常想起风华正茂、心系天下的大学时光，想起建校过程中那些艰难得无以复加的日子。青春年少时的同学们，他们有的呕心沥血、兢兢业业地在中枢机关参与决策；有的纵横捭阖、闯荡商海，在瞬息万变的市场中沉沉浮浮；有的爬罗剔抉、兀兀穷年地探究学问；有的活跃于各种媒体，为国家发展鼓与呼，为百姓生活歌与哭；更多的同学奋斗在基层，在边疆、在海岛、在农村，在默默无闻的岗位上度着日月，享受着奋斗的快乐，也经受着吃苦吃亏、受累受气的生活。一样的成长，不一样的故事。但可以无愧地说，我们把自己的青春、心血和汗水，献给了这个国家，也见证和参与了这块土地上发生的人间奇迹。如今，一提到民族、国家和人民，我们心里还是自然而然迸发出跃跃欲试的冲动，那或许就是自古以来流淌在中国知识分子血管里的一腔热血吧，沉着而坚实，涌动而不歇。

四

自从入了翰林院，王懿荣的仕途人生就进入高光时刻。

“点翰林”，不仅意味着一个人达到了科举生涯的最高层级，获得至高荣誉，而且具备了平步青云入阁登坛的条件，成为“储相”人选。

38岁，王懿荣在翰林院庶吉士教习馆肄业期满，散馆考试取得一等成绩，就任翰林院编修。到了49岁那年，他鸿运当头，一年四迁，先是升迁为侍读，继而入值南书房，得以在皇帝左右谈诗说文、讲经论道，达到了士人心中的极荣之境。仅仅半个月后，他又被补任为起居注官，负责记录皇帝言行，显示了皇帝对他莫大的信任。又半个多月，他兼任国子监祭酒，步入雍和宫对面的集贤门，成为士子仰望的“太学师”，

不料，甲午战争突然爆发，打破了他宁静的生活。

1894年7月，日本不宣而战，在朝鲜牙山口外丰岛海面击沉运送清兵的商船，全船官兵七百多人遇难。同日，日军向驻守牙山的清军发动攻击，朝鲜半岛全境陷落，战火一直向辽东半岛、山东半岛蔓延，局势十分危急。王懿荣忧心如焚，焦灼地关注着战局的发展。

那时，西方国家已经进入了“电气时代”，美、德、英、法正在向资本主义垄断阶段过渡。日本抱着“脱亚入欧”的信条，拼力推进政治经济社会改革，现代化、西方化进程赫然加快。为了建设

军事强国，日本政府每年拿出国家财政收入的百分之六十发展海军和陆军，还从宫廷经费中挤出专款，从全国官员薪水中提取十分之一，用于建造船只，暗中准备一场“以国运相赌”的战争。而大清朝廷享受着封建王朝的红利，陶醉于天下一切尽归朝廷所有所管所享所用的美好感觉，对世界潮流麻木不仁，对近在咫尺的危险视而不见，甚至为了慈禧太后六十大寿，挪用军费建设颐和园。恶虎的大嘴已经张开，猎物却还在悠然睡眠。

大敌当前，王懿荣舍生忘死，连上奏折，直言相谏。

当时，清廷不顾战事吃紧，在炮声隆隆中照旧忙于筹备万寿庆典，仅为慈禧经过的道路两旁搭建景点这一项工程，就要花费二百四十万两银子。对此，不是没有人愤懑不平。但那慈禧是何等人氏？她是皇太后，掌握着对百官甚至皇帝生杀予夺的权威，在清一色男人形成的权力世界里，纵横捭阖，强悍跋扈，玩弄权柄于股掌之间，其心思之缜密、心计之多端、手段之老辣，罕有人匹敌。多少官员为升官、为发财、为保乌纱帽、为保乌纱帽下的脑袋，正千方百计、苦思冥想，以借庆典讨好慈禧为能事。而如王懿荣者，平素受到慈禧赏识，跻身殿堂，侍奉至尊，并常常得其青睐为御画题记，自当竭尽全力，效犬马之劳才是。然而王懿荣却上书《吁请暂停点景，但行朝贺疏》，明确请求“暂停点景，但行朝贺”，战事之后“随时补行”。尽管折子中不乏婉转誉扬之词：“何时非万寿之时，何日非祝愿之日？”但他的不知趣、不灵透、不圆融、不感恩，让太后扫兴的行为，令许多人愤怒，让许多人担心，但更多的人心中充满敬意。哪怕百官不敢言，自有懿荣是男儿。中华文人的风骨，哪怕是在最暗黑无言的夜里，也总是铿然有声，铮铮作响。

面对极端不利的战局，王懿荣曾上书希望重新启用通晓军务、熟稔洋情的奕訢。但奕訢上台之后，不仅没有主战求胜，反而追随慈禧一味求和。对此，王懿荣再上奏折《详度夷情审量时局疏》，全面分析战情，坚决反对轻许议和，主张精厉士马，厚积军火，肃清海隅，坚决抗敌。他认为，如果轻言议和，偿付巨额赔款，必然使敌人“挟我之资”而秣厉重来，“是益寇粮而资之盗也”。后来的事实也印证了他判断的准确。

不仅如此，王懿荣没有停留在语言进谏上，而是直接付诸了行动。那时，日本纠集两万人、二十五艘军舰、十六艘鱼雷艇，向山东半岛发起攻击。在这刻不容缓的关头，作为一介书生，王懿荣立即上疏，请求回籍兴办团练，抵御倭寇。获得允准后，他星夜兼程，奔往故土。到达莱州时，方知威海已经失陷，北洋海军全军覆没。王懿荣悲愤交加，不顾旅途劳累，奔走各县，联络动员，激发家乡父老同仇敌忾不惜赴死的豪情。“人心甚齐，最为可用！”正当他麇集力量，准备率部迎击敌人时，李鸿章却已同日本政府签订了丧权辱国的《马关条约》。王懿荣壮志未酬，怆然写下七绝：

岂有雄心辄请缨，念家山破自魂惊。
归来整旅虾夷散，五夜犹闻匣剑鸣。

伫立在风景如画的蓬莱阁上，我久久不能离开，昔年王懿荣曾经站在这里怅然瞭望大海，手中紧握莱阳县令相赠的戚继光抗倭时用过的宝刀，那时他会是什么心情？“海不扬波”石刻匾额“不”字上日军炮击的弹痕，像一只盲眼望着远处的夕阳，海涛高一声、低一声，急一阵、缓一阵……

五

世纪之交，风雨飘摇，1899，1900，永远铭刻在灾难深重的中国的年轮上，也注定是王懿荣一生中惊天动地的时刻。

1899秋天，王懿荣身患疟疾，卧床不起。老中医给他开了一个方剂，他派人到宣武门外菜市口达仁堂药房抓来中药，无意间发现其中一味药“龙骨”上有丝丝裂纹，裂纹周围则是若干刀痕的结体。他以金石学家的职业敏感，捧在手中反复揣摩，又让家人去药店购得全部“龙骨”，进行拼接、对照、推理、琢磨。“龙骨”上这些刻画，非篆非籀，但却是有规律的符号。莫非？王懿荣被自己设想的大胆震惊了，他屏住呼吸，小心求证，经过十几天的研究，最终作出判断：这些“龙骨”是上古人用来占卜的龟甲和兽骨，上面的符号是人工刀刻的文字。这些文字的产生早于周朝青铜器上的文字，也就是华夏祖先创造的最古老文字！而甲骨上的裂纹不是意外所致，而是占卜者以灼热金属工具锥刺而成，他们通过纹理获知想象中的鬼神之谕，遍刻于裂纹四周的便是获得的卜辞。王懿荣这一发现不要紧，他如炬的目光照亮了历史的隧道，洞见了华夏文字的始根，直接把汉字产生的历史，溯源到公元前1700多年。试想，如果没有王懿荣慧眼识别，甲骨只能被弃之如敝屣，最好的命运也就是被当做药材研磨成粉，经病人肠胃消化后再回归大地。如果那样，凝注着中华文明尊严的见证就遭遇毁灭性灾难，甲骨文、殷墟，将沉睡在无尽的黑暗中，不知何年何月得见天日。

一片甲骨，惊天地、耀古今！

这看似是一场偶然，是天大的好运降临到王懿荣头上。其实，天下所有事件发生的表征皆是偶然，但那内里，是铁律的必然。上天只垂青有准备的人。正是王懿荣好古成魔，对金石文物几十年寸积铢累的深厚积淀和深入钻研，使他获得了上天的深情眷顾，实现了这一奇迹性伟大发现。

此后，王懿荣又倾囊收藏甲骨1500片，正当他准备深入研究之际，他的命运发生了不可逆转的改变。

1900年7月14日，八国联军彻底攻陷天津后，又气势汹汹向北京进逼，清廷下诏与列国宣战。或许确实是用人上的不拘一格，国子监祭酒王懿荣被任命为京师团练大臣，负责保卫京城。他名为团练大臣，其实不过如一"看街老兵"，下属团勇千余人，半是老弱病兵，最可怕的是连像样的武器都没有多少。面对这种状况，王懿荣不得不拿私情办公事，给时任湖广总督的妹夫张之洞写信求援。那语气完全是乞求："公能稍为捐置相助否？"情状尤为令人感叹："此垂泣而道之者也。"看，这哪儿有一点点官场上南书房翰林、国子监祭酒的威仪？更丧失了家庭中大舅哥应有的尊严。大敌当前，他明知不可为而为之，挺起头颅顶上去，准备与披坚执锐的强敌来一场你死我活的战斗，但如山的压力使他"夜漏三下，未及就眠，心力交瘁，殆难言喻"。真是苦不堪言，难以名状。

十万火急！

1900年8月13日，八国联军进攻通州，经过一番烧杀抢掠，两万大军如邪恶蜂群涌向北京城。14日凌晨，枪声大作，炮声隆隆，俄、日、美侵略军分别向东直门、朝阳门、东便门发起进攻。中午，英军抵达京城，向广渠门开炮猛攻。王懿荣指挥团勇誓死抵抗，打死侵略者数百人，但终究寡不敌众。上午11时，东便门被美军攻破；下午2时，英军攻入广渠门；晚9时，俄日侵略者由东直门、朝阳门破门而入。王懿荣组织团勇在京城各处与侵略者进行激烈巷战，但羔羊遇虎，无济于事。到处是坍圮的房屋，到处是逃散的人群，哭声、骂声、喊声、枪炮声响成一片，永定门、左安门、右安门、崇文门、宣武门、朝阳门、阜成门、前门……东西南北、内城外城，各处门楼火光冲天，沦陷的北京沉浸在无声的哭泣中。

15日凌晨，慈禧、光绪皇帝一行仓皇西逃。上午10时，王懿荣从容写下绝命书，对夫人说，“我渥受国恩，又担当卫京之责，现在京城失守，我绝不能苟且偷生！”然后，他先吞金，未死；又吞铜钱，未死；又饮药服毒，仍未绝；于是踉踉跄跄跨出屋门，走向庭院的那口水井。

几天前，他曾让仆人清浚此井，笑曰：“此吾之止水也。”随后，他的夫人、长媳，也投身井中。

大门外，传来嘈杂的声音……

六

从烟台福山归来，我骑车去寻找王懿荣在北京的故居，沿着雍和宫大街、国子监街、交道口南大街、北河沿大街，到达锡拉胡同21号。

一座粉红色的居民楼矗立在那里。

不见了院落。

不见了水井。

当年的痕迹一丝也没有留下。

在那里，我伫立良久。

我仿佛看到那个初到北京的14岁的青涩少年，那个首考落第、垂首窗边的头影，那昂首步入翰林院的华服，那奔走乡里的双腿，那端详甲骨文专注的神情，那炮火中焦急的脸，那院落里的蹒跚……

王懿荣，你归去时55岁。

今天，55岁的我，来找回你。

吾之止水，又在哪里？

每逢暮雨倍思卿

那颗心定然是苦的。

在那样一个年代，读书人实现人生抱负和价值的渠道可谓单一，由读书而科举而从政几为文人唯一进阶路途。但政治生态如此恶劣，士的命运几乎完全掌握在皇帝手中，顺者昌，逆者亡，时而用，时而弃，进退失据，无所适从；皇权控制力如此强大，政治高压如磐压心，柔弱人性被扼杀，独立思想遭囚禁，个体政治主张绝难实行，内心追求又何以实现？而那朝廷之上，文人之间，争宠邀功，争权夺利，尔虞我诈，比比皆是，一个人基本的安全感、归宿感、成就感无处寻求。而当精神失意、仕宦不达时，逃离矛盾之地，为自己创造一个衣蓑戴笠、放浪山水、友渔结樵、斜风细雨的超尘之境，求取归向自然、走入内心、隐于草野、放逸精神的适意人生，便成为心灵的必然选择。

隐，逢时而出。

而，隐，又何其难！

或许，在隐念产生同时，贬就在等着你了。

面对遭贬，难以想象有人不会愁绪满怀。即便像李白那样豪情万丈之人，在长流夜郎时，也有“平生不下泪，于此泣无穷”（《江夏别宋之悌》）的悲吟；韩愈可算硬骨头，敢于向皇上勇谏佛骨，可在贬迁潮州时，亦发出“知汝远来应有意，好收吾骨瘴江边”（《左迁至蓝关示侄孙湘》）的绝望悲鸣；柳宗元贬迁柳州，在《登柳州城楼寄漳汀封连四州刺史》中，更是“江流曲似九回肠”，哀婉凄切，字字悲凉。

贬的地方，是荒芜；贬的未来，是未知；贬的心情怎不慌张荒凉？

一个人遭贬一次，或就消沉一生。一个被贬谪多次的人，他的心怎能一派泰然？

他本是天才少年，20岁意气风发荣登进士，被授大理评事，签书凤翔府判官，后因父亲病故，丁忧扶丧归里。32岁回朝，彼时王安石正施行新法，他因路见新法之害，毅然上书反对，后被迫自求外放，调任杭州通判，继知密州、徐州、湖州。十年过去，沧海桑田，但盯着他的人没有眨眼，以莫须有罪名酿就“乌台诗案”，把他打进大牢103天，差点儿丢了性命。出狱后遭遇人生第一次贬迁，责授黄州团练副使，不得签书公文。到了47岁，新党倒台，司马光为相，他被召还朝，担任礼部郎中，半月后，升起居舍人。三个月后，升中书舍人，不久又升任翰林学士，知礼部贡举，可谓春风得意。但独立不随的人生信条，使他面对旧法之弊不会沉默，在打击面前，52岁的他回到阔别十六年的杭州，后改知颍州、扬州、定州。元祐八年（1093），新党亲政，他又相继遭逢第二、第三次贬迁。既不能容于新党，又不能见谅于旧党，就这样，他的人生三遭贬谪，一贬黄州、再贬惠州、三贬儋州，渐行渐远，愈贬愈离，43岁盛年挺拔，57岁身形佝偻，到60岁远至荒芜边地时已是垂垂老矣！

而与李白、韩愈、柳宗元相反，对于贬迁遭遇，苏东坡却似乎散淡得多，潇洒得多。贬至黄州，他挥笔写就《初到黄州》：“长江绕郭知鱼美，好竹连山觉笋香。”一颗心好像聚集到吃上；贬至岭南，他慨叹“日啖荔枝三百颗，不辞长作岭南人”，还是口舌生香，以至于他纵笔描述自己在惠州的生活：“报道先生春睡美，道人轻打五更钟。”这哪儿有遭贬的悲情，分明是优哉游哉到慵懒遂心了。因此，当宰相章惇读到这首《纵笔》时果然勃然大怒，再发谗言，把他一下子贬到更边远、更艰苦的儋州。到了儋州，他该难过、该噤声了吧，不料他还是不收笔，“寂寂东坡一病翁，白须萧散满霜风。小儿误喜朱颜在，一笑那知是酒红”“他年谁作舆地志，海南万里真吾乡”，一派逍遥快活，依然醉态不改，他仿佛把被贬当成归隐了！天将奈何他哉？

然而，当他结束海南的贬谪生活回归内地时，《六月二十日夜渡海》一诗披露了另外的心迹：“参横斗转欲三更，苦雨终风也解晴。云散月明谁点缀？天容海色本澄清。空余鲁叟乘桴意，粗识轩辕奏乐声。九死南荒吾不恨，兹游奇绝冠平生。”参横斗转，云散月明谁点缀？此系诘问章惇“卿居心不净”“滓秽太清”，如今“云散月明”还有谁“点缀”呢？天容海色本澄清，乃公自谓也，你章惇之流“点缀”太空的“微云”既已散尽，质本洁来终澄清。苦雨淫风的日子终于过去了！在此人们或能体会一颗孤独灵魂辗转于贬谪途上的心境。而结句“九死南荒吾不恨，兹游奇绝冠平生”，又呈现出他在坎坷莫测的峥嵘人生中九死不悔的倨傲和旷达豪放的襟怀。

惠州，或是他贬谪生涯中最难释怀的吧？

未到惠州之前，当他沿北江顺流而下行至清远，览青山绿水，置宠辱于度外，恰逢一顾姓秀才热情向他介绍惠州风物，便禁不住写下了《舟行至清远县，见顾秀才，极谈惠州风物之美》："到处聚观香案吏，此邦宜著玉堂仙。江云漠漠桂花湿，海雨翛翛荔子然。闻道黄柑常抵鹊，不容朱橘更论钱。恰从神武来弘景，便向罗浮觅稚川。"真有点儿急不可耐了。而到达惠州这天，天朗气清，风和日丽，当他步出船舱，发现码头上竟站满了人。惠州张开怀抱给这个困顿中的人以意外温暖，顿时，一首《十月二日初到惠州》便口占而成："仿佛曾游岂梦中，欣然鸡犬识新丰。吏民惊怪坐何事，父老相携迎此翁。苏武岂知还漠北，管宁自欲老辽东。岭南万户皆春色，会有幽人客寓公。"他仿若真的找到了闲适所在。

在惠州，他赏梅："罗浮山下梅花村，玉雪为骨冰为魂……天香国艳肯相顾，知我酒熟诗温。"钓鱼："幽寻本无事，独往意自长。钓鱼丰乐桥，采杞逍遥堂。"访友："林行婆家初闭户，翟夫子舍尚留关……中原北望无归日，邻火村春自往返。"游湖："尝夜起登合江楼，或与客游丰湖，入栖禅寺，叩罗浮道院，登逍遥堂，逮晓乃归。"赏月："一更山吐月，玉塔卧微澜。正似西湖上，涌金门外看。冰轮横海阔，香雾入楼寒。停鞭且莫上，照我一杯残。"饮酒："罗浮春欲动，云日有清光。处处野梅开，家家腊酒香。""父老喜云集，箪壶无空携。三日饮不散，杀尽西村鸡。"真是安闲自在，随遇而安。当然，他的醉心常在荔枝一物也！

他第一次吃荔枝，即吟咏《四月十一日初食荔枝》一诗："垂黄缀紫烟雨里，特与荔枝为先驱。海山仙人绛罗襦，红纱中单白玉肤。不须更待妃子笑，风骨自是倾城姝。”真是一见倾心。自那之后，他的生花妙笔就尽情挥写对荔枝的喜爱。“荔子几时熟，花头今已繁”，荔枝尚未结果，已是连连发问，因见荔枝花开，而欣喜备至；“留师笋蕨不足道，怅望荔枝何时丹”，荔枝已经见果，为思早食荔枝，竟至眼巴巴痴望荔枝树，为荔枝未红而心情惆怅，痴盼期待之心何其急切；以致书写《食荔枝二首》时，终得千古名句：“日啖荔枝三百颗，不辞长作岭南人。”这真是极而言之的心声吐露，为享荔枝之福而发终身栖居岭南之愿，人生和生命与荔枝须臾不可分矣！

是的，往前看，与他初贬黄州时相比，在惠州确乎不见了曾经“空庖煮寒菜，破灶烧湿苇”的失意和“雨中有泪亦凄怆，月下无人更清淑”的苦闷。向后看，在儋州是“饮食不具，药石无有”。而在岭南，则是“居三年，泊然无所蒂芥，人无贤愚，皆得其欢心”。这似乎是他生涯中一段远离祸患、安然静度、归隐民间的日子。

不过，他毕竟少年即“奋厉有当世志”，笃信“用舍由时，行藏在我”，尽管也寄情山水自然，拥抱清风明月，饱吃惠州饭，细和渊明诗，但向往天下治平，改革萎靡积习，卓然有立的他，又怎能在出世与入世两难的心境中彻底避世遁俗？放逸外表难掩超迈情怀。在《和陶咏三良》中，他禁不住焕发精神：“杀身固有道，大节要不亏。君为社稷死，我则同其归。”在喜品荔枝美味时，也发出了《荔枝叹》：“我愿天公怜赤子，莫生尤物为疮痏。雨顺风调百谷登，民不饥寒为上瑞。”为解民众渡河之苦，他倡议筑堤建桥；面对资金难以为继，他带头“助施犀带”，还动员弟妇史氏捐出“黄金钱数千”。桥堤竣工之日，惠州百姓欢欣雀跃，扶老携幼前来参观:“一桥何足云,欢传广东西。父老有不识,喜笑争攀跻。”当他看到当地百姓弓身插秧,异常辛劳,便积极推广在武昌所见农具秧马,船状秧马既可载秧,又宜坐人,人坐其上,边插边退,告别弓腰劳作之累。一个仅作为“宁远军节度副使惠州安置”的无权无势遭贬之人,仕途步入绝境,但心与这块土地和百姓连在了一起。

而他的朝云永远留在了这里。那个因家境清寒,自幼沦为歌妓的孩子,却独具一种清新、高雅的气质。命运的偶然,他与她相遇在杭州。“欲把西湖比西子,浓装淡抹总相宜”,明写西湖旖旎,暗喻他初见朝云时心里的颤动。一路贬谪,一路相随,密州、徐州、湖州、黄州、惠州,颠沛流离的生活,相伴相知的日子。他永记得那日退朝食罢, 他扪腹徐行, 问诸位侍儿:“汝辈且道是中何物?”一曰“文章”,另曰“见识”,至朝云则曰:“学士一肚皮不合时宜。”他捧腹大笑,赞道:“知我者,唯有朝云也。”如果不是具有独立人格,他怎能不随新党,亦反旧党,从而走上这颠沛流离之路?到达惠州,他已是年近花甲,她才三十出头,身边侍儿姬妾陆续离去,唯有朝云始终追随。谁料想造化弄人,这样一位善解人意伴侣,却突染瘟疫,不治身亡,离开尘世喧嚣,遽尔凄清归去。西湖孤山南,塔下松林中,埋进了那个长袖徐舒、轻盈曼舞的人,那个黛眉轻扫、楚楚可人的人,那个空谷幽兰、清香幽幽的人。笑渐不闻声渐悄,天涯是处有孤魂。弥留之际,朝云执其手诵《金刚经》四偈:“一切有为法,如梦幻泡影,如露亦如电,应作如是观。”其中寄寓对世事的彻悟,也潜在对他的牵挂。他满怀万千情感,亲笔为她写下《墓志铭》:“浮屠是瞻,伽蓝是依,如汝宿心,惟佛是归。”此后又有《惠州荐朝云疏》《朝云墓志铭》《西江月·梅花》《雨中花慢》《题栖禅院》等许多诗文来怀念这位红颜知己。他还在墓上筑六如亭，亭柱之上，楹联两分：“不合时宜，惟有朝云能识我；独弹古调，每逢暮雨倍思卿。”

惠州真的有幸啊！一自此人谪南海，天下谁敢小惠州？

在他去世前两月，行将走到生命尽头，回首一生，他自我评价道：“问汝平生功业，黄州惠州儋州。”

遭贬之旅，竟标举为一生事功。

短短十二字，胜千万言矣。

真有你的，东坡先生！

彭山访故人记

九月里，到彭山。

一说要到四川的眉州、彭山，首先就想到那里的三个人：彭祖、李密、苏东坡。

一个地方的文化存在，常常是与生于斯、长于斯、死于斯、葬于斯的一些文化人连在一起的。凡是读过书的中国人，谁没听说过彭、李、苏呢？

彭祖的传说天下皆知。记得小时候，我曾依偎在外祖母怀里，听她讲古："很早很早以前，四川大山里有个姓彭的老头儿活了800多岁，不知道人家是吃啥喝啥才活那么长的？"如今，言犹在耳，外祖母却已离世30多年了，当年的娃娃也已白发满头。

李密的《陈情表》则进入了教科书，被一代一代学子读着、学着、考着，甚至背着。听我夫人和儿子说，他们读中学时，都能背诵《陈情表》全文。就在我行前那天晚上，他们还断断续续背诵了其中的段落："臣以险衅，夙遭闵凶。生孩六月，慈父见背；行年四岁，舅夺母志……"声情并茂，抑扬顿挫，作者情深意切的表达，经身边亲人的诵读，尤为撼人心魄。

在中国人的精神文化生活中，苏东坡成就了一个独特的艺术世界。不仅他的才华和故事被广泛传颂，而且在中国文人心中，他已经成为一个文化图腾，像“神”一样地被崇拜着、追随着、诠释着。学贯中西的大学者、大作家林语堂在那部名著名的《苏东坡传》中，把这位人间不可无一难能有二的天才人物，认定为一个秉性难改的乐天派，悲天悯人的道德家，黎民百姓的好朋友，散文作家，新派的画家，伟大的书法家，酿酒的实验者，工程师，假道学的反对者，瑜伽术的修炼者，佛教徒，士大夫，皇帝的秘书，饮酒成癖者，心肠慈悲的法官，政治上的坚持己见者，月下的漫步者，诗人，生性诙谐爱开玩笑的人。林氏语言洋洋洒洒，放逸风雅，骈散相间，庄谐杂出，绘出这位现代名家眼中的苏东坡形象。而我的故乡山东一位女作家在其散文《来生便嫁苏东坡》中，从另一个维度表达了当代女性对苏东坡的认知和情感。她笃信人是有来生的，她热切祈愿来生心随愿迁，活得山水生色，日月增辉，再嫁一个又敬又爱时刻与他生死相依的男人。她素手纤笔，直抒胸臆：“古往今来，三千年的沧海桑田里，真正用文字打动我心弦的唯有宋代的苏东坡一人而已。捧读着苏东坡的诗文集，我总是不由得感慨：这才是一个值得我用一生之光阴倾心相守的男子汉！”“我要认真地，虔诚地，刻苦地……修炼今生，也许上天受了感动，会可怜我的一片苦心，让我转世投胎为一个才貌双全的美人，满足我那千年等一回的愿望——嫁给苏东坡。”来自心灵的呼唤，如此大胆率真，而又惊世骇俗！“虽然他曾经有过三任妻子，虽然他的妻子的寿命都不长，然而，我仍然愿意把生命浓缩成一束烛光，辉映在他的指间心上。哪怕只有十一年（他的女人总是跟十一这个数字紧密相关），哪怕为此，历尽千年的情劫。”这小女子一腔跨越近千年的痴情表白，真是掷地有声，感天动地！所以说，每个人心中都有一个苏东坡，他已经化作一种基因，进入了我们的血液，影响着我们的生活。

而今，我来了，来到他们的故乡，一次期待多年的朝拜。

正是秋天盛大的季节。天升得很高、蓝得出奇，透明的阳光下，远山的天际线闪着光亮，墨绿的银杏叶在山风里翻飞，茂密的方竹林里一条条竹子挺着修长的腰肢优雅款摆，山腰间，白云披着蓬松的斗篷悠闲地散步……沿着长寿梯，跨过九百九十九步台阶，踏过九十九个平台，拐过九道弯，远远便看到了彭祖墓。墓的背后高高矗立的是彭祖山主峰，左右群山簇拥，那墓碑就仿若坐在一把巍巍山体形成的巨大太师椅上。同行者说，如果从山顶俯瞰，则会发现彭祖山与寿泉山相互环抱，构成一幅天然的立体太极图，凸起的山脉与凹陷的山沟组成阴阳两条相互追逐的鱼，而彭祖墓恰恰就落在阳鱼的眼睛上。据说这墓地是彭祖的弟子、风水学始祖青衣乌公所选，果然是传说中的风水宝地。

彭祖果有其人。先秦时期，他在人们心目中还是一位仙人；到了西汉，刘向的《列仙传》也把他列入仙界；而宋《太平广记》录其自述："吾遗腹而生，三岁而失母，遇犬戎之乱，流离西域，百有余年。加以少枯，丧四十九妻，失五十四子，数遭忧患，和气折伤。荣卫焦枯，恐不度世。所闻浅薄，不足宣传。"在这里，彭祖又从仙界回到了人间。据《蜀中广记》记载，彭祖"自尧历夏，殷时封于天彭。周衰始浮游四方，晚复入蜀，抵武阳家焉。"武阳即现在的眉山市彭山区。至于彭祖的年龄，流传最广的是800岁，而按上古时期每60天为一年计算，则彭祖活了130多岁。联想到1949年前我国人均预期寿命还不到35岁，这彭祖确乎是够长寿的了。

彭祖原是善于养生的人,《庄子》《楚辞》《史记》对此多有记载,现代人津津乐道、急于弄通的,是他的养生秘诀,所谓气功术、膳食术和房室术。在离彭祖墓不远的养生殿里,参观的人络绎不绝,许多人面对彭祖养生十三法图解,驻足揣摩,流连忘返。而我却猛地掉转头,快步走了出去。是的,固然,人的本性是祈愿长寿,死是人生的终极点,怕死是人的正常心理,注重养生也是人之常情,然而如彭祖,在他的一生中,先后竟有49个妻子、54个孩子去世。生离,令人黯然神伤;死别,必定是撕心裂肺。一个亲人去世,就使人痛不欲生,何况103人!那就是103次泣血大恸啊。其痛若何?其悲何如?充满痛苦的长寿意义何在?况且,为了个人长寿,那彭祖采取所谓采阴补阳延年益寿之法,大言不惭道:“法之要者,在于多御少女而莫数泻精,使人身轻,百病消除也。”完全为了长寿的性爱,不知多少青春少女做了药引和药渣。诚可恨哉!

距彭祖墓不远处的文化广场上,竖立着彭山籍文化名人展示牌,其中一组介绍的是李密和他的《陈情表》。这李密幼年丧父,母亲改嫁后,与祖母刘氏相依为命,依靠祖母一口饭一口水抚养成人。长大后,他曾经担任过蜀汉后主刘禅的尚书郎。39岁那年,司马昭灭了蜀汉,他成了亡国之臣,一心一意在家侍奉祖母,奉献孝心。41岁时,晋武帝召他出仕,先以郎中一职许愿,后又以洗马之职征召,他都以祖母年老多病、无人供养而力辞。《陈情表》就是李密为辞不就职写给晋武帝的表章。

可以想见李密书写此信之难。一方面,“祖母无臣,无以终余年”,不顾年迈的祖母出去就仕,情理不容,是谓不孝;另一方面,作为蜀汉旧臣，在李密眼里，汉主刘禅又是一个“可以齐桓”的人物，心中自然葆有念旧的情感，不愿厕身新朝，定是他内心的坚守。然而晋武帝却一个劲儿催逼他就职：“诏书切峻，责臣逋慢。郡县逼迫，催臣上道；州司临门，急于星火。”如何摆脱困境？李密围绕“孝”字力陈心迹，从“臣无祖母，无以至今日；祖母无臣，无以终余年”的亲情出发，反复强调祖母的病：“夙婴疾病，常在床蓐”“刘病日笃”“日薄西山，气息奄奄，人命危浅，朝不虑夕”，层层递进，极尽渲染，力图以孝感人，以情动人。不仅如此，他不回避自己曾是蜀汉旧臣，坦言“少仕伪朝，历职郎署”，明确自己“不矜名节”“岂敢盘桓，有所希冀”，意在从政治上打消晋武帝的误会。继而表白了先尽孝，后尽忠，“先徇私情，后报国恩”的心底。“是臣尽节于陛下之日长，报刘之日短也”，暗示等把祖母养老送终之后，再向当朝尽忠的情志。孝，是人间最大的善、最美的义、最崇高的伦理。一篇《陈情表》，作为文学史上的抒情名篇，感动了无数人。正如宋代赵与时在《宾退录》中评说的：“读诸葛亮《出师表》不落泪不忠，读李密《陈情表》不流泪不孝。”而我从中读到的，除了情真意切、感人肺腑的孝之外，更有狼狈，有忧惧，有不满，有希冀，有明示，有藏匿。透过那恳切的言辞，体味的是忐忑不安、委婉畅达的语言内里，是作者的进退失据。一个人为了保命，小心翼翼，委曲求全，把自己低到了尘埃里，诚可怜哉！

而苏东坡与彭祖、李密就有着不同的人生轨迹和人生态度。眉山，东坡在这里度过了他的童年、少年时光。20岁，他和弟弟随父亲赴京赶考，此后，又为父母去世两度丁忧故里，屈指算来在这里度过了24年光阴。这位眉山之子一生可谓跌宕起伏，丰富多彩，大概是造物主为了成就这位奇才，故而为他设置了不一样的人生。他兴趣广泛多元，在每一涉猎的领域都达到了顶尖水平，才华横溢一词似也难以形容这个天才。他堪为学霸，考进士，以几乎第一的成绩考取，一时誉满京华，名扬天下；24岁参加由皇帝亲自出题的制科考试，他被录入最高等第三等，成为宋朝唯一进入此等次的人。然而，最使我感怀的是他的信念、他的爱，他对苦难的态度。

他抱持士的风骨，始终坚守独立的思想，历经千磨万击，仍坚定不移。当其时也，围绕王安石变法，朝廷形成变法派和保守派两大政治阵营。东坡本为求新之人，变法之初，他支持变法，甚至还比较激进，俨然坚定的变法派。但当发现新法之害后，便毅然上书反对。等到保守派上台，他被召还朝，接连获得提升。但当保守派不加选择全面废除新法时，他又挺身而出，公开反对。面对强权势力和政治高压，他坚持独立不随的人生信条，即便既不容于新党，又不见谅于旧党，也不变主张，不更其道，不虚与委蛇，更不做墙头草。东坡曾言："古之立大事者，不惟有超世之才，亦必有坚忍不拔之志。"我以为此论或可认作苏公自谓也。

东坡的爱情生活并不平静。他18岁时，奉父母之命，靠媒妁之言，娶了同是眉山的王弗姑娘，那年新娘子仅有15岁。两人在京城、在凤翔到处打拼，苦日子、甜日子共同度过，不料11年后王弗因病而逝，东坡将她埋骨在母亲坟旁。又是10年过去，在山东密州任职的东坡梦见爱妻王弗，便挥笔写下一首《江城子·乙卯正月二十日夜记梦》："十年生死两茫茫。不思量，自难忘。千里孤坟，无处话凄凉。纵使相逢应不识，尘满面，鬓如霜。夜来幽梦忽还乡。小轩窗，正梳妆。相顾无言，惟有泪千行。料得年年断肠处，明月夜，短松冈。”十一年的相伴，十年的相思，成就这首椎心泣血之作。北宋诗人陈师道称之“有声当彻天，有泪当彻泉”，可谓恳切之语、痛彻之评。

其实那时，东坡已娶王弗的堂妹王闰之6年了。不料19年后，王闰之又一病不起。这个女人陪伴东坡宦海浮沉，穷达多变，知密州、驻徐州、谪黄州、调汝州、居常州、走登州、返杭州、转颍州、任扬州、达定州，一路艰辛，不曾怨尤。二度葬妇的东坡，心情如何，可想而知。王闰之死后百日，东坡请大画家李公麟绘制十幅罗汉像，在和尚诵经超度声里，献给了亡妇的灵魂。10年后，苏辙将暂厝于京西一座寺院的闰之的灵柩与东坡埋到了一起。“生则同室，死则同穴”，东坡的誓言，满满是决绝的爱、无尽的情。

东坡暮年，谪居惠州，身边侍儿陆续离去，唯有王朝云，这个由侍妾扶正的丫头，从12岁到33岁，不离不弃，始终追随。谁料想造化弄人，这样一位善解人意的伴侣，却突染瘟疫，离开尘世喧嚣，遽尔凄清归去。惠州西湖，孤山南，松林里，收藏了这个空谷幽兰、清香幽幽的人。东坡满怀万千情感，亲笔写下《墓志铭》：“浮屠是瞻，伽蓝是依。如汝宿心，惟佛是归。”他还在墓上筑六如亭，亭柱之上，楹联两分：“不合时宜，惟有朝云能识我；独弹古调，每逢暮雨倍思卿。”墓亭不语，斯情常在。

才子总是和佳人相称，风流常常与才子并称。拥有旷世之才的苏东坡，洒脱不羁的苏东坡，把他的爱倾注到每一位他爱的人身上，爱得执着、爱得深沉、爱得热烈。这与希求通过性来养生之徒不亚于天壤之别。

东坡的仕途可谓坎坷，他的政治生涯历经三起三落，苦难似乎与他紧密胶着。遥想当年，他20岁意气风发荣登进士，跃上仕途，器宇轩昂，起笔不凡；而他历经历练，32岁回朝，因路见新法之害，毅然上书反对，被迫自求外放，调任杭州通判，继知密州、徐州、湖州。其间以莫须有罪名酿就“乌台诗案”，被打进大牢103天，可谓悬崖式跌落，差点儿丢了性命。他47岁时，新党倒台，司马光为相，他被召还朝，担任礼部郎中，半年内三次升迁，由起居舍人、中书舍人，而翰林学士知礼部贡举，东山再起，春风得意。可惜好景不长，迎来了仕途的第二落，面对全盘废除新法之举，他不会沉默，在打击面前，53岁的他被外放杭州。两年后，保守派将他召回朝廷，相继担任过吏部尚书、兵部尚书、礼部尚书，可谓青云直上，位高权重。可他因对变法评价与保守派发生斗争，于是遭际第三落，被逐出京城，以致元祐八年，新党亲政，他又相继遭逢贬迁，被贬到惠州，进而贬到荒荒边地的儋州，此时东坡已是61岁，垂垂老矣！

面对贬迁遭遇，他既没有像李白长流夜郎时“平生不下泪，于此泣无穷”的悲痛，也没有如韩愈贬迁潮州时“知汝远来应有意，好收吾骨瘴江边”的绝望，他似乎散淡得多，潇洒得多。贬至黄州，他感慨于“长江绕郭知鱼美，好竹连山觉笋香”；贬至岭南，他慨叹“日啖荔枝三百颗，不辞长作岭南人”；即便贬到更边远的儋州，他似乎竟然有点儿兴奋了：“他年谁作舆地志，海南万里真吾乡。”面对政敌一次次打击，他不回避，不附和，不认输。贬迁，被他当成了归隐；困苦中，他获得了逍遥和快活。这颗伟大的心灵，认清了生命本质，却依然热爱着生活。

如果让我重新选择一种活法儿,有的我不屑,有的我不愿,有的我不能,如之奈何?如之奈何?

当文学遇到酒

古人曰“民以食为天”，俗语讲“酒是粮食精”。没有粮食，人就无法生存；离开酒，文人似乎缺乏一种精神、一种偾张、一种潇洒、一种狂放；失却酒的滋养，文学或真的就无精打采、光华不再，照人不得，难沁芬芳。

自从酒由稻、黍、稷、麦、菽中走出来，它就融入了人类的日常生活，无论城邑乡野，不管高低贵贱。

中国文学的源头《诗经》，就流动着酒的潺潺溪流。《小雅·伐木》中，伴着昂扬的节奏，我们能感知到酒香的馥郁：“伐木于阪，酾酒有衍。笾豆有践，兄弟无远”，“有酒湑我，无酒酤我。坎坎鼓我，蹲蹲舞我。”正如《毛诗序》所解：“《伐木》，燕朋友故旧也。”朋友来也，且在坎坎然鼓声、蹲蹲然舞姿中宴我宾客吧。再看“无韵之离骚”的《史记》，司马迁在《高祖本纪》中酣畅淋漓地描绘了汉高祖还乡的景象：“高祖还归”，“悉召故人父老子弟纵酒，发沛中儿得百二十人，教之歌。酒酣，高祖击筑，自为歌诗曰：‘大风起兮云飞扬，威加海内兮归故乡，安得猛士兮守四方！’令儿皆和习之。高祖乃起舞，慷慨伤怀，泣数行下。”雄姿英发的刘邦与乡亲纵酒歌诗、挥剑起舞的场面，何其恢弘，何其雄壮！而“永和九年”那场“群贤毕至，少长咸集”的雅会中，文人们背靠崇山峻岭，闲倚茂林修竹，极视听之愉悦，引清溪以流觞，一觞一咏，畅叙幽情，仰观宇宙之大，俯察品类之盛，游目骋怀，岂不快哉？难以想象没有酒的兰亭，会有那篇名序的诞生。

酒的生活，本具有其日常性。酒、文本是同根生，文人与酒天地缘。端着一杯酒，曹操壮怀不已："对酒当歌，人生几何？譬如朝露，去日苦多。慨当以慷，忧思难忘。何以解忧？唯有杜康！"成就千古绝唱；面对那壶酒，五柳先生则"引壶觞以自酌，眄庭柯以怡颜"，进而对人生舒啸发问："寓形宇内复几时？曷不委心任去留？胡为乎遑遑欲何之？"酒的浓度，提升了陶渊明心灵的纯度，一篇《归去来兮辞》为中国文学镀上了闪光的亮度。到了富华的唐朝，美酒一旦遇到李太白，便成了沸腾的琼浆："自古圣贤皆寂寞，惟有饮者留其名。"饮而超圣贤，万世可流芳，酒啊，成就了人生的价值。"人生得意须尽欢，莫使金樽空对月。"酒啊，乃是生活的主旨。与朋友聚，是"三杯吐然诺，五岳倒为轻"，终于"不知何处是他乡"，却获得"我醉君复乐，陶然共忘机"的境界。独酌，则或是对林，"独酌劝孤影，闲歌面芳林"；或是问天，"青天有月来几时，我今停杯一问之"；或是懵懂，"举杯邀明月，对影成三人"；或是喝傻，"我歌月徘徊，我舞影零乱"。"浪迹江湖，终日沉饮"的李太白，一生吟诵千首诗，就有近二百首散发酒的香气，试问古今诗坛，他不酒仙谁酒仙！时令到了宋代，比起高吟"明月几时有？把酒问青天"，其实"终日饮酒，不过五合"的苏东坡，另一位女中豪杰李清照，更是与酒难解难分。你看她中午喝、暮色中归："常记溪亭日暮，沉醉不知归路。"醉到何处？"误入藕花深处。争渡？争渡？惊起一滩鸥鹭"，醉出了美景无数。晚餐饮，午夜难支：

"东篱把酒黄昏后，有暗香盈袖。莫道不消魂，帘卷西风，人比黄花瘦。"可能夜里又来了一场，不然到了侵晨时候，为何依然宿醉不醒，人美如花："昨夜雨疏风骤，浓睡不消残酒。试问卷帘人，却道海棠依旧。知否？知否？应是绿肥红瘦。"易安女士，你的词堪称文学史上第一酒词啊！至于元代，那位号称"曲状元"的马致远出场了。你看"酒旋沽，鱼新买。满眼云山画图开，清风明月还诗债。本是个懒散人，又无甚经济才。归去来！"那种面对黑暗时代，既无法反抗，又不愿逐流，苦闷彷徨，寻求退隐的情感跃然纸上。归去何处？"夕阳下，酒旆闲。两三航未曾着岸。落花水香茅舍晚，断桥头卖鱼人散。"远浦帆归中的安闲茅舍或可安放一颗孤寂的灵魂。延至明清，《红楼梦》《三国演义》《水浒传》《西游记》四大名著里，无不流淌着酒的精魂。《红楼梦》全书一百二十回就有九十一回写到了酒事，"林潇湘魁夺菊花诗""史太君两宴大观园""刘姥姥醉卧怡红院""寿怡红群芳开夜宴"，不胜枚举；《三国演义》中桃园三结义、温酒斩华雄、大宴铜雀台、煮酒论英雄，酒兴酒助；《水浒传》里吴用智取生辰冈、武松醉打蒋门神、鲁智深醉闹五台山、宋江醉酒题反诗，酒壮英雄胆；《西游记》中悟空痛饮蟠桃宴，悟能酒醉现真面，三藏持戒喝素酒，天竺王夜宴玉液清，酒还是没有缺席。

中国现当代作家中赏酒者亦不乏其人。现代文学巨匠鲁迅有"醉眼朦胧上酒楼，彷徨呐喊两悠悠"的场景，零余者郁达夫则是"曾因酒醉鞭名马，生怕情多误美人"，谁会想到温文尔雅的梁实秋自称二十世纪三十年代竟也有过"酒压胶济一带，拳打南北二京"的狂言。当代作家从维熙畅言"品酒中之真趣，谓之酒仙；

喝出酒中之正气，谓之酒圣；以酒论诗以酒交友，谓之酒君子；见酒必喝又品不出酒的韵味，谓之酒徒；嗜酒如命、迷失本性、狂饮烂醉，以致败家毁业，谓之酒鬼”；王蒙谑语，“有酒方能意识流，人间天上任遨游。杏花竹叶情如梦，大块文章乐未休”，并辩证论说，“酒确实也是人类自我慰藉的一种产物，酒更是生活的一种滋味……”他标举，酒中自有真情在，饮而不贪真风流。

酒与文学结缘又不论中国外国。翻开一部美国现代文学史，爱伦·坡、海明威、福克纳、田纳西·威廉姆斯、杜鲁门·卡波特、雷蒙德·钱德勒、欧·亨利、杰克·伦敦、F.菲茨杰拉德，杰克·克鲁亚克、查尔斯·布考夫斯基，无不爱酒如命，甘之如饴；俄罗斯作家，不管坚持什么主义、属于哪个派别，从激进文学运动中坚人物尼古拉·涅克拉索夫，到流亡作家亚历山大·库普林，从苏联社会主义作家亚历山大·法捷耶夫，到诺贝尔文学奖获得者米哈伊尔·肖洛霍夫，都将“伏特加”视为“生命之水”，就如维克托·叶罗费耶夫所说：“我们喝的不是伏特加，我们正在喝的是我们的灵魂和精神。”日本作家大伴旅人则说：“我的作品是酒的副产品，生前天天有酒相伴，死后怎么办呢？如能化作酒坛或酒壶，吾愿足矣！”极致道尽作家与酒的亲密。

至于那杯中物为何品？在中国古代，考“绿蚁新醅酒”，或是米酒，读“蒲萄四时芳醇”，又为葡萄酒；在西方，则有威士忌、白兰地之类洋酒；在俄罗斯为伏特加，在日本定是清酒。当代我国酒种酒类可谓多矣！不瞒各位看官，在各种美酒中，吾独爱茅台。这生在赤水河畔、出自茅台山谷、育自红缨高粱的人间美味，承天地化育，得水土融合，凝酒神至香。一杯入口，有入世进取之浓烈，有出世归隐之淡泊，七分月光，三分剑气，那是酒的哲学啊！细品其醇厚之满，绵软之细，沁美之幽，回味之长，直令通体舒泰，神清气扬。真大中华一绝也！

酒啊，你当何用？为礼仪？“亲昵并集送，置酒此河阳”“送客饮别酒，千觞无赭颜”。为友情？“我有一樽酒，欲以赠远人。愿子留斟酌，叙此平生亲”。为浇愁？“一酌千忧散，三杯万事空”“愿逢千日醉，得缓百年忧”。为体验？“悠悠迷所留，酒中有深味”“谁能共迟暮，对酒惜芳辰”。为慰藉？“方我汲酒时，江山入胸中”。还是为了打开尘封的思路，为了唤回红尘中的真心，为了焕发迟滞的灵感，为了催醒沉睡的灵魂……为了，为了，为了，真的想不出来了。

夫人，拿酒来！

岳父的眼神

事隔半个月后，岳父走进我的梦中。

“我已安顿好了，住在五号院，让大家放心吧！”朦胧中，他所居住的院子积满了水，许多黑黑的棺柩泊在汪汪水中，我的心隐隐有些作痛。

半个月前，岳父告别了这个让他留恋又使他痛苦的世界。几百天病痛的折磨，已把他熬干了。身体瘦成一把骨头，可大脑却一直清醒：“不要再给我治了，不治了……”他的发音已经模糊，咬字几乎不清，因瘦弱而显得大大的眼睛慈爱地环视着床边的亲人。我知道，他是担心花钱多，拖累子女。老人啊，心中何曾有过自己！

记得第一次到妻子老家去，高高的绿树掩映着向阳的北屋。还是毛头小伙儿的我正忐忑不安，思忖进门后如何讲第一句话，不料目光却被门框上的对联吸引住。那已是斑驳的红纸底子上，黑润漆亮的毛笔字大气凛然，沉着顿挫，酷爱米体的我好似遇到了故知，第一面见到岳父，问的竟是对联是谁写的，岳父本是欣喜的眼神闪过一丝羞涩，他连连摆手：“文盲，文盲，不会写字，不会写字。”岳父本没正规地上过学，只是跟人上过几天私塾，但他不仅书法功底深厚，而且古文才气过人。大姐夫母亲去世，他们兄弟几个张罗着立纪念碑，遍寻能写墓志铭的，却数月未果。最后想到岳父，岳父强辞不下，挥笔疾书，一午立就。文中悉数老太挈子将女，历尽寒苦，松柏其心，冰霜其志的事迹，铺叙之中有议论，褒扬句句蕴深情，选词之精到，用语之贴切，让我这中文系毕业的所谓高材生汗颜不止。平常在家，他的桌上、床上也总是摆着古书，以至病卧床榻，仍手不释卷，至今想起那段时光，我的眼前总是浮现出一个固定的场景：岳父侧身躺在床上，单薄细长的手颤抖着扶着半本古书，夕阳透过玻璃窗子，照着他雪白的头发和瘦弱的脸颊，他那已是微弱的眼神仍然默默贯注在书页上，房间里沉寂异常，偶尔传出一声深深的叹息和书页翻动的声响……我有许多朋友第一次见到他时，不谋而合地把他当作了退休教师，而完全没有认为他是个地地道道的农民。妻子这辈共有姊妹七个，其中四个考上了大学，这在那个偏远的小村，甚而在其周围一二十里的村落，都让人们叹为观止、传为佳话，这不能不说是家学渊源发挥的作用吧！

岳父这辈子是吃苦的命。19岁那年就只身离开老家，到了百里外的渤海和黄河交界处的盐碱滩谋生。那时的黄河三角洲是一望无际的荒原，满眼是芦苇、红荆丛和刺蓬，天上是流火的太阳，地下几十里不见人烟。岳父就在芦苇丛中搭起了窝棚。为了防寒，窝棚的地基须从地面下挖一米多深，然后铺上就地收割的干草，一天一夜的工夫，四壁渗出的水就将之灌满了。冬天到了，怒吼的北风和着远方的海啸挟着刺骨的寒气扑来，窝棚在芦苇的海洋里飘摇。而到了夏天，蚊大如鹰，积声如雷，虫豸肆虐，难以入寐。就是在这样的环境中，岳父披星捡豆充饥，戴月割苇编席，每隔一段时间就驾马车把换来的粮食送回几百里外的老家，那里，有他鳏居的大伯、有年迈的父母、有三个年幼的弟弟、有等待的妻女……为大伯和父亲送终之后，年轻的他又为弟弟一个一个盖了房，成了亲——让我们回想一下自己19岁的经历，看看周围19岁的青年，还都是不很懂事的孩子呢！到了二十世纪六十年代，30来岁的岳父作为生产队副队长，又带领一帮青年人，回到汪汪洋洋的芦苇荡，开荒、割柳、收苇、编筐，救活了全队的老老少少，渡过了那个食不果腹的年代。

随着孩子们一个个大起来，老家的日子一天比一天拮据。岳父考虑再三，毅然把老人和弟弟留在相对安稳的老家，将老婆孩子接到了“洼”里。那些年，岳父、岳母带着七个孩子度日，风起万里土，雨来无处住，大的大，小的小，你喊我叫，日子可想而知多么难熬！可是，屋漏偏逢连夜雨，贫贱夫妻百事哀。岳母的身体再也经受不住生活的重压，躺倒在了炕上。为给岳母看病，岳父自学了中西医，学会了打针和针灸。每天早晨天不亮他就在灶前开始忙着做饭：擀饼、蒸窝头、下面条、炒虾酱……孩子们正是长身体的时候，担心影响孩子睡眠，他悄无声息、轻拿轻放。忙完家里再忙外头，在生产队里，他领着群众忙活一天，骨头都快散架了，星夜回家，又有一大堆家务在等着……尽管那时他年纪并不大，可是庄里乡亲都尊重他。谁家出了大事，请他去帮着拿主意；哪家两口子吵架，他去三言两语就能使他们和好如初；婚丧之事，他去全盘谋划；嫁娶之时，前前后后也离不开他。一片热心肠，一堆苦难事。但是不管多苦多难，日子多么紧，他是咬着牙也要把打下的粮食先送回老家，把孩子的学费省下。每年春节，无论妻子孩子多么盼望与他一起过年，他都坚持去老家，回到老娘身边，陪老人度除夕、过大年。20多年，年年如此，直到二十世纪八十年代末老娘过世，岁岁不移。倏忽间，岳父就成了老人！

送走了老娘，岳父的心思，全都放到孩子们和孩子的孩子们身上。为了方便，几个子女把他接到城里，但他坚持自个儿找间房子居住，他是担心给孩子们添麻烦啊！我们的哥哥——他唯一的儿子在外地工作，一年半载见不了一面，他就经常拿出儿子与孙子的照片看，一看就是半天，眼睛花了，照片放远，又拉近，擦擦眼角，多茧的手轻轻抚着照片，又看出神。那照片上戴眼镜的儿子文质彬彬，对着镜头的孙子则是虎头虎脑，大眼睛，大脑门。儿子属狗，孙子属龙，他为之题照曰："犬子龙孙。"对近在膝下的外孙他则更是含饴，更为放任。孩子表演，他鼓掌欢呼；孩子调皮，他当大马让孩子骑。看着孩子们在眼前蹦呀跳呀，他哈哈大笑，可不小心眼泪就又流出来。每当我们回到家中，他那慈爱的眼神，总让我想到羊妈妈的眼睛：眼球似乎总是含着泪，眼角仿佛红红的，眼光是那么的绵软、那么的湿润、那么的柔弱、那么的善良，无论走到哪里，都能感觉到它的存在。不管在忙什么，只要一抬头，就能感应到他的眼神。有一次，我因为什么事与妻子激烈争论了几句，愤愤难平时，不经意发现岳父坐在旁边，他的身体似乎想站起来，却又塌下，可是禁不住又扭了一扭。他的眼睑不被觉察的一颤，瞥了我们两人一眼，然后慌忙转向窗外，那眼神的伤痛、无奈和无助，一下子击中我的内心。一个是对之从小连大声说话也舍不得的女儿，一个是自己欣赏和疼爱的半子，他该怎么办？从此之后，每当我因为什么事情要和妻子争吵时，仿佛总会感到那双眼睛正在看着我们,心中油然而生内疚之情:我们怎能让他老人家伤心!

谁会想到,转眼间,岳父就老了,走路迈碎步了。拄上拐杖了。

谁会想到,突然间,他就病了。

躺在病床上,岳父常常艰难地翻着家谱,提起自己的爷爷、爹爹和老娘,念叨着儿子和孙孙。他的眼睛陷得那样深,平素深邃的眼珠已浑浊了,看起人来总是痴痴定定的。儿女们不管谁来,他都逐个观察他们的眼神。谁有什么心事,不管怎样掩饰,他一眼就看出来。他轻描淡写地谈自己的病,总是说:“没事没事,放心放心!”没人时,却皱着眉头,偷偷呻吟。

那段日子,我正复习参加副厅级考试,岳父郑重地嘱托:“还是干教育好啊!”是他看透了官场的倾轧、难处吗?我想,他一定是担心他的女婿在复杂的官场上太直露、太单纯,会受到伤害吧。

岳父疼爱我,尽管他从未说起过。不然,为什么他会托梦给我?

那次梦后,妻子和姐妹们到岳父的坟前祭奠时发现,那里共有本家的五个坟头,前几天有人浇地时,大水把坟茔淹了……

不知怎的,这几天总懊悔岳父活着的时候没有好好陪陪他。很惭愧,那时候太年轻,总想着日子长着呢,谁知道天上人间,只一瞬尔!

又想起岳父六十大寿时,我从古诗中精选并委托一位书法家为他写的条幅:伟哉彼泰山,五岳传其名!

岳父这一生配得上这词儿。

雅洁的情怀

人到中年，仍然会以一颗孩童的心怀想的那个人会是谁？

时光就是这样悄悄地不易觉察地溜走的……当年那个穿着补丁摞补丁的青色粗布衣服，背着沉沉竹筐穿行于乡村小道，满脸稚气却又神色忧郁、心事重重的孩子，如今竟已经喜欢回忆往事了。

26年前，当我还是一个14岁的中学生的时候，他该是40来岁的年纪。40岁，与我现在的年龄恰恰相同！在我们心目中，平日的他是那么的老成持重，富有威仪，而一旦接触又是那么的慈爱温儒，善良大度，那是饱经沧桑、历练人世后的淡然与宁静。而我的40岁，却还是如此的烂漫天真，如此的稚气未泯，如此的少不更事！

……未到曹王中学上学之前，他的名字已是如雷贯耳。传他江南长大，本是天才少年，当年以当地第一名的分数一举考取交通大学，但他性格爽直，见解独到，小小年纪即被打成右派发还乡里，后来辗转回到黄河故土、博兴老家，流落偏僻乡村中学；传他数学了得，高中课本倒背如流，全县数学公开课每每第一，身边弟子个个聪颖出众，小小斗室一时俊彦咸集；传他性格耿介，某日校长持烟进其宿舍兼书屋，一贯不喜烟味的他挥手指门：

“出去！”传他喜爱优秀学生，一个叫王来明的后生感冒不起，他把该生扶到自己床上，亲手下挂面，一口一口喂王生吃；传他不同流俗，常有惊人之语，与自己教过的一位女学生（我尊敬的张老师）喜结连理后，别人问他：“你觉得夫人怎么样啊？”他沉吟良久，肃然答道：“她是我心中的一朵花！”

在那些阳光浓烈、草长莺飞的中午，那些落叶簌簌、暮云四合的黄昏，那些大雪静飘、万木沉沉的夜晚，我常常透过教室的木格子窗，痴痴地望着他房间的方向。他出出进进的身影，他房间窗子透出的昏黄的灯光，对我有着怎样的魅力吸引和渴望意义！谁会想到，一位数学名师，竟然会写小说，还擅长写诗，那些深具特色的语言，那感情激扬的文字！谁会想到，他对喜爱文学又不惧数学的我，会“长久地将慈爱、嘉许的目光停在我的脸上”。毕业时，他把我招到房间，给我倒上一杯茶。那杯茶的馨香，在我嘴角，20多年，一直到今，从未散去。就在那时，他建议我改名字，在“李鸣”两字中间加了一个“一”。“不能惊人，也可发表点儿意见嘛！”吴侬软语，略带些山东乡音，言犹在耳，时光倏去。唉，老师的期许！

一个生于江南水乡、长在湖州水边的稚童，历经坎坷，最后却在黄河入海的地方安度晚年。回眸沧桑岁月，定有夜夜垂首的沉思。生命的境遇，如烟的往事，过往的师友，默默的大地，寒山翠湖，海啸河风，残阳夕照，古寺塔影。这一切在饱尝人生况味的文人雅洁的心中一经回味，笔下怎能没有情感的流动？

手捧一部《悠悠情弦》，心中翻涌阵阵波澜。它弹奏的岂止是我恩师的生活旅曲，这函函纸笺层层叠叠成一代中国知性文士的心路历程！

他怀人。怀念他不足10岁时就去世的母亲。当母亲“摇晃的身子渐渐地没了力度，以至停止了晃动，咽下了最后的一口气”，“我”“心里不住地说：从此我再也见不到母亲了——童心的感觉是带点儿幻觉的，或许母亲因为舍不得撇下我而把闭住的眼睛突然再睁开”。这是怎样的亲情难舍！“她，最疼爱的是我，一家之爱，她的一生之爱几乎集于我一身。娇儿之念，莫不时刻悬于她的心头。有她的话，如今该有95岁了……”至痛深情而由淡语出之，倍加凸显至性至亲。他怀想父亲，缅怀姐夫，思念童年的老师、小学的校长、相合的故人，莫不饱蘸情感，充满智性。《含悲忍泪读秋白》，字里行间表述了对于瞿秋白面对死亡时的那种抒情气质的敬仰和欣赏，“每读史至此，必掩卷而泣”，是心灵相通，是文人相契，是感情相投？时空如此相隔，情怀如此相融！呜呼，秋白如地下有知，定欣然慰哉！

他念乡。“平湖师范宁静的校园尤其在月华如水照庭院时，踏步谛听，蛙鸣虫啾伴着远处轻盈徐来的弦箫声，心境万般沉静之余更多的会想起一些古意，其间必然会寄寓着许多往事的回味。”这段清美的文字，不正是他回南湖、过太湖、游西湖，沉湎童年时光的感慨吗？而在博兴故土的沉沙池，他徜徉于野趣横溢、拟野非荒、古朴绽拙、氤氲岚光之间，“于茫然的滋味里，心花灿然”“一望无际的冲积沙洲，寂静得深沉辽远，粗犷得凛凛可威”的河口景色，也使他如入物我两忘之境，陶然沉醉在黄河入海口，大发感慨，流连徘徊。

他咏山，他吟水，他歌长城、唱古寺，悠悠情怀装神州，依依情思对往来。《雨中游长城》，他发思古之幽情：“古老的大青砖上被踏出的坑凹里，积满了雨水，仿佛一面面镜子，一路上照出人影，照出城墙，照出历史。风因山势而变换强弱，雨随城墙而时疾时徐；飘忽的人群似在历史的长河中游移。人在每一个山头的脊梁上走动，踩着的却是砌在山巅的古道回廊；它在延伸，它默然无语，从现今通往苍古，从苍古回流到现今！”不仅如此，他在人们熟视无睹的景色里又有了新的发现：“脚下两边斜袤的长城，在天地间画下了真正的人字。这一撇一捺，在崇山峻岭中蜿蜒起伏，盘曲伸展，与天相望，与地相依；在千沟万壑中徜徉，在陡崖峭壁中游弋，在如画的中华大地上添上它雄伟的一笔。”《灵岩寺赏塔》，他瞻望奇特的古塔，开始欲有所云，却又肃然无言，但终于因感而悟：“眼前的这座辟支塔，四面八方都有青山环卫，翠岭作衬，立在方山之腰。寺的各式景物——起伏的群山和一消到底的绝壁以及塔旁的建筑，在流云祥霭下，呈现一种动感，那是一种飞翔的态势。”一种昂扬的人生哲思，一腔进取的生活激情，于此得之！

中国散文，广大浩瀚，浑厚悠远。自《尚书》以降，文化奔腾，气象万千。《孟子》言近旨远，《庄子》汪洋捭阖，《史记》平实生动，魏晋慷慨潇洒，唐宋八大家或雄奇恢宏或淡笔从容，明清小品则意到笔随、趣味横生。“五四”散文开新局，鲁迅的铮铮风骨，周作人的恬淡闲适，梁实秋的妙思奇笔，朱自清的清新明丽，个个成家，篇篇名世。瞩望西方散文，不论是宏观的Prose（泛指所有用“白话”写出的文学作品），还是微观的Essay（通常围绕论点、主旨展开，作者在接下来的段落通过各种举例论证来阐述观点，目的是使读者信服），卡莱尔、罗斯金、培根、拉姆、欧文，或书写理思，或涉笔情趣，或叙述故事，论理则逻辑严密，谈思则娓娓絮语，洋洋洒洒，好不得意。当代文士耳濡之，目染之，涵泳其间，潜沉其里，既承接古典散文艺术之血脉，又移植西方散文随笔之精髓，意得兴会，能无异乎？

我的老师，深得中国古典散文之味，同时又领会西方散文之趣。行文中，儒家的入世哲学有之，老庄的遗世独立有之。关心民生，常常为弱者洒一把清泪；自得其乐，于惊雷闪电里品无声之趣。可以做高高士大夫，谈天说地；可以当小小老百姓，在时局跌宕的旮旯里舔舐伤口，体会内心的苦楚。难得他那只老笔，“奔放时不离法度，深微处照顾到气派”，一切景语皆情语，所有通感同而化。情理融合悄无声息，夹叙夹议必须细察。更难得那文字的功夫，口语、欧化语、文言文、方言土语，杂糅调和，韵味十足，确够耐读、耐读！

如若不信，请翻开这本《悠悠情弦》，一路享受去。

作者谁人？

我魂牵梦绕的恩师——王鸣亮。

黄河口追忆

秋天已经盛大降临。

那天上午，我们赶到垦利，却搭不上去黄河入海口的车，我和树冉只好找到一个老乡，乘一辆马车，咣当咣当奔向黄河口。

浩茫的黄河入海地带，早已被盐蒿和红荆条占领。天宇高远，一墩一墩盐蒿，有的像伞形绿塔，有的如翡翠珊瑚，在灰黄的原野上，一堆，两簇，三座，十团，几十垛，成百上千墩，就如连绵的一座座绿色金字塔，一直排到天地连接的弧形线那边去。大路旁，漫洼里，壕沟，野草，隐隐的水泽，一闪而过的亮光，自在地长在红荆条暗褐色柔韧的枝条上，密密的绿叶间交杂淡黄和浅红的叶子，在风中微微晃动。左手、右边、前方，时或看到褐黄色的螳螂状提油机，在任劳任怨地和着节奏一下一下磕着头。偌大的苍穹，无尽的野地，其间只有这一驾马车行进着。那匹马，高大威猛，双耳前竖，长鬃飘散，马臀饱满而有力地摆动，棕红色皮毛仿佛抹了一层油，在阳光里泛着光亮。只听马铃叮叮，马蹄哒哒，后边的路渐渐没入无边的盐蒿，前方的路一段段从红荆条中显露出来……

树冉是我的中学同学，在离高考还有三个月时来到我们班。他中等个，小平头，红黑的脸膛上总浮着一层羞怯的笑意，当你面对他那注视你的温和的眼神时，才明白笑意原来是从他眼里溢出来的。是相同的奋斗目标，相近的性情，加上彼此天然的对于初识者的亲近，抑或对孤单者的同情？我们很快成了朋友。他那时语文成绩不佳，特别是作文，常常拖后腿。于是，他确定了复习计划，考前最后两个月，每天都完成一篇习作，这使我大为震惊，我还从未见过为了一件事如此执着发力的人。高考发榜，他被青岛商业学校录取了。这在一九八〇年初已是相当不错的成绩，要知道那时仅有百分之四的考生有幸被录取。

后来，我们开始了频繁的通信联系，在信里，我们谈人生，讲理想，交流学校生活，无所不谈。记得他曾给我寄来一帧照片：大海边，他身着一件蓝色上衣，背倚栏杆，面对镜头羞涩地笑着，身后是几只上下翻飞的雪白的海鸥。我把照片夹到相册夹层中，用手压紧，在照片背面标注上“牛树冉，黄海边”几个字。两年后，他被分配到东营建设银行工作。我很快就收到他报到后第一天发出的信：“老同学，想你！我在东营等你来！”我从济南乘坐长途汽车奔波了大半天，风尘仆仆赶到东营，从汽车站走到建设银行大楼时，已是暮色四合，按着传达室师傅指引的路线，我深一脚浅一脚，左拐右转，走了七八里路，在万家灯火中敲开他家的门。

几年不见了。门打开的一瞬间，他惊讶而兴奋得高声喊出我的名字。

他的新婚妻子，一个娇小利落的姑娘，满脸含笑，眼神一闪，便系上围裙，一转身进了厨房，只听当当、嚓嚓、咚咚、笃笃笃、锵锵锵、梆梆梆……转眼间，茶几上已摆满七碟八碗。说不完的话，道不尽的感慨，大声说笑，大口喝酒，讲到动情处，泪水在两人眼里打转。夜深了，他让新媳妇去了闺蜜处，我们两个则继续追忆着，憧憬着，不知何时睡下。一觉醒来，已是第二天上午九点，未及吃饭，便开始了议定的黄河口之行。

马车咣当咣当前行，走了几个时辰，路两旁变成了连绵的芦苇荡。满眼是高高低低的芦苇，风起时，芦苇一起向着一侧倾伏，灰白色椭圆形苇穗上细长的锋芒在夕阳里泛着红光。成千上万只鸟儿，喳喳喳喳地在芦苇荡中起起落落，有那么一会儿，它们突然像受了惊吓，从芦苇丛中腾起，迎着夕阳飞去，遮蔽了大半个天空，芦苇荡上一寸寸拂过浅黑的阴影，一会儿，成群的鸟儿又在远处纷然落下。眼看时间已晚，黄河入海口在湿地深处无法抵达，怀着一丝遗憾，但更多的是满足，马车载着我们驶上返程的路。

一转眼，36年过去了。这次我和几个作家朋友应邀从北京来到垦利，乘船驶往入海口，意欲一览黄河入海的奇观。蔚蓝的大海波涛如怒，成群的海鸥追随在船尾翩然起伏，远处几座巍峨的钻井平台闪着赭红色光芒。船行驶了一个多小时后，听到有人喊："快看！黄河！"大家循声望去，只见视野所及的远处出现了太极图样的景观，一边土黄色，一边海蓝色，中间是一条弯弯的曲线。到了近处，只见浑浊黏稠的黄河水，仿佛载了千吨重量，正缓缓地不动声色地向前涌动，使迎接它的海水渐次凹进来，形成一个又一个柔婉的半圆。河与海，就这样，你抱着我，我拥着你，却又各自独立，黄是黄，蓝是蓝，完全不是我事先猜度的那样全然融为一体。遥想几万里外，巴彦喀拉山上那一滴晶莹的雪水，在凛冽山风中落入万丈深渊，继而渐渐汇集起万千细流，流经白天与黑夜，高原与深壑，雨与雪，雷与电，禾稼与落叶……载着一河的泥水、汗水、泪水、血水，历经九百九十九道坎，一路颠簸，一路惊艳，在大陆尽头，甩掉泥泞，挣脱束缚与羁绊，扑入蓝色的辽阔，化身为海。这是怎样的一场惊天动地的蜕变和重生。

面对这浩然景观，船上的人，有的欢呼，有的赞叹，有的陷入沉思，而蓦然一阵伤感袭上我的心头。来到黄河口，再也见不到树冉了。他已走了两年！

生命中总有这样的好朋友，他并不时时在你身边，却时时用心灵陪伴。这些年，无论我分配到滨州，辗转到烟台，还是来到北京，树冉有机会就会来见我。友谊不染纤尘，相见不需要理由。随着年龄增长，见面再不是年轻时的疯狂，常常是坐在一起，浅浅的笑，淡淡的谈，眼神一碰，彼此会心。最近的一次，是前年他到大庆出差，办完事，专门到北京看我。在一个小饭馆，我们面对面小酌。窗外的夕阳透过玻璃窗射进来，他的微笑依然略带羞涩，鬓角的白发透亮如雪。“身体最重要，千万保重啊！”临别时，他宽厚的手掌拍了拍我的肩头，转身进了高铁站，再挥一挥手，身影汇入人流，再也寻他不见……

话说那个卷发同学

说来真是话长。

32年前。那时李同学还是年轻有为、朝气蓬勃的青春学子。千佛山下，绿树丛中，意气风发，指点江山，瞩望文坛，心比天高，大有舍我其谁之宏愿。

可是……怎么了？向区区山东师范大学文学社社刊《寸草心》投稿，竟然泥牛入海，杳无音信！

二十世纪八十年代，那可是中国文学的金子时光啊。学校在校生3000多人，诗社社员竟然过千。大礼堂，坐满聚精会神聆听诗歌讲座的人，走廊里、窗台上也长满了耳朵；楼间草坪上，一对对恋人深情相拥，呢喃细语的也是文学的情话；而山腰上，正有一群男男女女举行诗歌朗诵会，声嘶力竭的声音在山风里传得很远很远。

那朗诵者不是别人，恰是风华正茂的李同学。他放眼喧腾如海的群山，青青翠翠的朦胧，目光向着遥远的未来，奔流的血液在身体内汇成宏大的交响。

而《寸草心》上始终未见他的名字。

那扉页上社长的名字分外刺眼。

张世勤！

2013年秋天，我陪时任中国作协党组副书记、鲁迅文学院院长钱小芊带领高研班的青年作家们到山东临沂进行社会实践，当地文联作协的同志闻讯赶来。其中那位市文联副主席、作协书记好生面熟。只是——额头不复明净，脸庞略带疲倦，蜷曲的头发让人依稀看到当年诗社社长的风采。

张世勤！

两双手紧紧相握在一起。

在那场澎湃于二十世纪八十年代的新诗浪潮中，校园诗人们狂飙突进的创作激情汇集起一道道文化洪峰。《寸草心》诗社社长张世勤不愧为一个弄潮儿，挺立潮头，鬈发飘洒，引来一道道艳羡的目光。

他搬来著名诗歌评论家冯中一先生担任诗社顾问。

他组织每月一次的诗社文学“论战会”，场面火爆，热烈如火。

他为《红旗》杂志编委、著名散文诗人柯蓝主持报告会，一位白发苍苍、纯净如童，一个老气横秋、故作深沉。

他为如日中天的张炜组织作品研讨会，俊彦满堂，专家如云，张炜全神贯注地倾听。

他带领文学社成员参加李存葆作品讨论会，会上倏然起身发言，操着一口临沂腔普通话，柔绵中有着铿锵的节奏，年轻的脸闪闪发光。

《齐鲁晚报》刊登出他的名字，他的诗歌获得山东省大学生文学创作评选一等奖。

山东人民广播电台午间节目播发了他的诗作。

《中国当代大学生诗选》，选发74位全国活跃的校园诗人作品，他名列其中。

冯中一先生亲自为他的诗集作序，序言《心灵的清泉淙淙而流》发表在《写作》杂志上。

在回顾这段激情燃烧的岁月时，他浅语细声，娓娓道来：这场校园诗歌运动以新诗的形式，冲破“文革”十年文化的僵化，拯救了文化的凋敝，填补了文化的荒园。

它在朦胧诗烈火燃尽之后，续接了诗歌应有的热度，回应了人们对新诗的期待。

它滋养了一代人的精神与思想的成长，让那时的校园和那时的学子，身心怀揣着理想主义的人文情怀。

它不仅培养造就了一批诗人和作家，并且为后来各种文学思潮的兴起做了铺垫和准备。

它对今天的大学校园文化建设和精神培育有着极为重要的借鉴意义。

冷静如斯，视野如斯。

判若两人。

大学毕业后，他回到了故乡临沂。

大家说他当官了。他到了临沂市委宣传部，分管新闻宣传，干得风生水起。

细想起来，其实他的行政才干、交往能力在大学时便可看出端倪。

且不说他诗社社长的威风凛凛，赢得多少少男的嫉妒和无数石榴裙的芳心，单说他作为一名穷学生，却常常与校领导坐在一起，就令人刮目相看。主持学校党委工作的副书记刘示范，副校长王荣纲，中文系主任崔西璐、夏之放，对他关爱有加，经常给他面授机宜。

他与许多享誉学界的学者、文化名人结下了深厚情意。美学家李衍柱、现代文学专家查国华、古代汉语名家高更生、文学博导王万森、评论家杨守森、写作学教授曹明海，这些在当时文学界、教育界耳熟能详的名字都对他青眼相加、夸赞不已。

有人发现，黄昏的操场上，他与著名山水诗人孔孚边走边谈；又有人说道，老作家苗得雨先生在一次剧本讨论会上，突然问："世勤来了没有？"还有人看到，某天晚上，他与《黄河诗报》主编桑恒昌、济南文联主席孙国璋、《山东青年》杂志社编辑部主任高小华、著名诗人塞风、散文家郭宝林、编辑家李广鼐、黄强，从一个大酒店走出来……

如今，当年那个学生领袖，成了沉稳的领导。

而且，其发展势头被普遍看好。

然而，出人意料。

一个小"官僚"，似乎在人们心里只会一味往上爬的人；一个步入政途，确乎有着光明前景的人；一个年轻时写过100多首诗，似乎没有写过小说的人！突然间，他就写起了小说，《傻瓜的初恋》《父亲的战斗经历》《张罗村的年轻人》等30多篇中短篇小说横空出世、翩翩飞舞。《小说选刊》《小说月报》《收获》相继转载推出他的作品。张炜毫不吝惜词汇地评价他："一个怀揣纯真和梦想，身居闹市的写作者，在庸繁和浮躁中用心书写。他的文字堆砌出一个迷人的世界，清新委婉的叙说靠近了朴实的心灵。"刘玉堂满怀激情评述他的创作:“张世勤是写作上的多面手，有多套路数、多套话语,小说、散文、诗歌、影视、评论,都有涉猎,且成绩斐然。他的作品与他的为人,如同蒙山与沂水,厚重又清新,憨厚又睿智,质朴又浪漫,多情又执着,又一个沂蒙山代表性作家向我们走来……”作家王跃文为他获得“红太阳杯”第一届天风短篇小说大赛唯一一等奖的作品《聂小倩》写下颁奖词:“一对平凡卑微的年轻爱侣,不因贫穷而改节,不因黑暗强权而屈服。一篇跟《聊斋志异》中名篇《聂小倩》同名的小说,二者人名、地名、故事和主题同构互文,虽大拙而见巧思。所不同者,聊斋中的聂小倩最终战胜恶鬼而得新生，而同名小说中的聂小倩却永远不能跟着丈夫宁采臣回家了。人间同鬼界哪里更残酷,现实同古往何者更惊悚！小说同构互文的讽喻效果震撼人心！”

世勤最钟爱的还是小说创作。他的小说在淡然叙述中,暗含着会心的幽默,有着出其不意的情节推进。他意图为社会储备思想、用优秀作品照亮心灵雾霾,进行精神救赎,包括救赎自己。

他的短篇小说《傻瓜的初恋》获得《小说选刊》的青睐。编辑手记中写道:“或许,傻瓜天真的眼睛,永远无法看破人世的波诡云谲,傻瓜简单的心智,永远无法参透这个世界的谜底。小说以一个傻瓜的视角,映照出一个真实而变形的现实世界。生活的斑驳复杂与傻瓜的不谙世事形成鲜明对照,批判力度由此而生。然而,值得思考的是,相对意义上,究竟谁是傻瓜谁为智者?这是一个问题。生活的真谛究竟有可能握在谁的手中？这是另一个问题。傻瓜这一场难以释怀的初恋,或许是一线光亮让在生活中走失的人们找到归路。小说切入角度有新意,叙事语言有特点,篇幅虽小而容量丰富，深得短篇之要。”

面对当下文学，他认为一个突出的症相就是平庸。他认为，相对和平和繁荣的大环境销蚀了作家们的感知力。物质的极度膨胀，大大挤压了人们的精神空间。消费和享乐变成正途，人们不再追求崇高和伟大。许多作家的内心，已自觉不自觉地少了一份文人应有的干净和安宁，缺乏以思考者身份去敏锐感知和真切把握生活，失去了文学应有的想象力、创造力和表现力。文学，永远只能在心灵的屋檐下避雨，在生活的深水区沉没。作家一定是要沉下去，既要与生活黏在一起，又要有启动心灵的机器，在生活之水中经受无数次呛水，获得灵感和认知。

这可是一位成熟作家的深沉思考啊！

又是泉城飞花时节，南部山区柳翠花红。鲁迅文学院山东中青年作家研修班开学了。站在讲台上，我侃侃而谈，偶一扫视课堂——停！一个头发卷曲、抬头纹深深、脸庞疲倦的学员正静静看着我！

于是，讲课便在这里拐了一个弯儿：“写作心态要的是耐磨，当年我上大学，大学生诗社的刊物《寸草心》都看不上我的作品，可我并不气馁，诗歌很快就在《飞天》发表了。”

一个人的创业史

一

1992年岁末,我回到故乡过年。之前由于节日值班,我已经三年没回老家了。让我纳闷的是,一连几天未见表弟。表弟是小姨的孩子,和我们同村。他出生那年,我母亲到父亲工作的辽西看病,小姨就带着表弟住到我们家,看护着哥哥和我。放学回家,我常常抱着表弟,到街上转,去田野里玩,虽说是表亲,感情上却和亲兄弟没什么两样。以往我回老家,表弟不管多么忙,总会第一时间来看我。未见其人,先闻其声。“二哥回来了!”伴着咚咚咚的跑步声,门被忽地推开,门楣下露出表弟那俊美的面庞。

表弟个子高挑,生得白白净净,一头卷曲泛黄的发,眼珠乌黑,睫毛很长,一闭眼仿佛便有两团小雾遮起眼来,一笑,满口的白牙,右嘴角露出的一颗虎牙,让他的笑脸显得分外俏皮可爱。

大年廿八那天中午,我们到墓地祭拜过先祖,回家后围坐在一起吃饭,忽然听到天井里重重的脚步声,门帘一挑,地上现出一团阴影,跟进一个宽肩壮硕的汉子,却是表弟。只见他面容黧黑,黑红的耳轮上泛着微白的爆皮,右腮隐隐有个弯月般的暗痕。表弟沉沉喊了声二哥,一握手,我顿时感到一股粗粝厚重的力量。落座后，看他的手指关节粗大，指甲隆起，指肚饱满得像小鹌鹑蛋，筷子在他手里显得十分细长。

“要工程款去了，蹲了半个月，才给了 8000 块钱。”表弟嘟囔道。

三年前表弟初中毕业，15 岁年纪就跟着村里的劳力到油田建筑工地干活，先是当小工，搬砖头、扛水泥、运石子、筛沙子、搭架子、拧钢筋……两年后出徒当了“匠人”，放线、植筋、砌筑、抹灰……太阳晒，寒风吹，一个白净净的学生娃，成了精壮的汉子。

“我不干了！每日里起早贪黑十四五个小时，才给 30 块钱。不干了，坚决不干了！”几杯酒下肚，表弟眼睛红红的，一个嘴角扯到一边，抬头纹深深的，仿佛那纹里积满灰尘。

“不干建筑，那你干啥去？”

“跑业务！”

表弟所说的业务，是指厨具推销。

那几年我的家乡兴起了厨具热，开始是有一家兄弟仨靠制造厨具发了财，接着一家带一家，几户带全村，不几年，乡里周围矗立起几百家厨具企业。到今天，经过三十多年发展，家乡的厨具业已经从家庭作坊零打碎敲变成了现代企业规模化生产，成为闻名遐迩的“中国厨都”，市场份额占到全国的三分之一。但在当时，蕞尔小地的产品“养在深闺人未识”，如何才能“嫁”出去？各厂家就用高回扣吸引乡亲们“跑业务”，以打开销路。有些敢闯的小青年，不但跑遍省内，有的还去了“新西兰”“云贵川”，奋斗几年，驾驶着佩挂当地号牌的轿车返乡过节。

可是姨夫坚决反对表弟的选择，“还是干建筑稳当，甭整天想三想四想些不着调的！”表弟却执拗地去“跑业务”，为此父子俩大吵了一架，大过年的，表弟跑到临村初中同学家里去住，过了初六就和同学去了遥远的拉萨。

二

两年后，表弟一个人从拉萨回来了。

脸是高原红，人成黑铁塔。

纯净的蓝天，圣洁的白云，雪山圣湖，风中经幡，浓浓的酥油茶，长长的哈达……都纷卷进歌曲里了。陌生的出租屋，生疏的街道，胸闷气短、头疼欲裂的夜晚，硬着头皮、一家一家敲门推销的忐忑，一次次被拒绝的沮丧，意外成功的欢呼，都成了过去的故事。

去时，钱兜瘪瘪；回来，两手空空。

表弟的那个初中同学，在拉萨已经和一个藏族姑娘成了家。婚后不久，突然连续恶心、呕吐、腹泄，以为患了胃肠炎，到医院一检查，竟是肝癌。四处寻医、找药、等肝源，费了千辛万苦，在天津医院做了肝移植手术。表弟和他两个人辛辛苦苦挣来的钱，全贴上去都不够，还欠了一屁股债。

姨夫唉声叹气，劝表弟再回建筑队当“匠人”。表弟不吵不闹，到油田继续销售他的厨具，其间结识了工商局一个退居二线的副局长张局。谁会想到，张局改变了他的生活。

张局是我们老乡，那时负责工商局服务公司，在置办食堂厨具过程中，和表弟吃吃喝喝，唱唱跳跳，有了交情。厨具生意办完了，他留下表弟参与维修工程。就这样，表弟拉起一支十几个人的小队伍，挂靠工商局服务公司，搞起了建筑老本行。尽管那里的维修工程需要垫资施工，但并不太累。“工商有权，有的是活，只要有活干就亏不了咱！”电话里，表弟信心满满。果然，第一年春节，表弟就买了一辆二手上海牌轿车开回家，尽管快报废了，毕竟是轿车，在村里拜年走亲戚也开着，算是扬眉吐气了。第二年夏天，他又换了一辆向阳牌工具车，他的兄弟们坐在车斗里，兴高采烈地一起回家收麦；到了春节，他又开着一辆起亚轿车回了家。于是，乡亲们便张罗着给表弟提亲，相了好几门亲，表弟看中了邻村芙蓉姑娘，经过相家、换柬、交换手绢、看日子，两家给他们订了婚。

眼看表弟顺风顺水，将来的日子肯定风光无限，没想到却出了岔子。到了年根儿，张局突然提出第二年要通过招标重新确定工程维修队，并暗示优先让表弟继续干。这时，不料杀出一匹“黑马”，表弟维修队里的施工员竟报名投了标。这个施工员是表弟的同学，平时两人也是掏心窝子的兄弟。张局趁机提出，谁想挂靠，必须先缴20万的挂靠费。20万可不是小数！“为了争口气，也要和他争！”表弟一头扎回村里，找亲戚，求朋友，终究没借到几个钱。“你弟弟回到家里，就挺到炕上，不吃不喝，不言不语，咋办？”小姨在电话里让我帮着想想办法。我到处打听，谢天谢地，终于找到一个在县农信社当经理的朋友，表弟贷上款，把钱交给了张局。

原以为交上钱，挂靠工商局服务公司的事就万事大吉了。没想到，20万扔出去，维修工程不仅没增多，反而比以前还减少了。表弟意外发现他的那个参与挂靠竞争的同学另起炉灶，带着几个工人，也在干着工商局服务公司的维修工程。表弟隐隐觉出了不对劲儿。“咋办啊！这不被人家坑了。工程量太少了，还不够还利息的！”听着电话里表弟沙哑无力的声音，我仿佛看到他焦灼得要冒烟的表情。

后来，表弟参加电业局一项工程招标，他的投标金额最低，人家考察了他的业绩，看他是个实在人，就选了他。表弟把这个工程当成救命工程，带着他的队伍在莽莽盐碱滩上搭起窝棚，驻扎下来，夜里听海风阵阵，数漫天星星，一睁眼，就是咬牙度过的一天。干了一个冬天，工程通过了验收。电业局的工程多是在野外，很艰苦，但最大好处是不拖欠工钱。工程结束一个月了，电业局财务处始终没通知表弟结算工程款，表弟开始不好意思问，以为等等就会接到通知。可左等没有，右等没有，实在沉不住气了，他去财务处一问，说是早已拨付了。细查，却原来是张局带着介绍信到电业局把钱划走了……

三

其间，发生了一件大事。

淄博市一家民营建筑公司在油田到处找工程，听说工商局服务公司有个填海项目，几经周折，找张局来争取这项工程。

那天中午，淄博公司在酒店宴请张局，张局把表弟也喊上了，这让表弟受宠若惊。席间，张局介绍表弟是服务公司经理。淄博公司的人除了向张局极尽颂扬之能事和大表决心外，还向表弟频频举杯，表达请他关心之意。表弟酒酣耳热，心情愉悦，整个场面异常热烈。

饭后，淄博方面怕夜长梦多，请求当场草签协议。张局对表弟说："你来签吧！"表弟略有迟疑，张局催说："没事的，一切由我负责！"表弟懵懵懂懂，在甲方负责人栏里签上自己的名字。30万预付金，张局顺手放进了自己的公文包里。

一年后，淄博方面迟迟未拿到工程，经过多方了解，得知填海是个有说头没来头的工程。他们多次找张局要预付金，张局不是搪塞他们，就是不见面，淄博方急了眼，起诉到法院。

进入司法程序后，表弟收到传票，要求他某月某日到案审理。表弟不予理会："我不就是替张局签了个名吗？又没拿钱，凭什么传我！"

后来法院缺席进行审判，给表弟发来判决书。判决书要求"被告于判决生效之日起三十日内偿还原告本金30万元。如果未按判决指定的期限履行所确定之金钱给付义务，应当根据《中华人民共和国民事诉讼法》第二百五十三条之规定，加倍支付迟延履行期间的债务利息。案件受理费4900元，财产保全申请费1760元，共计6660元，由被告负担。如不服判决，可在判决书送达之日起十五日内，向法院递交上诉状"。表弟气急败坏，把判决书揉皱扔到一边。

淄博那家企业经理给表弟打来电话，让他尽快还钱，说知道预付金是张局拿走的，但协议上是表弟签的字，只能找表弟偿还。至于表弟是否再向张局追讨款项，那是另外的官司另外的事。表弟在电话里和他声嘶力竭大吵一顿，气得一天没吃饭。

一天晚上，表弟在床上被淄博来的法警抓走了。淄博那家企业申请了强制执行。

当天半夜，我接到芙蓉的电话，芙蓉惊魂未定，在电话里结结巴巴给我讲了大体过程。第二天，姨夫又给我打电话，小姨抢过电话，撕心裂肺地哭着说“这日子没法过了！你快想办法救救你弟弟！”我当天把自己的定期存款取出来，又向几个同事借款，第三天才凑齐钱，与芙蓉在博兴县城会合，赶往淄博那家法院。

记得那天是多年未见的恶劣天气，一路狂风暴雨，汽车在公路上像喝醉了酒似的打飘，天仿佛裂开了口子，汽车雨刮器如两只交叉的手一刻不停地左右挥动，车前还是一片迷蒙。我让司机把车停在路旁等了半个来小时，风雨小了一些，我们才继续赶路，柳桥、曹王、索镇、朱台、辛店……芙蓉一个劲儿催：“快点，快点！他进去两天两夜了，不知道被折腾成啥样呢！”我劝慰她说，“这是民事案件，不会有事的。”进了城区，眼看就到法警大队，汽车快速驶近十字路口时，红灯突然亮了。司机紧急刹车。这时听到身后刺耳的吱吱吱的摩擦声，越来越近，越来越响，正要回头看时，突然一股力量使我上身猛地往前冲去，瞬间，后脑勺又撞向椅背，然后又弹了回去，我感到脖颈麻木，头嗡嗡的，视线模糊，只听到芙蓉在喊：“老天，这是咋了，要俺命啊！”

出车祸了！

接着听到车外发动机隆隆的声音，车轮在路面摩擦打滑的尖锐声音。惊悸不安中打开车门，雨正下得急，后备箱像个蚂蚱一样弓了起来，肇事车早已不见踪影。人生地不熟，又赶上这样天气，时间紧，事情急，我们只得晃晃荡荡把车开到法警大队门口一侧停下来。

面对满脸正气、高大伟岸的执行局长，我轻声细语地申辩了几句："您也知道，他没拿到钱。他是签了字，不过他就相当于一支笔，只是工具啊……""谁签的字，我们就执行谁！"局长声音挺拔严厉，打断我的话。芙蓉瑟瑟缩缩地躲在我身后，不敢出声，一个劲儿拉我衣角，我拍拍她胳膊，说："没事，不要紧，咱办手续。"我们小心翼翼地填表、写检讨书、缴款，手不由自主地哆嗦，似乎拿不稳几张薄薄的纸。手续办完时，窗外雨声更大了。

"把人员提来！"局长对着话筒，中气十足，声振耳膜。

大约过了半个小时或是更长？在漫长的等待之后，只听到门外汽车的引擎声，刹车声，关车门声。随着办公室门被打开，表弟被两个穿制服的魁梧大汉夹在中间推进门来。表弟满脸灰暗，头发凌乱，两手抄着，一副手铐闪着铮亮耀眼的寒光。

四

天无绝人之路，苍天不负表弟，靠着诚实朴实和吃苦耐劳的品行，表弟队伍的工程量逐渐多起来，在七八家单位都有了工程，也赢得了不错的口碑。

"不管和谁相处，咱都得实实在在地处好，谁和领导处不好，那不叫人笑话？"表弟的话，会让我想起每次离家的时候，老母亲一遍遍的叮咛。是啊，在中国这样一个伦理社会，人们重视的是人情，顾及的是关系。而人品，更是做人的根本。

表弟说，测探公司刘总待他不薄，两人成了朋友。刘总母亲去世早，父亲得过半身不遂，不愿和儿子一家住在一起，刘总就给父亲租了房子，每周去看望，送饭送菜。有一次上级来督查工作，刘总几天没顾上去看老人，等督查组离开，匆忙去见老人时，只见房间里乱成一团，像被洗劫过一样。老人说前天晚上犯了哮喘，到处翻箱倒柜找药，差点过去了。说者无意，听者有心，表弟第二天就安排工人从建筑队食堂给老人送饭，“谁家没有老人？不就是做饭时多加一勺子面、多添一把菜的事吗？”

“人家看得起咱，咱就把人家当亲人看。”设计院王院长对表弟的队伍很认可，据说在一次办公会上专门提出表扬，说，如果全院每个部门都像工程维修队那样，领导指到哪里，就打到哪里，而且干得出彩出色，超出领导预期，那设计院工作就会上个大台阶。这事传到表弟耳朵里，他大为感动：“王院是大官，咱是庄户巴子，人家这样对咱，咱拼上命也得对得起人家的表扬！”据说有个场合，表弟在酒店招待客人，恰巧王院长也在同一酒店请人社局领导吃饭，表弟带着茅台去敬酒：“局长，我不会说话，我代王院敬您杯酒！您喝一杯小的，我喝两杯大的。”局长一小杯酒刚端起来，表弟两大杯六两六的酒水已经进了肚。“丢煞人了！送到医院，切了半截胃！”芙蓉高声嚷道。

“关键事上决不能掉链子，这样人家才放心咱。”表弟说。采油一公司筹备庆典，一切准备停当，只等第二天上午举行典礼。不料，前一天下午局办公室主任提前来视察，提出会场场地不行，标准要提高！3600 多平方米，半个足球场那么大的场地，一夜之间要重新铺，几乎是不可能完成的事。“任务交给咱，咱就要坚决完成好！”表弟把自己的队伍全部集结到现场，又高薪从附近工地找了 80 个技工和壮工，分成十个组，实行承包作业。一晚上，工地上灯火通明，货车鸣笛声、机器马达声、铁锹镬镐敲击声、打夯号子声，混成沸腾的交响。表弟挽着裤腿和民工们一起干，直到典礼举行前半小时，一个崭新鲜亮的会场神话般呈现在人们面前。

经此一战，表弟声名鹊起。

五

几年工夫，表弟不仅还上所有欠账，而且有了厚实家底。座驾换成了奥迪 A6，老家房子也翻建成楼房，一楼出租，二楼三楼住人，他和芙蓉平时在油田，小姨和姨夫搬了过来。表弟在油田的别墅，在一个高档小区里，绿树掩映着哥特式楼房，尖塔高耸，立柱修长，彩色大玻璃闪着霞光。

前年，表弟找我商量，他要回老家办厂。

表弟的宏伟蓝图由 4 项工程组成。一是建设一个现代化厨具厂，这已具备成熟的人才、技术和市场。二是建设一座老年公寓。他说："现在已经进入老年社会了，村里青年人大都去城里打工了，留在村里的老人精神孤独，生活不便，咱一个村 2000 来人，四五年里，自尽了好几个老人。要是办一个老年公寓，把本庄和周围村子有意愿的老人收纳进来，让他们有热乎乎的饭吃，有医生护士给看病保健，有邻居百家一起拉呱，老人们喜欢，年轻人也放心，这不是天大的好事？"三是创办一家油井检测设备制造厂，他说这些年在油田闯荡，结识了不少领导和工程师，为油田提供配套服务，前景肯定广阔。四是开办一个印刷厂，名字都起好了，就叫“捷美印务公司”。他说最近认识了一个朋友，就在教育厅帮忙工作，全省教材印刷量有多么大啊，没有问题。

我给他泼了冷水。

“但凡创办一个企业，首先得考虑几个重要因素：房屋、设备、人才、技术、市场、订单。对照这些指标，你这 4 个企业，都有欠缺。厂房，尽管建设用地手续很复杂，但经过努力还能办。设备购置，只要有钱，也不是多大的事。但是企业要活下去、能发展，根本在人才、技术和市场。这样看，厨具厂可以办，但要在上千家厨具加工企业中脱颖而出，也很难。办老年公寓，医护人员就难以解决，哪个有医师资格证书的大夫能到乡下来？乡镇卫生院留住他们都难，更不用讲老年医护面临的风险了。办油井检测设备厂，更得考虑清楚。产品是靠买专利？从技术专利到产品成型可不是那么简单，得先经过实验室初试，产品小试验证，中试生产，批量生产，然后才可能产业化，每个环节都会遇到意想不到的困难。如果给企业代加工，也存在很大变数。至于搞印刷厂，核心问题也是人才和技术，你那大粗指头能绣花？订单更是靠不住”。

但表弟主意很“正”，说是要用事实给我说话。

他当即全身心投入征地中。

为了向乡土地管理所所长汇报工作，他跑了几十趟。有天下午去土管所办公室汇报，所长正开会，让他第二天再来。他打问到所长居住的小区后，就在小区门口等，想等所长下班时能够见到。天渐渐暗了下来，人们陆陆续续下班了，仍不见所长的影子。或许出去吃饭了？他就继续等，等到晚上 10 点仍然不见所长，他想干脆明天再来。转念一想，既然等到这么晚了，干脆等下去，说不定能因此感动了所长。结果一夜未合眼，也没见到所长。第二天8点一上班，他赶到乡政府大院，所长办公室的门仍然关着。一了解，所长的老父亲昨天突然发病，所长没下班就赶到县医院去了。

尽管又困又累又饿又渴又急又气，表弟还是立即驾车去了县医院，到了病房就坚决要求给老人陪床，人家好言劝他走，他不走，护士赶他走，他转一圈又回来，病房内坐不下，他就蹲在门外，送餐、催药、端便盆，一连守了七天……

省市县的土地手续还在办理过程中，他就开始在村里对出让土地的村民一户一户做工作。他自己感到没把握的，就喊上小姨和姨夫一起去做，请上村干部帮着做。有一户由于户主和我哥哥是同学，他就打电话把我哥哥从外地喊回来帮着做。多数人家碍于邻里乡亲、抬头不见低头见的情面签了协议，有的则狮子大开口要加价补偿，悄悄获得附加赔偿后才签协议。二爷爷家坚决不同意出让土地，表弟就一趟趟上门，觍着脸，爷爷奶奶叫着，送面、送油、送水果，挑水、扫地、洗衣服。好不容易等到二爷爷松了口，他却突然提出："你只要把你侄子送到桓台一中附小上学，咱就签！"桓台一中那是闻名遐迩的省重点中学，它的附属学校也是赫赫有名，桓台的孩子想上都难。"咱和桓台不是一个县，没法办啊！"表弟低着头，嗫嗫嚅嚅地说。"那不行，办不了，想要俺的地，没门！"二爷爷犟上了。"那我试试！"表弟驾车去了桓台，找学校了解清楚了，桓台一中附小只招收具有桓台城区户口的适龄儿童，而且划片招生，限于柳泉北路以西、桓台大道以北符合条件的学生。表弟一听头都大了。后来找朋友打听有没有别的渠道上学，结果还真另有规定，但必须是在学校片区内有合法固定场所，夫妻双方至少一方在桓台务工经商的，可以拿着县公安局发放的有效居住证和县工商局颁发的工商营业执照给孩子办理入学。表弟走投无路，和家里反复商量，狠了狠心，花 100 多万在桓台县城柳泉北路买了一套沿街商铺，去工商局注册成立了厨具销售门市部，又托关系去乡派出所把二爷爷孙子挂到自家户口本上，这才总算签下了最后一份土地出让协议书。

等所有手续办完，已是十个月过去了。表弟开始了他宏伟规划的重要一步：厂房土建工程。

六

接到电话，我急急忙忙赶回家时，眼前面对的是一堆瓦砾。

表弟辛辛苦苦建了一年半，八万平方米的厂房，被挖掘机拆了半个月，没了。

为了这厂房，他花光了最后的积蓄，另外在银行贷了 500 万，从融资公司借款 400 万，为了不至于半途而废，让厂房挺起来，他甚至借了 300 万高利贷。

“说是越了红线了。”芙蓉咬着干裂的嘴唇。

“整整半个月啊，咣当咣当的，把心都砸烂了！”小姨眼睛肿着，头发干得像苇草。

没见到表弟。

说是他到济南去了，南部山区有个大项目，他要和几个伙伴把两个山头租下来……

七

48 年前那个夏天的午后，天上下着密密的雨，小姨家正在屯屋，我和哥哥喊着吵着跑进跑出，头上脸上全是泥点子。哥哥突然拉着我胳膊，我硬挣着躲开，他又拧着我脖子将我扭向西屋，小声说："你看奶奶在干啥？"透过西屋东墙上的窟窿，我看到一个让人疑惑的场景，奶奶——我小姨的婆婆，头上沾着一些麦穰，正跪在地上，闭着眼，双手合在胸前，嘴唇嚅动着。一会儿，她又俯身趴在地上，一下一下磕着头，头上的麦穰一颤一颤的。我们瞪大眼，不知道发生了什么事。正迷惑着，北屋门开了，妈妈从屋里弯着腰走出来，她坐骨神经疼了好几年了。妈妈招手让我俩过去，脸上满是喜气，说："别作声，跟我来。"她小心翼翼推开门，但门还是"吱"了一声。我进了屋门，仿佛一下子沉进地窨子里，只有土炕那里一盏煤油灯兀自亮着，椭圆的灯头散发出淡黄的光晕。我抓住妈妈的衣角，挪到炕沿儿那里。小姨躺在炕上，身上盖着一床花被子，头发披散着，她笑着掀开被角："呀！小娃娃！"一个茶碗儿那么大的小脑袋露出来。小娃娃睁开眼，嘴角一歪，小姨说："看，你小表弟笑了！"

第二辑

那些年

在路上

一

1979年,还懵懵懂懂的我考上了公社高级中学。

学校以公社冠名,但并不在公社驻地,而是在离公社所在地二三里的庄稼地里,没有围墙,只有四排平房,其中两排是教室,一排是教员宿舍,一排是食堂。教室里只有一个讲台和八九排课桌,黑板是略微凸出墙面的长方形水泥面,上面涂了一层黑色染料,除此之外,别无长物,板凳则要求学生自带。妈妈把我家屋门后垫水瓮的半扇湿淋淋的旧门板抽出来,放到天井里晒了两天,从木匠那里借来工具,在正午的院子里,敲敲打打、连锯带凿了几个时辰,硬是做成了一个方方正正的杌子。用桐油一擦,在阳光里泛着光泽,煞是漂亮!我还捧着几个鸡蛋去供销社换了两个本子、一支铅笔,从此结束了蘸着掺水灶灰写字的日子。

学校离家有十几里路远,上学必须早晨四五点钟走,最可怕的是路上要穿过一片坟地。开学的那个秋天的早上,我在穿过乱坟岗边长长好几里的玉米地时,真真切切地看见几个飘飘滚动的被老人称为“鬼火”的“火蛋”,我闭着眼大喊了几声才敢继续前行。就这样,一个头大身小瘦瘦巴巴的13岁孩子,背着竹筐,两手抱着沉沉的杌子，独自走在上学的路上。那竹筐里盛着几个玉米面地瓜面混合的窝窝头和一个装着萝卜咸菜的玻璃瓶子，要知道这瓶咸菜在我心中有着怎样的分量——家里就饭用的是盐粒啊！我脖子一拱一拱、两脚小心翼翼地往前赶路，到了学校，舍不得拿出五分钱去熘干粮，咬一口硬硬的干窝头、啃一点点咸菜、喝一口开水，拉得嗓子直冒火。春风清冽，夏阳闷热，秋月当空，冬日冰雪，在这条路上，我的影子越来越长，脚步越来越坚实，喊出的声音越来越高亢。

其实，我也是走在祖辈、父辈曾经走过的路上。11岁时，父亲沿着这条小路走出村庄去上高小；18岁，从这条路出发，下关东去讨生活。再往上溯，爷爷走的也是这条路，这位被称为八路骨头的人，据说极为清洁，星夜出行穿着旧鞋，白天归来，到了村口又换上新鞋。一条路，重合了几辈人多少脚印……

每次回家，我都抢着帮妈妈干点儿活儿，可妈妈坚决不让："孩子，你好好读书，就是对妈妈最大的孝！"每当我离开家的时候，妈妈总是送出大门口儿；走几步，妈妈在看着我；走好远，回头，妈妈还在那里站着，一直走到村西头；回头时，妈妈，妈妈的影子还在家门口儿……

二

高中毕业那年，家里分得一块责任田，一年下来，家里添了一辆二手自行车。

那些年，我爸在东北煤矿工作，哥哥和我上学，妹妹年幼，尽管要强的妈妈每天都背着妹妹下地干活儿，但也达不到生产队的平均工分,只能让爸爸给生产队汇款买工分。记得有一次,生产队分玉米,大伙儿和过年一样高兴,哥哥和我也跟着小伙伴儿们一起兴致勃勃跑到队场里,一堆堆地数,一堆堆地找,每一堆粮食上都压着一张写有社员名字的纸条，找了一圈儿没找到妈妈的名字,正惶惑间,蓦然听到保管员老五扯着嗓子在喊:“李家的崽子,快滚开,没你家的！”我们又惊恐又羞愧,满头大汗地跑回家,和妈妈一说,妈妈的脸瞬间变得蜡黄,嘴里嘟囔着什么,突然失声大哭起来。

现在想来,在那样的环境下,妈妈拉扯着三个孩子度日多么不易。那时候农家的日子过得都紧紧巴巴,乡亲们没法儿给我们物质上的接济，有时乡邻一句同情的话，也时常让妈妈感动不已。就为了村南头一位善良的大娘给了妈妈一把小葱,妈妈揽下了给大娘全家做鞋的活计。那段时间,我家院子里常常晒着花花绿绿的袼褙,空气中氤氲着熟玉米面、地瓜面的味道。中午浓烈的阳光照进屋里，妈妈坐在门槛边，一根一根地在腿上搓着麻线,或是埋着头纳鞋底、缝鞋帮,偶尔抬手抹一把额头的汗,嘴里哼着《李二嫂改嫁》的吕剧唱腔。乡亲们中也有一些对我们家冷嘲热讽看笑话的,遇到这种情况,妈妈总是一笑,仰着头走过去,看都不看他们一眼。哥哥初二那年辍学,一个十二三岁的半大小子当起了壮劳力,和成年人一样出夫当河工,拉着地板车到二百里外的孤岛割柳,整晚整晚在南洼地看机房……就这样,妈妈和哥哥起早贪黑地劳作,但一年下来,仍然欠生产队钱。

那时候在乡村,家里有辆小推车就是很殷实的家庭了。记得我大概八岁吧，妈妈从村里一个伯伯家借了辆小推车，让哥哥和我到离家七八里的薛家屯磨面。小推车车梆上各绑一口袋玉米，哥哥推着小车，我在前头拉车。那路又窄又坑洼不平，到了一处泥洼地，原先大马车留下的辙印有三四拃深，有段车辙里还晃荡着泥浆，大我三岁的哥哥把车襻撑到脖子上，身体猛往前倾，我憋红了脸，双腿绷直使劲后蹬，褂子都要挨着地面了，拉绳就像勒进了肩膀的肉里。挪蹭了半个钟头，才拱出来，鞋子满是泥浆，脚在鞋里打着滑。经过这翻折腾，粮食口袋被挪拥到车前头，我正稍稍有了放松会儿的工夫，只听哥哥一声喊，身后咣当一声，接着异常沉重的东西猛地把我打趴在地，额头撞到地上。哥哥跑上来，把我拉起，看看我一脸泥，又看看我沾满泥土的衣服，倔强地抿着嘴说："没事，扶起车来，咱急摸摸赶路！"

真没想到，分地后的第一年，我们家就超越小推车阶段，直接添了自行车这个大件儿！记不得是什么牌子了，只记得车座皮儿已经磨得稀薄发白，里面的弹簧硬扎扎的。一个星期天下午，妈妈和哥哥在村西的一条乡间路上，一人抓着车把，一人扶着车座，教我学骑车。费了多大的劲啊，我的头发衣服全湿透了，汗水沙得眼睛生疼。在妈妈一阵阵笑声、哥哥一句句斥责声里，我歪歪扭扭地骑车，突然间，我能独自骑车上路了。乡村的小路疙疙瘩瘩、坑坑洼洼，我在自行车上好像随时都能颠下来、飞起来。慢慢地两眼开始敢往前看了，慢慢地又能向路两边看了，玉米像流动的绿墙，大豆像厚厚的地毯，风在耳边呼呼吹过，我的影子一会儿在前，一会儿在侧，一会儿闪向后面……这辆自行车伴我度过了高中最后的时光。

三

高考那天，经过初选留下来的同学，在班主任带领下集体坐公共汽车去考试。记得那些年，小伙伴儿们每当听到街上传来邮递员驾驶摩托车发出的嗡嗡的声音或是手扶拖拉机发出的突突突的声音，就纷纷从家里蹿出来，或是围着车指指点点、叽叽喳喳，或是撒开丫子一起去追，我曾好几次为此跑掉了鞋子……这可是第一回坐汽车，四五十个人挤满整个车厢，我在车厢过道里站了一路也不觉得累，公交车里散发着好闻的汽油味儿……

考试结束后，经过一个月忐忑不安的等待后，哥哥拼力把我推进绿色的大火车，咣当一声，车门关闭，从此我踏上驶往远方大学的路程。那绿皮列车好长，好拥挤，抬起一条腿，就再也落不下去……

大三的时候，哥哥到郑州打工，顺便到济南看我。校园的夏日，远山如黛，万木葱茏，风光旖旎，美不胜收。哥哥说："什么时候咱能开辆小轿车回老家？轿车就停在咱家门口，那该多好！"说这话时，哥哥望着远方，眼睛里闪着亮晶晶的光。

一晃十几年过去了，我们迎来了热火朝天的九十年代，哥哥创办了几家公司，建筑、维修、印刷、服装，多元经营。他的公司最红火时拥有十几辆车，而他的座驾则过不了几年就换辆新的，起亚、宝来、帕萨特、奥迪、奔驰，每每回到老家，常常就会看到一辆排气量不低的亮铮铮的轿车卧在家门口的阳光里。经常趴在妈妈背上的妹妹仿佛一夜间长大了，注册了一家叫作"大宇厨业"

的公司，既生产又销售，产品销到了北京、上海、新疆、内蒙古等十几个省区市。离家几百公里的地方，常常自己驾车来去；再远的城市，则打“飞的”，早晨从济南遥墙国际机场出发，晚上已返回家里。去年大学毕业的外甥，在网上开了厨具网店，信息从小村落通向遥遥天际……

四

道路就是生活。在路上，成为人们的生活方式。其中有愉悦也有苦楚，有顺境也有逆境，有平静也有意外。

难忘孩子高考后，那些混杂着焦虑期盼的日子，更难忘儿子接到北大通知书时，我们欢欣鼓舞。而儿子的表现却出乎人们意料，当他被通知下楼去接快递，邮递员手捧鲜花将通知书递到他的手中，随行的记者要把小城当天考生关注的一条重要新闻录下时，他却转过身，兀自淡定地向家里走去……

经过近五个小时的跋涉，我们一家三口跨入梦寐以求的燕园，未名湖畔漫步，博雅塔前沉思，在校友门北京大学牌匾下拍下全家福……给儿子办完报到手续，我们就要离开美丽的校园，与儿子作别，开车回返。挥挥手，再挥一挥手，望着从小没有离开过家，瘦瘦高高还很青涩的孩子，仿佛我们就要把他一个人遗弃在那里。他能在异乡独立生活吗？天冷了，知道加衣吗？生病了，知道吃药吗？同学间有了矛盾，知道如何处理吗？妻子开着车，紧锁着眉头；坐在后排的我，高高举起一张报纸，遮住了脸。这条路，走了多少趟？每逢开学、放假、节日，我和爱人都要到北京看儿子，每一次出发和告别，都充满着不舍和向往。“我还年轻，我渴望上路。带着最初的激情，追寻着最初的梦想，感受着最初的体验，我们上路吧。”美国作家杰克·凯鲁亚克的话回荡在耳边。上路吧，前方的前方是什么？一曲或激越或忧伤的旋律，分外明亮。

又怎能忘怀路上那刻骨铭心的创伤。那年我到浙江出差，到达的那天晚上突然没来由地想给妈妈打个电话，但由于一帮朋友到房间来聊天，谈到很晚，遂打消了打电话的念头。丁零零一阵急促尖锐的手机铃声把我惊醒，看表，已是凌晨一点多。平时，晚上休息前，我总是要把手机关掉的，但那天不知为什么竟没有关机。是妻子的声音，听得出她在极力压住不平静的心情，声音异常缓慢柔顺：“妈妈得了急病，你别着急，明天回来吧！”“什么病，要紧不？”我一下坐起来，几乎吼起来。“晚上突然摔倒了，现在去了桓台医院，可能不要紧。”妻子嗫嚅着。我立刻给哥哥打电话，响铃好长时间，没接。我又急急给妹夫打电话，又是长时间等待，以至于到了我都快失去信心的时候，他接了电话，犹豫着说在抢救。我说我马上请附属医院的主任赶过去，他说：“不用吧！”我把手机紧紧贴在耳朵上，想仔细听听那边有什么声音，是否有最担心听到的哭声，没有，只有话筒发出的蜂音。我睁着眼，一遍遍想象着妈妈摔倒时的痛苦表情，心如刀绞，恨不得身边有一艘飞船，马上就能扑到妈妈身边。我一遍遍想，妈妈没事的，没事的；一会儿又想，妈妈危险了，坏了，坏了！我又宽慰自己，妈妈一定会期待我到她身边，哪怕出现最危急的状况，妈妈为了看到我一眼，也会等着我。就这样一夜睁着眼，辗转反侧，盼着天亮。

比约定的时间提前一小时，我就下楼了，等接我的汽车一来，便以最快的速度赶往机场，心一直提到嗓子眼儿，唯一的念头就是，快，快，快，快！到了机场，就想如果家就在这里多好啊，可家还在几千里之外。好不容易等到飞机起飞，焦心挨过空中艰难的两小时，一下飞机，我就冲向航站楼出口，双手紧紧抓住来接我的朋友的手，一刻不停地赶往桓台医院。到了医院门口，急忙给哥哥打电话，问在几楼病房，哥哥沙哑着嗓子说："回家吧！""啊，谢天谢地，妈妈出院了！"我的心一下子放松下来，一阵困意涌来。"李老师，到家了！"猛地从恍惚中醒来，透过车门，忽然看见侄子穿一身白孝服从屋里走出来。我脑中一片空白，撞开车门，瘫坐在地上。妈妈走了！回家的路有多远，心就有多复杂。送走妈妈两年后，我又曾奔行在见爸爸最后一眼的路上。多么艰难的路，也要走过。

五

2012年，我参加公选考试来到北京工作。单位没有住房，我在回龙观田园风光雅苑租了一间房子，每天一大早爬起来，先是步行七八分钟赶到公交车站，乘428路公交车经过龙锦苑、马连店、龙禧苑、回龙观公交场站、风雅园、三合庄园、龙华园……十站，大约45分钟到达龙泽地铁站，然后挤进13号地铁，经过霍营、立水桥、北苑、望京西……费时一个多小时到达芍药居，下车再转乘119路公交车经3站到达单位，每天来回在路上4个多小时。

记得2012年隆冬的一个清晨，大雪纷飞，我走出地铁站，在芍药居桥上猛然发现119路公交车正在驶来，我慌慌忙忙往桥下赶。步行上桥的桥梯太窄，人头攒动，拥挤不堪，我发现由于路滑，台阶一侧的坡道无人清理，落满积雪，情急之下，便两手扶住栏杆，滑行下去，快到底部时，脚底一滑，摔了个四仰八叉。这一摔不要紧，连眼泪也摔了出来。一个四十六岁的汉子，望着远去的公交车，默默不语，任飞雪落满头顶、落满濡湿的衣服。

如今我的家搬到了京东的通州，距工作单位有三十多公里远。每天我还是步行到地铁站，转三次地铁一次公交到达单位。地铁站永远是人群密度最大的地方，也只有在地铁里才知道弹性的力量，这一站车厢里已经人挤人，似乎没有一点儿空隙，但下一站，又能挤上五六个人。常常会遇到这样的情景：一阵急促的手机铃声响自遥远而切近的人群深处，但身体已经陷入密不透风的人堆中，使劲把手插入裤兜，却无法拔出来，任铃声一阵阵、一阵阵不屈不挠地响着……出了地铁站，穿越拥挤的人群、奔涌的车流，融入都市九万九千座楼宇之中……

这沸腾的生活，这人生的真味，时时感动着我。

在路上，为了郑重的安排，为了交心的托付，为了期待的眼神，为了安身立命的职业和拿生命热爱的事业，一次次，我踏上征途。德国有句谚语："尽管世界谎话连篇，但是你走过的路永远不会欺骗你。"是啊，滴滴汗水、泪水、血水，滋养了信念，浇灌着生命，也成长着身心。前面还有更长的路要走，我迈动双腿，不惧日夜兼程。

串杨叶

我有一个胖胖的童年。

我的童年被一个褴褛的大袄裹着，我的童年在冰冷而纯真的雪里唱着。

我的童年鼓凸着小腮，扎着朝天小辫，是一个文文静静的小姑娘。

——作者题记

那年秋天，我大概有十一二岁的光景吧，家中遭遇大难，父亲意外地发生了什么事情。家中只剩下我们姊妹仨，鸟儿似的看着躺在炕上，脸色苍白，不能动弹的妈妈，心中升起一种莫名的感情。夕阳懒懒地抚着窗棂，一片片枯黄的叶儿无声地落在天井里。老黑（我的狗）趴在叶雨中无言地望着我，一动也不动。我有些耐不住寂寞了，于是就拉起五岁的小妹妹，光着脚丫，去串杨叶。

串杨叶只需一根铁条做成的针，拖一条长长的粗线——大多是纺车上用旧的或从破烟杆上拉下的。那时候，妹妹似乎也懂事了许多，拖着老长老长的线，说是串得多了，家里就不用再愁没柴烧了。

离我家不远，有一个湾叫作西湾，平素积着半湾水，上面漂着一层绿绿的滂菜。湾的四周是一棵又一棵的白杨树,这时地上便有一层厚厚的落叶了。我们踩在上面,沙沙沙地响,也可提起一些兴奋来,以安慰我们忧郁的灵魂。

我们一叶一叶串,妹妹专找那些半干不干,既大又圆的,而我却只选那些干黑的鼓成凹凹凸凸形状的,所以最先串满;而妹妹的身影却已远了,只看见她枣红的夹袄一起一落的,树上的叶儿平静地落在她身上。偶尔,有几个叫作"长尾巴郎子"的鸟叫几声,飞走了,我的眼泪流下来了,于是,我喊着她的名字追上她,仿佛怕她一下子不见了。妹妹吃惊地回过头,鼓凸着小腮看着我的脸,看着我一满串杨叶,再看看自己那小半串,又看看我,"哇"的一声哭了:她不允许我比她快。这时我便抓起她瘦瘦而冰凉的小手,打几下我的脸,然后一直帮她串得满满的……后来,我们就往回走,杨叶串拖在身后响着,带起一溜儿土,哗哗啦啦地在黄昏的风中飘扬着。当来到"凤阳桥"上时,我们便把杨叶一圈儿圈儿的盘起来,躺在上面玩儿。因为我怕妈妈唱那首凄伤的曲子,所以不愿早早回家。

天黑了,大黑狗就来找我们,桥下的水哗哗地流着,于是我就想起老人讲过的桥的故事。故事说桥下有一条龙,眼像灯笼那么大且亮,所以我们这条街才叫"青龙街"的。每到夜深人静的时候,一个人坐在桥头,能够看到一只龙眼;透过龙眼,能够看到东海的船。虽然我想见海,见船,但是一个人又不敢独自来玩儿,所以最终不能成功,回头看妹妹,她已睡着了。

于是我唤醒妹妹,背起她,把杨叶一串串搭在狗脖子上,向柴门走去。这时,星星已经亮起来了。

婚期

我们领结婚证的那一天，春意盎然。

那天，在温暖的阳光里走，清风细细地抚过耳际，柔柔而亲切。我淡淡的影与疏疏细碎微微晃动的叶影融合在一起，心中漾动着一种温馨平和的情绪。

记得在那之前的一段时间，我正经历着一次挫折。心灰意冷，生活无绪，沉浸在希望破灭之后突然的空洞中。每天，我都坐在自己的单身宿舍里，独自品尝着生命赋予我的生活，凉意上头，泪流满面。在那孤寂的长夜里，外面的夜温柔而危险，平静中蕴藏着峭厉和艰难。我就坐在床沿上，望着窗外，屋子里灭着灯，我陷入一夜的沉默。

而微笑的你，总在这时来抚慰我。你细嫩的手指清风般抚弄着我的头发，你白皙的面孔静静对着我的脸颊。就这样对视着，对视着，你夜色般的眼睛痴然张开，爱意如注，慢慢地慢慢地将我淹没。你不知道，在那默默凝视，我是得到了怎样的理解、深情与慰藉。就如一叶在滔天波浪中颠簸的小舟，在茫茫夜海上已迷失方向，它孤立无援，独自流浪，无望和幻灭感深入骨髓。然而，突然在一个凌晨，一觉醒来，它发现自己被一种神奇的力量推到了岸边。

啊,那岸!

于是,我怀着这样的一种心情,径直走进了办公大楼。我要开结婚介绍信。

这个念头来得那样突然,令我兴奋又让我忐忑不安。我想伸手抓住,怕它一逝而去,徒徒留下遗憾,可又分明担心着什么。我预感到有一种改变我的生活历程,乃至注定要改变我生命的东西已在冥冥之中向我降临了!于是,一种从未有过的神圣感骤然占据了我的心灵。恍惚中,我仿佛看到你就在我的前边,频频回眸,频频回眸,于是我的心为之颤抖。

工作人员拿起电话,那是一部黑色透亮的电话,玲珑剔透,可爱无比。他要印证一下你的年龄,我隐约感觉到电线的那端是你在等待着。

我不知道,与此同时,亲爱的你就在这个城市另外一间明净的办公室里,拿出了你的居民身份证。你提出申请,你要与一个清瘦的男子——一个等待在电话彼端的我结婚。

铃声响起……

你们的领导拿起电话。

抬起头,他向你狡黠地一笑。

你的眼睛一闪。

于是,我们跑到了一起。两双手相握于五月的阳光里。

那日的天为我们而朗晴,那日的云为我们而轻松,那日的阳光因我们而哗笑,那日的风因我们而温柔,那日的一切都是我们的心情。

我们跑上大街,我们看到高大建筑物上的玻璃光闪成一片。

绿灯。绿灯。绿灯。一双双惊奇欢笑的眼睛。眼睛。眼睛。眼睛。美丽的人流绿色流黑色流多色流过,你飞起的黑发飘入云端。我想象着两只小兽奔跑飘动的风姿,整个城市缓缓转过脸来……

就这样你望着我,我望着你。朦胧中,我看到一粒珍珠般的泪溢出你蚌壳般的眼睛。你愿意和我生活在一起吗?恍恍惚惚,那声音飘若游丝,弥漫如雾,一字字圆润如酒,一字字又仿佛柔弱无力,一声叹息。我的心一抖。如果不是这样……而是另外的情形……我异常艰难地张了张嘴,心口发痛,一阵痉挛起自遥远的神经,头开始发木,自手指尖始而臂而腿而脚趾针扎般疼痛如流。我听到一个熟悉而陌生的声音在胸腔翻滚……不能那样……接着,一股啸声终于呼出来,到了空气中却又软绵无力:

我愿意。是一生!

一种惊心动魄的力量突然使我强劲起来。我看了看你,你像一朵柔弱的花摇曳在我的目光里。你仰着头,看着我,那目光里浸着一种忧郁、痛苦,满含求助。突然,一种温暖和幸福的感觉使我不能自制,我想把你拉到怀中。是的,这个娇小的女人将要成为我的妻子,她将和我手挽手走完一生。痛苦,欢乐,失败,成功,将交替着在我们身边盛开凋落,没有什么可以再使我心灰意冷!当生命的黄昏来临的时候,我们将互相搀扶着来到我们年轻时相恋的地方,彼此默默地回忆着过去,让天边的晚霞把我们的白发涂染,我们用深情的目光把爱情的时光一寸寸点燃!然后,我们会紧紧拥抱着快乐地死去,我们对自己的一生将了无遗憾!一种责任感,一种力量骤然鼓起于我的胸腔、背部、小腿和肱二头肌。于是,我果断地说道:“是的,我愿一生都与你相爱在一起!”

岂止一个四季

轻轻地张开手，在手心里卧着的那把钥匙，金黄金黄的，一圆一直的形体，三凸两凹的齿，展示着极好的比例。精致无比，有力无比，富贵无比，如此的沉实而饱满，仿佛和着血液的流动在跳动。细细看去，长齿如颈，底圆如体，在正午的阳光里，它恰如一只初生的小鸟在憩息。我屏住气，静静地看着它，唯恐一出声，它就要扑棱棱飞去。

一把钥匙，打开状如钥匙的房间，打开我的心扉，一个全新的世界……

春

那是一个春天的夜晚
十八点的钟声刚刚敲响
爱神涉过无数时间河流
她悄然降临

在那之前，我曾经是汪洋中孤独的一条小船，曾经有远山般遥远的渴盼。从1988年3月24日18时开始，小船终于驶进期待的港湾，所有喑哑的旗语成为真诚的呼唤。

一篇报告文学《瘦的诗人和富有的施主》，扑入你的眼帘。那本是我为好朋友常增文的处境感叹，为满腹才华的他身在偏远无人识而呐喊。没想到文章发表后顿生波澜：来自大江南北的信件、照片翩翩飞进增文的陋舍，一个花一样的姑娘终于依偎到他的身边。当然，我更没有想到，杂志来到你的案头，却启开了你多少年深闭的情感。

你，嘻嘻地看我，偷偷地瞥我，嗔怪地瞪我，痴痴地盯我。

你，随意抚弄我的头发，你轻轻捧起我的脸颊，你噘起的小嘴像含苞的花，你开心的笑脸如四射的朝霞。

我们去踏青，春天把葱茏从我们脚下一直铺到天边去，可爱的青草伸出千万双稚嫩的小手，欢迎我们。

我们去林中漫步，斑斑驳驳的光为我们编织着各种各样的图案，飞翔的叶子像万千的翅膀，在风里招展。

我们去放风筝，看风筝在劲风里撒欢儿，而你和我就在空旷的野地里一会儿凝神伫立，满怀幸福的伤感；一会儿又撒欢奔跑，放纵呼喊。

躺在草丛中，我们感觉自己年轻的身体正在泛青、发芽，就这样长成两棵比肩的绿树，在茫茫的黄河滩。

市声很远。

童年很远。

当我在遥远的那个小小村落，在妈妈借住的青砖老屋中喊出第一声啼哭时，我怎能想到，这竟意味着，二十三年后我会是你的丈夫。

当我在瑟瑟的秋风里光着小脚丫儿串着杨叶，怎会知道百里外黄河入海的地方，漠漠沙土中，一个刚刚从纱布袋里站起的小女孩儿，与我有着必然的联系。

当我坐在千佛山下绿意环绕的教室中奋笔疾书，偶然抬头，目光瞬间失神的时刻，怎会想到，远方的城市里，已有一个你，在等待着我。

我的出生，原来是为等你的到来。

你百里求学，历经追寻，原本是为我准备。

在春天
我遇见了你
你遇见了我
这本是前世的缘

夏

随你去远方
伴你去流浪
走遍万水千山
有你才会有家
夏天，我们去远足。

西湖的水，清澈见鱼。拙政园的树，绿荫浓郁。鼋头渚畔划船，寒山寺里吃素。向着留园落泪，背对钱塘留影。瘦瘦的我揽着娇小的你，黑着肩头，乱着头发，在刺眼的阳光里，大汗淋漓，不停奔走。

那时的我们多么年轻!

年轻的还有瓢泼的雨。

那年的雨水,特别的大,泼泼洒洒,热热烈烈,好似天塌了一角。

你紧紧依着我,握着我冰凉的手,无言地走过无人的街道,任全身被雨水彻底浇透。

那一次的挫折,使我常常一个人坐在小小斗室,屋子里不开灯,黑暗中我睁大眼睛。此去的路怎样走?坎坷的路途仿佛没有光明。你拉我冲入盛夏的雨中。我们平素都爱雨,雨中散步清爽、浪漫而富有诗意。但此时,满怀的希望瞬间变成雨泡,心就如灌满水的鞋子一样沉重。我的天空挤满阴云,泪珠雨珠分不清。

录音机响了,深情缠绵的歌曲回放着:“读你,读你千遍也不厌倦,读你的感觉像三月,读你,读你……”

坐在我对面,举起酒杯,你一饮而尽,美目盼兮,巧笑倩兮,频频饮兮,足之、舞之、歌之、默然伤之……忽见你抽搐的背影,高耸的肩头。

蓦然间,我幡然醒悟。

我是男人,是男人,何惧挫折?是男人,怎能让心爱的女人忧心。

手牵手,我们来到夏夜的山巅,感受雨后的宁静,体会庸常生活中的欢喜。

山风里,我们相拥着旋转,转过东山、北山、西山、南山;转过北极星、明星、暗星、散乱的星星。天旋地转,心转神转,仿佛转过了我们相识的春夏秋冬、风花雪月;转过了童年、少年、青年和老年。

虫声长长短短，万籁为我们共鸣。

我爱你
到天涯到海角
我爱你
到天荒到地老
这是我们唯一的决定
我选择了你
你选择了我

秋

地平线绵延着无边的诱惑
爱帆鼓胀升起于蓝天
海啊海啊
我愿献出我的一切
拥有你无尽的蔚蓝
我们都是在人海中寻找自己的人。
我们在彼此身上发现了自己，肯定了自己。

说着，笑着，哭着，闹着，拥着，抱着，全身心把自己交出去，忘却了有个“我”。全身心把对方融进来，不知道还有一个“你”。

调动所有感觉，不单需要视觉。

远远黄河沉沉涌动的声音隐隐传来。

窗外风动枝摇，玻璃上变换着杂乱蓬勃的各种图案。

从窗子望出去，长风万里，落叶飘零，大大的黄叶像灯笼，小小的树叶像发红的眼睛。这些树叶啊，离开了树枝，你去向何方？有多少从此自生自灭，有多少迷失了自己，有多少被人注意、为人忆起？

太阳像枚圆圆的树叶随风落到山的那端，月亮从山的这边静静飘起来。

望着天，数星星，一颗，两颗，三颗……到底哪颗属于我们？

紧紧抱着我，你突然泪沾衣襟：

我要家！
给我一个家，
一个
不需要华丽的
地方！

冬

山也高高
水也长长
圣洁之爱
汪汪洋洋

握着这把钥匙，这把在阳光下闪亮、暗影里放光的金灿灿的钥匙，我们的呼吸有点儿急促，沸腾的血液在激荡。

这本是校园里最破旧的一座楼房。早已褪色的红砖隐隐透出白碱,砖缝里枯干的小草在风中瑟缩,变形的木制门窗裂迹斑斑,狭窄的小屋就像老婆婆的嘴,撒气漏风,嘬在旧楼的暗处。但它是属于我们的!

我们终于有了一个属于自己的小家，可以尽情地把自己所有的心事在此倾吐,所有的情绪在这里袒露,所有的疲惫在这里卸下,所有的泪水在这里流淌,所有的面具完全摘去。在这里,我们安全;在这里,我们还原。

我们终于有了自己的家。这个家是属于我们两个人的。外面的世界迷人而危险,外面的脚步急促而杂乱,市声扰扰,人声噪噪,而我们拥有一把自己的钥匙,就拥有了精神的巢穴。

……多少年之后,我们才会更加体会到它的珍贵。它是我们爱的小舟,承载着两个年轻人纯洁的冲动、对生活的美好向往、对人生的最初追求。起航了,我们的日子;茫茫的世界,我们驶向远方。

或许我会一败涂地,
或许我会一贫如洗,
只为拥有这纯净的爱,
我对这世界感恩至极。
…………

产房门前

这注定是我一生中别有意味的时刻：在做了27年儿子之后，我站到了产房的门前。

大约是八九个月前平常的一天，秋阳浓烈而灿烂。我年轻的妻子端着浑圆的浴盆，盆里盛着很重的衣物，在阳光里奔走。倏然，一种莫名其状的奇异感觉掠过心头。阳光闪闪，点亮她整齐的短发，她飘飘幻幻仰起头向前走去。她向所有从身边走过的人，甚至包括静静的树林，微笑。她的心中充盈着对这个世界的热爱、感激和流连之情。

就在那天晚上，妻平静地对我说："我怀孕了！"

无法表述彼时的心情，蓦然惊愕，无从着落，半信半疑，亦真亦幻。仿佛深夜突然醒来时对一个梦的回味。就那样，一个十分年轻的我怔怔地与宁静如一汪水的妻子默然相对。

也许长久耽于艺术的缘故，对人的感情，我怀有无尽的尊重和理解；对人的存在，满含着朴素的尊敬和关怀。我会对一个精心呵护自己孩子的母亲充满敬爱，向街头素不相识无依无助的儿童流下泪水。生命的诞生与死亡一样强烈震撼我的心，我以敬畏的目光面对人生和世界。而生命的创造，竟可以如此出其不意，简简单单，平平静静，于不知不觉中浑然天成？

一个清雅而飘逸的男孩儿，一个清秀而娇小的女子，分别在相距遥远的不同背景下成长起来。他们都到离自己家乡很远的地方求学，后来相继分配到这座城市。那男的瞪着迷茫的眼睛追寻着什么，那女的则有夜夜垂首的伤逝。一个十分偶然的机会，他们相遇。这样的相遇，在一个人一生中太多了，就如一阵风吹过，一朵云飘来，一片深山里的树叶寂然落下，再难找到痕迹……男孩儿不曾留意什么，而刻骨铭心的印象潜到了女子的心底……再后来，那女子敲开了男孩儿虚掩的心扉，把纯情和梦想载了进去。他们相恋相爱了很久，沉湎于芜杂的尘世之外。他们不知道，一个鲜活的生命已在不知不觉中，穿越苍茫混沌，一步步向他们走来。

妻子绯红的脸蛋在灯光下愈显美丽而钟情，平静中分明蕴含着欣悦和豪情。石破天惊般，一种空前的神圣感骤然充溢于胸：我就要有一个孩子了。一个憨厚敦实的男娃，或者是一个娇小玲珑的小囡。是属于我们的，是我们爱的结晶，是我们走过这个世界的证明。此后，我活着，将有了新的意义，不仅为了父母兄妹，为了友谊爱情，为了事业和自我完善，我也将为自己的孩子而存在，用父亲的形象塑造自己。痛苦、欢乐都是过眼烟云；金钱、浮名也已占据不了我的心。我希望把人生中所有的苦难、生活里一切的挫折都交给我，我有足够的勇气和力量负载着前行！我紧紧地把在风中颤抖的妻子抱在怀里，深沉的感情一阵阵敲打着神经。

产房的门静静闭着，楼道里人来人往，似乎对一个生命的诞生无动于衷。雨，不知何时沉沉地下起来了，天地间一片迷蒙……

迷蒙的27年前，在寄居的人家的土炕上，妈妈生下了我。那个深深的高宅大院有着太深太深的暗淡。房舍的主人已故去多年，破落的庭院，已被高高的树木和密密的杂草笼一层青森。每到夜晚，常常会有成群的黄鼬从不可知的地方走出来，结队散步，旁若无人。紧闭的屋门漏风漏光也漏影，妈妈分得很开的眼睛睁得大大的，在沉沉的呼吸声、清晰的风声和一大堆惊心的故事中，渡过一场又一场噩梦。在我出生后几个时辰，妈妈便受风昏死过去。院子里呼啦啦挤进半村子人，杂草倒伏，鸟儿乱飞，许多老太太不停地用衣角擦着眼泪。雨，不知不觉落了下来。所有的目光都盯着那位长胡子的老先生。当他摇摇头，叹着气，悄悄离开时，一个尖锐的哭声从老屋中爆发出来。姥姥发疯似的跑到院子里，拨开人群，跪在地上，用手指扒出了我的胎衣。神奇的是，在撬开妈妈的嘴灌进熬过胎衣的水后，妈妈竟活过来了。那时，在炕那头的我才重新引起了大家的注意。姥姥说，我闭着眼睛，向着不知什么时候射进来的阳光撒了一泡尿。泪，流在人们含笑的脸上。

20多年以后，当我走在故乡深深的街道上，还会有老婆婆指着我的背影，透风的嘴一开一合："那时候……"

从那时候到这时候，已是27年。27年后的今天，我站到了产房门前。人生，除去烦琐纷杂的附着物，原本是如此的简洁。

产房的大门忽然打开，一阵嘹亮的啼哭声从里面传来。哭声传自遥远而贴近的地方，抵达我的心灵。

当我年轻的妻子端着浑圆的浴盆，在阳光里奔走，是哪里的谁传给她暗示般的声音：小心孩子啊……

我为儿子取名字

惊天动地，骄子出世。

陪妻子坐在产房中，平静的表情下是焦急、担心、兴奋、害怕……万千情绪，像从一个梦中醒来。本是中午时分，却分明感到清晨般的清新，无数含露的枝条在身体内舒展，使不完的力量期待迸发。原已迟钝的感觉一并归来：窗外，斜雨伶仃，空气中充满欢快的旋律，细碎的雨滴争先恐后地攥起小拳头，敲打着窗子。小小的脸蛋儿贴紧玻璃，圆圆的眼睛向里张望，噘起的小嘴仿佛在喊：我要看，我要看，我要看宝宝！这时婴儿室蓦地传来孩子们的哭声，此刻仿佛其他任何事物都不存在了，只有听觉醒着。好一片哭的交响！似乎，首先是一个孩子哭起来，这哭声像是一个嘹亮的领唱，紧接着三个、十个、三十个孩子加入哭的混响。这边的粗壮沉雄，像长号共鸣；那边的却清脆高亢，如横笛疾声；有的是大吼一声转而归于沉寂，有的则汩汩哭泣匀速而行；时或是一高一低像两人对唱，时或是众婴齐声欢呼雷动；如一石击水，涟漪圈圈向外漫去，久而不断；如山泉潺潺，更行更远，犹有回声；如重锤敲鼓，其声嗡嗡然、訇訇然、悠悠然；如秋塘蛙鸣，此起彼伏，连绵不绝。妻幸福安静地躺在床上，半睁开细长的眼睛，气息绵绵地说："那领头的肯定是咱儿子！"果然，等一个个襁褓并排着被婴儿车推出来，其中个头最大、声如洪钟的，正是我儿子。一个陌生而又仿佛在哪里见过的面孔。

“该给孩子取个名字了。”

说起来，名字本是个记号，就像甲、乙、丙、丁，1、2、3、4而已。可是看一看领袖们的名字，大作家的名字，这又似乎又不是那么轻如鸿毛的事情。鲁迅、茅盾、巴金、冰心，字字珠玑，名名蕴深。如此看来，取个好名字，不是等闲事。这不仅关乎音韵，关乎称心，甚至关乎孩子一生的命运呀！

记得《当代小说》主编傅树生先生讲过的一个故事。他的儿子出生时恰逢美国总统福特访华，于是就给儿子取谐音为傅特，这样一来似乎满足了让堂堂美国总统当儿子的愿望。但儿子这辈应该是“金”字辈，按照辈份排下来应该叫傅金特。可如果真是这样取名，显然牺牲了原来的远大理想。经过绞尽脑汁的思考，傅先生做出一个大胆的决定：把“金”字改作偏旁，附着到“特”字上。这老兄灵机一动不要紧，竟然为中华字典造了个新字。更有趣的事，孩子从幼儿园到大学，老师同学没有一个不称其傅特。主编先生经常亲切而语重心长地对儿子说：“千万要努力啊，一定争取把你的名（金字旁+特）字写进汉语词典里！”你看，世上千奇兼万态，尽在取名征程间。起名无难事，只要肯登攀！

又想到自己的名字。未上学前，缘于我们这辈是“爱”字辈，我哥哥的名字本叫李爱保，顺下来我就应该叫李爱家，再有弟弟则应该一径排下去叫爱卫、爱国，保家卫国嘛！可哥哥的同学们经常起哄：“李爱保，吃大×！”原谅我，那确实是个非常不雅的字。因此，当我和哥哥吵架时，我也会祭出这个法宝。他则愤怒非常，哼哧半天，脱口吐出："李爱家，吃大虾！"以现在的眼光来看，吃虾有何不好？何况大虾！但当时我似乎受到极大侮辱，坚决反对叫这个名字，甚而张牙舞爪、痛哭流涕、吹胡子瞪眼睛、失眠绝食。于是上学后，学名成为李鸣。高中毕业那年，儒雅威仪、教授数学而又有一支生花妙笔的王鸣亮老师找我谈话，"名字中加个'一'字怎么样？不能惊人也可以发表点儿意见嘛。"望着恩师那殷切的目光，我抿着嘴点了点头。从此考试第一名，人们则沉吟，一鸣当然是一名嘛；做出点儿小事来，大家就夸，一鸣惊人啊；失败了、受挫了，也会听到鄙夷的嘲讽："一鸣一鸣，就叫一下子，蹦跶不了几次！"所以，有朋友讲："你的名字是不是太露，太白，太直，何如叫李不鸣或李未鸣？"看看，谁说名字只是符号？兹事千万不可小视哩！

事实上，伴随着孩子的出世，主动为孩子取名字的亲人们趋之若鹜，大家深切明白自己的庄严责任，以责无旁贷和义不容辞的历史使命感，投身这项宏大的工程。妻妹为此废寝忘食、夜不能寐，有一天早晨恍惚做了一个梦，梦中得字，该字构造神奇：上有艳阳高照，下有肥沃大地，旁有清泉长流，仿佛神话故事。醒来按图索骥，原是一个"涅"字。但妻子坚守我俩话语霸权，不容他人置喙。

"孩子是咱俩的，姓什么得好好琢磨琢磨。"这下子一个本不是问题的问题竟成了需要研究的问题！我的引路人孟昭祥先生，夫人姓李，生有一子一女，如何给孩子取名——在这个重大问题上，孟老善于平衡、长于协调的天才一旦用于夫妻关系更是体现了惊人的睿智。生子名之孟晓李，得女取名李晓孟，竟真能兼顾双赢。可是按照现行政策，我们看不出还有再生的可能，孟氏的办法无法照搬。另一种解决方案，是把夫妻二人的姓组合为类似复姓的样子，或者直接作为姓名。就这么办。我姓李，妻姓宋，叫李宋？不像个名。叫宋李呢，又有不廉之嫌。咳，难哪，真是秀才遇见起名字，也要捻断数根须啊。

“姓李也行”，好！“姓”质已定，其他好说。“但是名字中必须有我的字。”妻子气贯长虹，我自战战兢兢。试把李字与宋、向、伟三字相配，共有三个组合：李宋、李伟、李向。李宋排除，李伟太俗，李向何如？“这个好！孩子健康很理想，希望他将来有理想，再说叫着也响亮。”妻子惊呼道。这时我的意识流向无尽的时间和空间流去。我想到西汉著名的训诂学家刘向，想到青年书法家耿成义为爱女取的名字“望汝”，想到朋友给参谋的诸多汉字，惜“亦然”有老庄味，似乎缺乏进取精神，叹“铁头”“壮壮”一类固然大朴却不够大雅。李向、李向，我反复念叨，分别用普通话、博兴老家话读出来，体会气流的顺逆，感觉口腔的噙香，体验肱二头肌勃发的力量。不错，不错，就这样，经过集体领导、民主集中、个别酝酿，终于决定此名。

十年后，我的儿子在《当代小学生》发表了他的大作《取名字的故事》，其中写道：“可是，爸爸到派出所报户口的时候，又给‘向’字添加了一个偏旁‘口’，而这个‘口’部正是爸爸名字中‘鸣’字的部首。如今，爸爸经常笑着说：‘孩子身上有我75%的股份呢。’你看，他和妈妈争执的结果，还是爸爸赢了。”

上学路上

儿子11岁那年，妻以极大的勇气，决定送儿子到一千多里外的烟台去上初中。望着孩子那黑白分明的眼睛，我心中有难以承受之重。白天，在孩子面前，妻轻松地哼着乐曲，风风火火、出出进进为他准备各式各样的东西，而到了深夜，妻那瘦弱的背影却常常搐动，有几次在梦中喊着孩子的名字醒来。孩子还小，没有妈妈的夜晚，他该如何度过？

送儿子到校那天，妻艰难地爬上孩子所居的上铺，平素过分洁净的她用雪白的手绢，一点一点地擦拭着本已黑漆漆的床板，细嫩的手指反复摩挲着上面的钉子眼儿，眼泪扑哒扑哒地往下掉。铺好被褥后，她坐在上面竟至失神，以致我连连叫她也无反应。临走，她又在孩子床头处翻压了大半天，把脸紧紧贴在孩子的枕头上久久不愿离开。唉，孩子，此后的四年，妈妈怎样走过？

大约一个月后，偶然的机会，我翻阅电脑文档时，意外发现一封信：

我的好儿子：

你又给了妈妈一个惊喜！昨晚，听你在电话中说到你的周记被老师在班上宣读，并且有好几个同学为此感动哭了，妈妈很有些感慨：一方面为儿子写作能力的提高感到欣喜，另一方面是为你能够袒露自己的真实感情而高兴。

儿子，在你成长的历程中，会有各种各样的体验。每个人一生都要经历成功、失败、顺利、挫折、聚合、离别……这些经历会带给人不同的心境：幸福、愉悦、忧愁、苦闷……这是每个人都会有的自然的反应，而这一切，都需要有人来分享或分担。有人曾说过："如果把你的幸福告诉亲人朋友，幸福就会增加成两份；如果把你的痛苦告诉亲人朋友，痛苦就会减少为一半。"即使身边暂时没有亲朋，那么，也不妨以文字形式记录下来，那也是一种倾诉和宣泄，要比深藏在心里轻松得多。更重要的是，如果是对亲人、朋友的爱和关心，那就更应该表达，因为每个人都需要别人的爱，就像我们生活中不可或缺的空气、阳光和水一样。妈妈给你的生日礼物——冰心的《寄小读者》一书，不知你有没有全部读完，其中一篇谈到"爱和同情"时，她说："谁说爱和同情，在生命中是可以轻藐的呢？爱在左，同情在右，走在生命路的两旁，随时撒种，随时开花，将一径长途，点缀的花香弥漫，使穿枝拂叶的行人，踏着荆棘，不觉得痛苦，有泪可落，也不觉悲凉。"正是因为人间有情有爱，这个世界才温馨美好，色彩斑斓。所以，任何时候，都不要吝于表达自己的真情实感。

我的好儿子，今天就写到这儿，等你放假回到家中，咱们再细细交谈！

妈妈

2003年9月29日

儿子是一个非常内向听话的孩子，一向羞于直露感情。出生三个月，他妈妈就上班了。有一次我在家中写文稿，正好顺便看护他。我把褴褛放在与我书桌平行方向的床上，以便转头就能看到。那是一份十分重要却又难以表述的讲话材料，我绞尽脑汁，艰于下笔，费尽心思，终于找到路径，于是文思泉涌，运笔有神，全神贯注，奋笔疾书，不知过了多长时间，不经意地一扭头，呀，孩子，竟全然忘记了他！只见他圆圆的大脑袋歪向我的方向，白里透红的小腮咕嘟着，纯纯净净的眼睛正瞪着我。这时发现我在注意他，小嘴一咧，脸蛋儿上俩酒窝一下子显现出来，他笑了！我回过头来，继续写下去，再一扭头，他又是一笑！我的心中骤然充满歉疚之情。赶紧跑过去，把孩子抱在怀中："好宝宝，你懂事得太早了！"儿子两岁半刚上幼儿园的时候，很多孩子拼尽气力、抢天呼地地哭，幼儿园门前很快汹涌成哭的海洋。我和妻心中也都酸酸的，低头看儿子，只见他眼泪哗哗地流在冻得通红的小腮上，嘴却紧抿着，一声不出，这愈加使我们不忍。后来逐渐长大了，可他依然不愿表露情感。我常常出差，听妻讲其间每天他都会问一句："爸爸啥时候回来？"可一旦我兴高采烈地推开家门，孩子却总是浅浅一笑了之。妻子的信，大概是怕孩子独自在外，不善表达，有事憋在心里，影响成长吧。可是，儿子在周记中写了什么？

后来，趁孩子暑假外出旅游的机会，我"有幸"读到他的周记本。

妈妈的信：

这一周是我来烟台住校的第一周。星期一把我送来时，妈妈跟我说："儿子，这周你每天晚上睡觉前翻一下床，会找到几封信，你在关灯前看看吧。"

星期一晚自习后，我飞快地爬上床，翻出了枕巾下面的信：

亲爱的儿子：

今天，是你住校后的第一天，尽管，这件事我们母子都已经准备了很久，但是，当它真正来临时，妈妈还是觉得在很多方面没有准备好。然而，这一天终于还是到了，儿子，你呢？也有和妈妈一样的感受吗？

从今天起，儿子，你就要学会独自面对和处理许许多多过去由父母处理的事情了。在此之前的一次闲谈中，你曾笑言"有一点儿恐怖"，今天，当你躺在这个虽然暂时陌生但很快就会熟悉的床铺上时，这种感觉还有吗？

儿子，不必心存疑惧，所有人小时候都要经历这种成长成熟的过程。尽管爸爸妈妈不在身边，但我们无时无刻不在关心着你。无论你走到哪里，不管你遇到什么困难，我们的爱都会一如既往，我们的援助之手与你同在！

踏实安然地睡吧，我亲爱的儿子！

妈妈

读了这封信后，我忍不住哭出声来。我想：妈妈，我决不会辜负您的，我会用最好的成绩来报应您的！

老师在“报应”处加了个红圈儿和问号，旁边是一个大大的“甲”字。

后来，我才知道，送儿子上学时，妻在儿子的枕巾、枕头、床单、褥子、床垫下面分别放了一封信，以便儿子在入学后的第一周每天晚上都能读到，就如躺在妈妈身边，体会妈妈身体的温度、聆听妈妈絮絮叨叨的嘱咐。

我的眼泪竟也流下来。

我想到我妈妈。

其实算起来，我上初一的时候也是11岁，我妈妈应该是37岁，与我妻子今天处于同样的年龄！现在，我们感到自己是这样年轻、平庸甚至幼稚，而在心目中，那时同龄的妈妈是那么的老练，那样的崇高，不仅是全家依靠的顶梁柱，也是我们时刻离不开的主心骨。那个年代，家里那么穷！四五岁时看到邻居家的小伙伴儿吃面条，就馋得不行，飞快地跑回家跺着脚跟妈妈要，“我要吃面！我要吃面！”妈妈慈爱地看着我们：“好，好孩子，咱吃面！”可是当端过那用地瓜面做成的黑糊糊的面时，想到小伙伴碗中白白细细长长柔柔的面条，禁不住哭起来：“不是，不是这样的，不是这样黑的面！”妈妈看看我们，看看院子里梧桐树上叽叽喳喳的麻雀，憔悴的脸皮动了动，那眼神里一片空洞。今天想起来，那时候，我们怎么那么不懂事呀！记得临上初中时，妈妈把小姨的一件旧衣服，说是用一种叫“凡尔丁”的料子做的，洗得干干净净，给我改了件裤子。穿在身上，就像新衣服一般，风一吹来就抖个不停，心里兴奋得要命。每当我离家上学的时候，妈妈总是送出家门口，一遍一遍嘱咐。当我放学后，跋涉十几里路赶回小村，不管多晚，一进村口，影影绰绰就看到家门口妈妈的身影……

如今，当年的儿子做了爸爸，时光又到了送他的儿子上中学的时候！

又是妻子的信，浮在眼前。

亲爱的儿子：

收到妈妈的信，你一定很开心！

也许，接到妈妈信的时候，你已经在这所新学校学习一个月了。在这段时间里，你不仅仅经历了从小学到中学的转变，同时也经历着从家庭生活到学校生活、从家乡到外地的转变。这对于一个刚满11岁的孩子来说，是有不少困难。孩子，还记得吗？在你走之前，妈妈曾经充满疑虑地问过你："是不是妈妈把你送走有些残酷？"当时妈妈的确矛盾重重，一方面愿意让你接受更好的教育，为你有一个美好的未来奠定良好的教育基础；另一方面又担心你无法适应离开父母的独立生活。然而，令妈妈深感高兴和欣慰的是，我的儿子很好很快地适应了这些变化！从最近的几次通话中，妈妈感觉到你的情绪稳定，更为可喜的是，你的几次测验成绩也令人满意。可爱的儿子，你真的没有辜负我们的期望，妈妈真的为你感到骄傲和自豪！

四年的初中生活仅仅度过了四周，未来的路还很长，但是，妈妈相信，我的儿子一定会健康、茁壮、快乐地成长！

亲爱的儿子，妈妈期待着！

此时此刻，一连串不同的场景向我脑海翩翩飞来：风雪，老树，飘摇的小泥屋。年迈的老奶奶深陷的眼睛正透过陈旧粗陋的木格子窗，久久地向蜿蜒的小路张望，两行孤独的脚印绵延至远方……秋风阵阵，落叶飘零，窗纸上摇动着枯树斜斜的影子，在暗红的油灯光里，妈妈给我系好褂子最上面的一个扣子，又把竹筐帮我背上，擦一把眼泪，我不回头……妻子俊美的眼睛，忧愁的眼睛，含泪的眼睛，惊喜的眼睛，像带露的花朵绽放，如满天的繁星涌流……

我的理发馆

儿子上大学前的一天中午，我、妻子与儿子肩并肩去理发馆理发。已是多久没有这样并行了，一米七六的我走在儿子身边，骤感矮小了。扭头看他的脸，已须仰起头来了。九月的阳光透过路旁高高杨树浓密的叶子，斑驳的叶影在儿子的脸上、头发上闪烁着。他头发披散，盖过耳迹，紧抿的唇上，已显出黑黑的阴影。

和儿子一样这个年龄时，我已在这座城市上大学。这座理发馆就坐落在这条不算繁华的街道旁边，隐在一排青砖平房之中，已不知多少年了。我记得那时理发馆有三把椅子、三个理发师。一个平头的小伙儿，胖胖的，似乎总在哈哈笑；一个安静得像湖水一样的姑娘，总是那样安娴得汪着眼睛，两个嘴角向上翘着，在迷离的光尘中，可以看到她的唇上柔柔的茸毛；另有一个现在想来有三十七八岁的妇女，眼角已有细细的皱纹，目光慈爱地端详着我。有一次，她抚摸着我的头说："孩子，你是理长一点儿还是短一点儿？"这让我感到母爱的情怀，我瓮瓮地答道："不长不短吧！"她微笑着，圆润的手指一遍遍地把我的头发捋向一边，然后在上边轻轻地拍一拍，拍一拍。我记得那是一个我平生最漂亮的发型，似乎从那时再也没有过……

后来，我又到另外一个城市读书，毕业后回到这座小城。几年过去了，城市有了许多变化，但那个理发馆还是缩在街道的绿荫里，自有一种甘于淡泊的闺秀神韵。恋爱的时候，我和女友轻轻交谈着走进理发馆。当年那个小伙儿还在，只是明显地消瘦了，脸上的皱纹如波纹，一圈儿圈儿地在腮上荡开去，笑声不复当年的爽朗，一笑，露出一颗金黄的牙齿。那个母亲般的妇女，脸庞大了许多，肌肉松松的，黑白混杂的头发整整齐齐、一丝不苟地码着。我盯着她，她向我点点头，大概她已不记得当年她精心为他理发的那个孩子了……而那个静得如一汪水的姑娘已不知到哪里去了。

婚期的那个凌晨，我和妻子的姐妹们陪着新娘子到理发馆"盘头"。那时候，刚刚工作不久的两个年轻人是多么拮据啊。新房，是她在领导面前用无声的清泪感化来的，三户一套，各住一小居室，三对新人在那里度过一生中最难忘怀的时光。结婚后，我大学的一位好友不远百里，风尘仆仆地前来祝贺，问了无数人，拐了无数弯，在几十座楼房中找到我们的房子。当他兴冲冲地敲响门，张开双臂做拥抱状，准备好拥抱他心目中的"玲珑"女神时，门开了，一个高高大大颇为壮硕的女士凸现眼前，他张着嘴呆了好一会儿，这才搔着头嘟囔着问我的家是否在此。后来他说，那一会儿，大脑一片空白："这就是作品中娇人可爱的清秀女孩？"结婚的新家具，则只是一张席梦思床。为了省钱，我那瘦小的妻子和我蹬着自行车在炎炎烈夏日里，流着汗，几乎转遍整个小城每一处家具店，而这钱也是从几个老乡、同学处借来的。结婚时，妈妈在农村老家粜了当年秋季全部的收成，让妹妹送来了五百块钱……但，纯洁的爱是最重要的，清贫和艰难挡不住我们的幸福，欢愉的日子呼啸而来。

理发馆已不是过去的模样，似乎为了配合我们的新婚，它整饬一新，流光溢彩。青砖墙换成了落地玻璃窗，内壁上通红的壁纸一贴到顶，屋顶上一朵硕大的荷花灯散发出温馨的红光。风扇不见了，墙角那里站立起洁白的空调机。不仅如此，理发馆还有了一个富有诗意的名字——“爱纳斯”。当年的中年妇女和小伙儿都不在了，理发师换成了一个留着鸡冠头的小伙子和一个很胖很圆的黄发姑娘……

人生就像一条河，偶有波澜、有回旋，但日子总是那样平平淡淡地流下去……儿子满月的时候，浓黑浓黑的头发散发着奶香，“多像一个小姑娘啊”，旁人说。于是我小心翼翼地抱起襁褓中的儿子向“爱纳斯”走去，饱满的仿佛一掐就能流出水的妻子，慵懒地托着襁褓来到理发馆。胖胖的小姑娘轻轻地用剪刀为我儿子理发，那柔软茂密的黑发，大片大片地落下来，儿子圆月般的脸庞露出来。一歪嘴，他竟笑了！

这条路，我们走过。

背着儿子，我们走过。

牵着儿子的小手，我们走过。

挽着儿子的脖子，我们走过。

搂着儿子的肩膀，我们走过。

这次儿子又将远行，未名湖的水在远方期待着他的身影。妻子的头已是搭不到儿子的肩，她伸出手环抱下儿子的腰，儿子身子使劲一拧；再抱，儿子疾步向前走了几步……

借着儿子理发，我也坐在儿子旁边的椅子上，一起理发。我得好好享受与儿子共处的这段短暂而又珍贵的时光。就像他上高三的每天晚上我都要到校门口去接他，就像捧着儿子鲜红的录取通知书与儿子一行一行阅读，就像入学前的这一段时间，我尽可能推掉所有应酬，总想陪在儿子身旁，哪怕儿子自顾自专心玩着电脑，不懂游戏的我却兴味盎然。

只听剪刀咔嚓咔嚓，一大绺、一大绺的头发落到地上。那时正午烈烈的阳光正射进来，成堆的头发里闪着纯白的令人惊心的光芒……

四十之惑

再过一、二、三、四、五个月就要40岁了。想起来都有些可怕。小时候想二十岁该是多大的年龄啊，到了20岁了，又想四十岁该是够老的了吧。在鲁北农村，记忆里四十岁的男人已留起胡须，提着杌扎，每天到墙角晒太阳了。互相有一句没一句地说几句话，咕噜咕噜咳嗽几声，上下两片嘴唇不断嚅动着，叹气、闭眼、流鼻涕。怎么想得到，倏忽间，就要四十了。40岁，不就是过了大半辈子了吗？心，怎的还是觉得像一二十岁的年纪？

40岁，应该是成熟、成功、老练、持重的年龄。他意味着是骨干，是中坚，是年富力强，是蒸蒸日上。古人曰：四十而不惑。人到了四十，像古时读书人，多是私塾上过，婚姻度过，老人送过，子孙养过。在今天，读书的，经过了小学、中学、大学，甚至研究生一概读完，工作了一二十年了；不读书的，则在世上闯荡了更久。经历了挫折，经受了磨难，体验了世间的丰富，感受了人情的冷暖，自然应该明了了事理，参透人生，清楚了生活的本质。不惑，是该不惑了！

可是临近四十，自己却常常惑起来。

按说，从20岁一毕业就从政，秘书、科长、处长一路走过来，干单位领导也有四五年光景了。经历的领导好几届，转过的部门好几个，最初才参加工作时的处长们，当时还是四十岁出头风华正茂，现在却陆续地退休了。早晨梳头，似乎每天都可怜白发生；晚上洗澡，望着鼓起的便便大腹徒唤奈何。阴雨时，腿脚开始疼疼戚戚。忙碌一天，回到家，一头扎在床上饭都不愿吃。全然不像前几年，工作不管多忙身体有多累，睡一觉立即精神起来。可是，心为什么还觉年轻？

人近四十，经历过的事见过的人也算不少了。人，一旦有了一官半职，特别是到了一定级别，似乎干什么都不一样了。说话，喜欢讲半句，云里雾里，吞吞吐吐，神龙见首不见尾，正话反语加隐喻，再辅之以手势、眼神、语气和声音在高低轻重声调上的特殊处理。本是伶牙俐齿的，有时候也故意语无伦次，甘做守拙派；原来的闷葫芦，却有可能突发精彩惊人之语。总之，凡事掂量着，琢磨着，平衡着，选择着。路走得慢了，还端起架子了。“端”这个词蕴含的就是昂着头，眼看前，挺直胸，端着肩，鼓着肚，一步一步，脚踏实地地往前走去。不管多么急的事，也要不慌不忙，沉沉着着；不管什么环境，哪怕是骤雨降临，也不加快步履。就是要踱，对，踱着四方步，气定神闲往前去。这时，属下从远处呼呼跑来，接过茶杯，或是公文包，或是手里拿着的任何一件东西；随行的则把双手紧贴裤缝，微弯腰，低着头，步履匆匆地跟着——其实并不是多快，当然也快不了，而是造成一种状态，一种做出来的焦急，一种气场，一种氛围……而我总是学不会。早在几年前在党校培训时，我曾在九十多个同学中精心选了一位秘书长、一位县委书记和省里的一位局长作为“私塾”的老师，学习他们走路。我常常聚精会神地跟在他们中的一位后面，仔细观察其走路的步幅和力度，双肩的摆动，头、肩、腰部的协调运作，潜心钻研，耐心琢磨，费心切磋，全心实践。谢天谢地，经过一年的勤学苦练，仿佛终于掌握了真谛。可回到单位，却很快回到过去。遇到急事，就风风火火，马不停蹄；看到老同志，就要一溜儿小跑迎上去，到底还是没有修成正果。会议上，仍不改急着讲话的毛病，缺少所谓的城府；碰到不忿的事，张口即出，爱憎在脸、在语、在手势。为此，自作八句座右铭，时时提醒自己。座右铭曰：沉稳不浮，冷静不躁；智者不忧，勇者不惧；临之不惊，加之不怒；坚忍不拔，自强不息。可到底也难以做到，到底也常常默念在心里，到底快四十了还是显得稚气。唉，一声叹息！

不仅如此，还爱流泪。常言道“男儿有泪不轻弹”，特别是干行政的，应该是坚强的化身，是特殊材料制成的，有钢铁练就的意志。可近年，我不仅未改掉好动感情的毛病，而且愈益不可救药地爱流眼泪了。看《艺术人生》，肯定被主持人的催泪弹击中，不等主人公以泪洗面，我这里早已泪飞如雨；接老娘的电话，一句“妈”还未喊出，嗓子眼儿已被堵住，只得装作咳嗽一声，清清喉咙，淡言浅语敷衍几句，免得老娘担心什么；见到妻子头上增添了数茎白发，想到这些年来她的辛苦和给她的委屈，禁不住疾步赶到卫生间，悄悄了断眼角飞出的情愫。半月不见、一月不见，儿子飞速长高，先是达到我的下巴，又是达到嘴角，很快竟然盖过眉毛。此情此景，竟也使得我低头弯腰系鞋带，顺便偷偷擦去迸出的泪花。矿难、水灾、旱情、战争，母亲憔悴的面容、孩子无助的眼神、乞丐破旧的衣衫、拥挤失落的人群，每一样都强烈地震撼我的心，夺眶而出的泪水就来自波涛汹涌的心海！有人说，多情，对于文学家是金子，对于政治家是砒霜。我辈不是政治家，但毕竟是干行政的，如此情感，行何以堪？

而且婆婆妈妈起来。一般地讲，到了这个年纪，似乎就应该抓大放小，举重若轻；凡事抓纲，纲举目张。可我愈来愈发现自己掉进事务窝子，举轻若重起来。亲人们的事，缠在心头；晚上做了噩梦，早晨就挨个打电话，印证平安无事，则再千叮咛万嘱咐一番。送儿子上学，一定得送出家门，每天都是一句话："路上小心啊，注意安全！"害得儿子总是嘟囔："耳朵都听出茧子了。"可仍是乐此不疲，话语重复。同事们的事，事无巨细，心里总是惦着。早晨上班，看哪个眼中带着血丝，就记在心上。似乎无意地顺便一问，拐弯抹角地了解对方家中是否有困难，心里是否有不痛快。私下里默默为每个部下做蓝图设计，不断创造条件，使他们神不知鬼不觉地按着我的思路顺利成长起来。工作上，我也开始坚信：上层看见识，中层重协调，基层论技术。细节决定成败，天下大事必作于细。专心致志抓小事，一件一件地抓，一项一项地做，力图汇细流成江海、积垒土聚高山。你说，是不是缺乏大将风度？

而且注意起身体。身体是什么？是这样的，当你感觉到身体的哪个部位存在了，肯定是哪里出毛病了。原来谁把身体当回事？坦克般的身躯，导弹样的速度，风的节奏，雨的旋律。可，一夜之间，身体似乎悄悄地发生了变化，时不时地感觉到某身体部位的存在了，动不动这里那里需要修理了。走路气喘，爬山气虚，身体日渐臃肿，步行愈加蹒跚，转氨酶高，血糖高，低密度脂肪高，左心室厚，右心房大，心脏舒张功能减弱，39岁的生理年龄，四十九岁的心脏。我曾经扬言，宁愿海吃海喝活一天，决不吃着药片活十年。结果服了。上有老人要尽孝，下有孩子要抚养，旁有亲戚要帮忙，关键是事业情结使我不得寻清闲。于是，不敢吃肉，甘于吃草，不吃人的粮食了。

四十岁的人，惑也不惑？

鸽子，鸽子

瞪着你，一双圆圆的眼睛，湿湿润润，温温热热，痴痴定定的，恍惚间，那只银灰色的鸽子，依然立在圆窗的影子中。

那时，我所居住的房子是公寓式建筑，一溜儿四五家并列排开着，盥洗室和厕所则是公用的。刚刚搬来的那天晚上，我正在洗手，突然身后厕所的门砰砰沉重地响了几下，在那寂静的夜晚格外让人惊心。这厕所因堵塞，早就被邻居老张用钉子封死了。我想，大概是猫或者老鼠作怪吧。第二天早晨刷牙时，便隐隐感觉有眼睛在看着我，瞧瞧身边并没有人，地面上有一圈儿晨光透过东墙上方的小圆窗泻下来，奇怪那圆圆的光边上，分明雕刻着一只伶仃的鸟儿。仰头看去，果然，一只小鸟，一只银灰色的鸽子，正默默立在那里，那样的精巧，那样的玲珑，用那样善良温和而惊奇的眼神望着我。一低头的工夫，便听到扑棱一声，再抬头时，那鸽子已经飞走了。停在了对面楼顶的古檐飞角上，被初升的太阳镀上一层红色，一动也不动。

小的时候，小姨家养着几只鸽子，鸽子们的家便安在草屋低檐下木板搭就的小木屋里。黄昏的时候，看鸽子在天井里、在草屋顶上、在阔大的树冠间飞旋，翅膀那么有力，姿态那般飘逸，心里真是爱得要死。我多么想有一只鸽子啊！可是，当小姨把一只雏鸽放到我手中的时候，我却几乎要急哭了，那软绵绵而又硬铮铮的感觉，使我既不敢用力，唯恐把它攥死；又不能松开手，怕把它跌伤了。结果是鸽子又被送回小木屋中。从此，我也只有欣赏的份儿了，但梦里却好几次捧着一只猛挣着扑扇着翅膀的鸽子，常常令我又喜又惊地醒过来。

那只鸽子在远远地看着我。它身体的颜色是那种用语言难以描述的纯正的银灰色，透着光亮，泛着金属般硬硬的色泽。仔细观察便发现，它的脖子周围有一圈儿浅浅的金黄色，就如同搭着一条美丽的项链，将它衬托得格外优雅，分外精神。它的眼睛太小太圆太精致了，湿湿润润，温温热热地痴痴凝视着你；眨眨眼皮，眼珠儿骨骨碌碌地又瞟一眼你；向别处望一望，扭回头来扫一下你；啄啄银灰色的羽毛，假寐一会儿，接着又瞪住你。仿佛带着点儿陌生，含着些羞怯；又有一股自信的味儿，禁不住让我想起我的爱妻。恋爱的时候，我常常盯住她不放，她也总是静静地坐在那儿，感应着我的目光。黑葡萄般的眼珠也是这样躲躲闪闪翕忽转动，偷偷瞅我一眼，或是用余光瞥我一眼，接着便低下头去。我傻傻地笑了，鸽子正歪过头梳理它光滑的羽毛。

原来那厕所养着鸽子。昨晚，它一定是发现来了新人，要出来认识认识我吧。

我踮起脚，透过细细密密已被鸽子撞松的铁丝小窗，往里看去。哎呀，这么多鸽子。陈旧粗陋的墙皮这里一块那里一块露出剥落的伤痕，高高的屋顶斜角上一张蜘蛛网像把大锁，锁不住下垂的又黑又长的灰尘。鸽子们吃惊地站起，睁大眼睛叫起来，它们栖居的那薄薄的半领苇席便哗哗啦啦筛下一些莫名的东西，地上早已沉积了厚厚一层鸽子粪和霉变的食物。门一动,门槛上边的空隙里就洒落出一些,散发出腐朽的臭味来。嘿,厕所竟能养鸽子,鸽子的家竟是这样一个废旧厕所,半领破席。

老张对鸽子并不太热心,真不知当初他为什么养鸽子,食物是想起来就喂点儿,想不起来就作罢。高兴的时候,便哼起几句吕剧,把鸽子放出来,让它们在古瓦鸡埘间飞飞;不高兴了,十天半月便紧紧封着。从小铁窗默默看着那只鸽子, 那被囚禁的鸽群,仿佛它们的眼角都红红的,泪就要流下来。

我终于和那只鸽子混熟了, 我总能在成群的鸽子中一眼就将它分辨出来。放风的时候,它总是孤独地立在对面的古檐飞角上,顿挫着身子,仿佛在深思和远望着什么;当它被窝在巢中的时候,它那无助无依的神态,总让我生出无限的怜惜。我到市场买了小米和玉米,每天都要给它送上去。我甚至准备偷偷在门上凿个洞,使它能够飞进又走出。每当我走到铁丝窗前时,它都会渐渐凑上前来,仰起头,咕咕说上几句话,不知是什么禅语。我的心中漾动着初恋般的柔情和温馨,似乎已实现了童年的梦想,捡回了失落多少年的珍贵情愫。平时,即使见不到它,想起来就感到一丝掠过心底的震颤,感受到清风般的欣悦和丰盈的充实,我似乎已经有了一只属于自己的鸽子。

突然,有一天,那只鸽子不见了。几天里,我焦急而心神不定地等着出差的老张归来。后来知道,原来他把鸽子带到了千里之外的一个城市。他说要训练训练它,他要参加信鸽协会。

那一瞬间,我的心被一种念头撞得生疼,仿佛灵魂里一种什么东西倒塌了,轰隆隆,一片迷茫。鸽子,这只鸽子怕是完了。它的翅膀不够硬，它的经验不丰富，它从未出过征啊！

果然，一天、两天、三天……十几天过去了，仍然不见那只鸽子的影子。

一种不祥的预感像阴影般延长开来。

那天夜里，下起了大雨。站在窗前，看云在呜呜地散步，听雨沉沉地击着屋顶，我的心被彻底浇透了。此时，那只鸽子会在哪里呢？它没有伴儿，没有食儿，在这样的风雨之夜，它多么孤寂、多么清冷。老张家正灯火通明，酒气弥漫，人声嘈杂，吆三喝四，谁会关心着它呢？它正瑟缩着立在一间破棚的半截横木上，浑身是水。脖子被撞伤了，它只能歪着头，不知是在哭泣，还是在小憩；它暖黄色的细细的小腿已被泡白，柔弱无力，心在颤抖。终于，它支撑不住了，"扑哧"一下掉到汪汪水中。一只猫敏捷地扑过去，我的手一抖，心猛地一沉，看见外面的雨仍在下个不停……

好多天过去了，依然不见它的影子。

老张说，怕是碰到谁的枪口上了。

老张说："哼，回来看我不吃了它。"

时间一天天过去，渐渐地，也便不再想它了。

这一天，到盥洗室接水，陡然有一种异样的感觉，电流般掠过每一根神经，猛一抬头，啊，果然是它！它正伸展着翅膀疲惫地卧在圆窗上，咕咕叫着望着我，那圆圆的眼睛透射出温暖的光芒。

鸽子！鸽子！

走向远山

走向远山，在秋天一个有月亮的夜晚。

月光如雪，纷纷扬扬落满深密的森林、沉沉醉卧的山峦。就这样，在沁凉的月色里，告别狭窄拥挤、灯光起落的城市，走出错落起伏的大厦和被座座高楼挤出的一线天空背景，走向朦胧的远山、星群旋转的原野和自由的风。

城市在身后喘息着，无数的汽车塞满街道，到处是刺耳的鸣笛声、滚滚升腾的嘈杂的闹市声。哪里的打桩机正从黑烟里憋足劲儿痛苦地呐喊，遥远处一声尖锐的汽笛声直刺霄汉……而一座座巍巍的大楼，一扇扇或明或暗的窗子，远远望去，就如一个个竹编的鸟笼被苍穹提着。

走出城市，就如脱下一件沉重的衣服。多少年了，生活把你的脊梁压得很重，心很沉。每天一睁眼就囚禁于那个灰暗沉闷的房间，没完没了的电话，迎来送往的笑脸，伏案冥思无用的文稿，口中嗫嚅千篇一律的语言，东奔西走的苦旅，自言自语的呢喃。当初锋利的语言迟钝了，蓬勃的感觉迟缓了，第一位的灵感木了，第二种生活方式搁浅了，第三只眼睛盲了，第一万次尝试只在想象中了。没有了独立的思想，丧失了兴趣爱好，甚而忘记了自己的性别，人仿佛成了一架机器，早上上足了弦，便一直机械地不停转下去。如果仅仅是劳点儿力还能忍,那劳心的滋味更难承受:永远不可叵测的人际关系,无休止的你争我斗,率直热情的微笑后面可能是咬碎的牙齿,平平静静的窗帘里面也许正隐藏着一场阴谋。处在纠缠不休的关系中,你感到自己就是一条鱼,一条被变种的奇形怪状大眼泡的鱼,莽莽撞撞地在乱草中东寻西碰找不到方向。缺氧的你,不得不艰难地浮出水面,张开大嘴,急切地呼吸一点儿新鲜空气。于是,你选择了逃离去寻找!

深秋的风如此清冽痛快,荡涤着郁闷的情怀。回首那一座座大厦,朦胧的扇扇窗子里人影憧憧,远远看去就如上演着一幕幕皮影。哪个房间的灯突然灭了,过了一会儿,又亮了,其中演绎了多少故事?而大厦之下、道路两旁,挂满尘土的树们已不堪重负,一个个将影子扑倒于大地,任粗粗细细的车轮、大大小小的鞋,碾过来,踏过去,终于零落成泥,将大道点缀得如此斑驳陆离……

而秋月正从那丛山峦里徐徐上升,圆圆的,冷冷的,朗朗的,月光如水倾泻下来,仿佛每一块朴素的石头都泛起暗暗玉色,每棵树梢都镶上银光。山坳里似有一句两句的话语,沉睡多时的草们在梦中感到缕缕濡湿。月升到中天,天更是蓝得出奇,偶有几朵白云悄悄散步过来,又无声无息离去。更远更高处,几排星子挽起胳膊,唱着明明灭灭的缥缈歌曲。伤感的是风,清冽如酒,凉凉的像恋人的手,抚过你的头发、鼻翼、脸颊、耳际,突然间,捧起一把月光,从你脖颈灌下去……

此后,过不了几个月,冬天就会来到山中。那时松涛阵阵,山风呼啸,厚厚的积雪覆盖了山石、乱枝和枯草,山披银装,树如琼枝，空气凛冽，沁人心脾。几年前，在山下那个小酒馆，你曾经和几个好友倾诉苦闷和失落，和着泪水灌下酒水，咽着苦水，醉倒在大门口……而今那小栈、那栅栏、那柴扉，连同那些朋友，已渐渐走远、渐渐变淡，仿佛已经隐在浩浩月光的背面、茫茫岁月的那端……

而夏天像一只白白的大绵羊，慵懒温顺地卧在山下的阳光里。山上的树透出深绿，那树叶绿得如此的肥、如此的厚、如此的旺、如此的狂。棵棵树干仿佛蕴着满身的绿汁，轻轻一掐，就会淌出绿来。绿草长疯了，盖过石子，盖过小兔，盖过小羊，还要盖过那边坐着的情侣。阳光被树林上下颠簸，筛下星星点点形状各异的光，匍匐在草地上，跃动在树干上，一直走到很深很远。林子中散发着青草味、树香味、腐叶味，各种清新的味道。各式各样的鸟儿扑闪扑闪地飞来飞去，玲珑娇小的圆如子弹，体形巨大的翅膀大如扇。那鸟声，有的圆润如雨滴，有的苍老如枯木；有的细小如针，有的壮如吠犬。天上，飘动着几朵云彩；远处的山头，在阳光下闪着奇异的光亮，就像冒出白炽蓬松的烟。这和谐美好的一切，都让你留恋。

当然比较起来，你还是更爱山的春天。踏着冬天后退的脚步，春天肯定是从第一粒爆在枝头上的小芽芽开始赶来的。突然之间，山就润了，草就嫩了，泉就笑了，空气就温馨了，风像一群活泼的小鹿，在山下跳跃，往山上奔跑。就那样，向着山走了很久很久，放眼是青青的朦胧，而心就蓬勃地绿了。上大学那会儿，你就喜欢应绿树的邀请，和伙伴们去登山。“山东的山是大汉的山。”在山涧的那块平地上，你挺起胸膛，高声朗诵着对山的理解和青春的梦想，那群野餐的中学生尖叫着欢呼着为你鼓掌，群山为你送来阵阵回响。那时，你年轻的心向着未来，奔流的血液在身体里汇成宏大的交响。

援步而上，登上更高的山坡，回头看月光中你白日工作的大楼，它已融进九万九千座楼宇，融进灿灿灯火。那一瞬间，你突然感到大山的冷峻、秋月的清冷、家的温馨、生活的沸腾，你的心不由一热，大踏步走向那团温暖，你要在暗夜里开出一片光明。

桂子山的岁月满溢清芬

——博士论文后记

一百八十多个日日夜夜，在噼噼啪啪的键盘声里流过……早5点到凌晨2点，我的白天比别人长。那些幸福与艰难、希望与焦虑共生的博士论文写作的日子，注定是我一生难以忘怀的时光。

读博士学位，于我，乃是不倦不屈的信念。当不惑之年来临的时候，历经两次考博失利的我，第三次走进考场。四顾那些青涩帅气的考友，转头看看玻璃窗子映照的苍容，心中不禁丛生万千难言之情。人是为信念活着的。多少次跌倒，只因发生在前行路上，不觉委屈；多少回把高傲的头颅低下，唯缘前方愿景的招引，乃将纤绳深深勒进古铜色的肩膀。

告别鲁北那个小村，从贫苦难挨的童年走来，我的上学路有风有雪有泥泞。常常回放于脑海中的画面是：老树，秋风，落叶，飘摇的泥屋，陈旧粗陋的木格子窗。窗纸上摇动着枯树斜斜的影子。在暗红的油灯光里，妈妈给我系上褂子最上面一个扣子，又把竹筐帮我背上。擦一把眼泪，我低下头……妈妈一直送我到家门口，走几步，回头，妈妈在看着我；走老远，再回首，妈妈还站在那里；一直走到村西头，回头时，妈妈的影子还在家门口……小学、中学、大学、读研究生，一个人走在求学的路上，他的身影越来越高大，他的面孔越来越成熟，他身边的风景次第变化，而在他的心中，盛着几多故事？他的背上，印着多少热切的眼睛……

就这样，多年以后，我来到美丽的华中师范大学。桂子山的清风、明月、夏雨、冬雪、红花、绿树是这样吸引着我。然而铭刻于心的永远是那些学识渊博、热心慈面的华师人。激荡心头的是深深的感恩！

感恩王泽龙先生。先生广阔的学术视野、敏锐的学术嗅觉、丰富的学术成就、纵横捭阖的本领才干令人感佩！但更令我不会忘怀的是他独立自由的人格魅力、宽和宽厚的长者风范、至情至性的人文情怀、尽善尽美的心灵世界。从他和师母身上，我们不仅学习怎样做学问，更重要的是学会了做人。桂子山的岁月因有恩师而满溢清芬，博士年华的记忆因有师母的慈爱而如许温馨。

感佩杨宗凯教授、覃红教授、胡亚敏教授，从他们身上，我更加明白愈是有学问有智慧有格局的人，愈是谦和的，他们令我真切感受到挚诚的力量。感佩黄曼君教授、周晓明教授、王又平教授、许祖华教授、张卫中教授，黄老师的清澈、周老师的睿智、王老师的傲岸、许老师的热肠、张老师的朴质以及他们作为前沿学者犀利的学术洞察力、深刻的问题辨析力、强劲的知识爆发力、持续的开辟创新力、善待眷顾学生的亲和力，这些都将会珍藏于我们心中最柔软的地方，或许从来不需要提起，但却永远难以忘怀。

感谢我的同学刘继林、叶琼琼、王雪松、周少华，同门的好友给了我许多无私的帮助。我也不会忘记现当代文学专业同级同学们，同窗砥砺、同舟共济、同气相求、同声相应的经历，是我生命中弥足珍贵的财富，我会如同爱护眼睛一样将之守护。

此时此刻，我要感谢所有的亲人和同事。无间的亲情，总是给了我无尽的温暖；思想的交流，激励我不断走向成熟。

我感念我的父母，我所做的一切，都是为了不辜负他们的期许。感念我的哥哥妹妹，感谢他们为父母的奉献和为家庭争得的荣光。

我特别要感谢纪智，我祝他前程行远，永放光华！

我还要说，我感激我的妻子，她的包容、担当、吃苦、坚韧和奉献，常常令我感动和自省，我唯有不断努力，方能对得起她的辛苦付出。

就在我博士论文答辩后几天，我的儿子就要考大学了。瞩望儿子博士毕业时，我该是54岁白发老汉。下一辈的求学之路是老一辈的延伸，一代代人就是这样走过来。凄风苦雨的日子不会再有，我期待并祝愿孩子们的求学之路永远是宽阔坦途。

第三辑

那些地

野地漫步听黄昏

一辆地板车丁零丁零斜过田野，碾动着鲁北的黄昏。小黑驴沉思般低头前行。天边紫红的太阳照耀着它们。

这时野地里最热闹的莫过于那些伶俐轻盈的小麻雀了。叽叽喳喳，在稀稀密密的枝头商量心事，成百上千只会突然从树上飘然而下，纷纷扬扬像无数片落叶。在杂草间蹦跳乱啄一阵，见人来，又呼啦啦一齐飞去，向着太阳的方向，翅膀被染成淡红；而浅语细声，仍隐隐在耳边回旋。这是一个爱的家族。远远近近，时而有成堆的树合抱一座古坟。那坟一般不高大，土黄黄的，落叶片片，旁边又有一只两只咩咩叫着的小羊，悠闲地走动或眯眼浅憩。红光轻轻抚摸着它们，梦幻一般，这在鲁北平原是常见的。天边的远山淡青淡青，画在雾里；林木稀疏的村子里正直直地升起温暖的炊烟……

我独自漫步田野，陶醉于这无边的宁静。

暮霭弥漫开来……

陡然，有隐隐约约的声音自远方传来。

那是唢呐吹奏的乐曲。一会儿婉转悠长，清明如水；一会儿却又暗哑低沉，如诉幽怨。乐声时远时近，它仿佛穿着风衣小步跑来，又怯生生退去，终于还是在那半明半暗处，呜呜呀呀地徘徊。半虚半实，它似乎又被风撕作了一绺一绺，或粗或细、或长或短，于暮霭深处翩翩飞舞，缥缥缈缈，似有若无。

在鲁北，每逢婚丧嫁娶，都要雇吹手吹唢呐。结婚多在早晨天色朦胧时，唢呐则在前一天的傍晚已抢先吹将起来，以助喜庆；而老人殁时，家门上的黄幡在夕阳里懒懒地摇摆，窄窄的街巷子里，便走来三两个吹手，吹出那凄凉的曲子来，随之就跟出一队长长的白衣子孙。那男人，常常是一哭三叹，涕泪皆流。那女的则拖着长调，婉转地低唱……而此时飘来的是哪种曲子？在暮霭深处发生了什么故事？已分辨不清了。

唢呐声依旧，暮霭已沉……

突然，一声脆响骄傲地在风中散开。车把式懒洋洋地坐于辕杆，将鞭子从空中轻轻收回。接着，婉转的吕剧腔便如泣如诉，在田野上升起。小黑驴沉思般低头前行，紫红的太阳照耀着它们。

这时，我又蓦然感应到另一种庞杂的声音，那是来自我身后的村落。

狗吠，长一声短一声，此起彼伏，分外高亢明亮；而人声则更是高高低低，沸沸扬扬。一会儿似乎有大笑在那里炸开，令人想到高朋满座、好友如云、举杯豪饮、笑声如雷、其乐融融的情景，或想到红烛高照，夫妻情语切切，狂欢小儿将大门擂得山响，喊声震天的场面；一会儿，又仿佛有骂声阵阵，两家交战，唾沫成河，一边是声音洪亮手指苍天拍胸脯，一边是嗓音沙哑脚跺黄土泪如雨，另有附和声、调解声、旁观者的嬉笑声、阴谋者的撺掇声，人声嘈杂，热闹非常。忽然声音又静了，其中又浮起一声悠长的哭腔，就如断断续续的炊烟，缓缓流淌的河水，中间夹杂着叫儿吃饭的呼唤，寻母回家的稚语……恍惚间，众声复起，骂声、哭声、笑声、呼唤声、长啸叹息声、马叫狗吠唢呐声，所有的一切终合为一体，滚滚升腾起来，在这博大清凉的黄昏里，氤氲成一片温柔的声音。

回过神来，看暮霭中的太阳仍紫红地悬挂在天边，四射的晚霞如钟声散开，仿佛给人以启示。

而驴车已远，吕剧腔仍悠远传来，融于无边暮霭中。

听听那街声

正午时分，我正坐在导师的客厅里，两人轻声交谈着博士论文写作的一些事情。外面起风了，天地间一片昏暗。对面的家具影影绰绰，房间里变得朦胧迷离起来。有那么一会儿，我和导师都不说话，陷入喧闹中的静谧里。蓦地，一声高亢的喊声袭入耳鼓："磨剪子嘞……抢菜刀……啊……"这一声呼喊平地而起，异常突兀，顿时纷繁喧嚣的市声、呼啸的风声、扑簌的树声仿佛一下子归于沉寂，世界上只有这喊声凸显着，那样的原始、高拔、苍凉、孤独、悠长。恍惚中，我似乎又坐回故乡老屋的灶台旁，聆听来自街上的杂声。

睡意蒙眬中，生产队的钟声就敲破早晨的浓雾。铛……铛……铛……这一声又一声厚重、沉着的钟声是第三生产小队的，敲钟人好像专为听那钟声的余响，"铛"的一声之后，等那余音就要散尽，后一声"铛"才缓缓跟上。这钟声总让我想起那个一天都睡不醒的汉子，嘴角叼着一枚纸条卷成的旱烟，狠狠吸一口，烟雾徐徐融进清晨凛冽的风中。三队队长半闭着眼，歪着脑袋，一手插进棉裤腰里，一手拉动着钟绳。紧接着，就像踩着三队钟声的尾巴，"嚓嚓嚓嚓嚓嚓嚓"的钟声响起来，这钟声干裂细碎，连续不停，仿佛一个感冒患者的咳嗽，又像一下一下不断击打着枯树的啄木鸟。六小队的钟声，就像队长的脾气，也像精瘦短小的队长走过来又踱过去的闲不住的脚步。三队、六队的钟声响过之后，小学的钟声便登场了。“当当当……当当当……”二短一长，和着鲜明的节奏，教音乐的女校长分明是在敲着一首乐曲，呼唤她的学生踏着旋律走向课堂。“又叫晚了，你咋又叫晚了！”光头的哥哥皱着眉头，嘴里不停地嘟囔着爬起来，冲出房门，布满青一块紫一块补丁的裤子，眨眼间消失在影壁墙角。很快，各队的钟声次第响起，街上人声鼎沸起来。木门的咣当声，栅栏的吱呀声，男人高高的咳嗽声，沉闷的吐痰声，女人的说笑声，相互的吆喝声、应答声，套车的轰隆声，老牛沉稳的哞哞声，驴子撒欢的咴啊咴啊的叫声……不知谁开了句玩笑，突然爆发的一阵大笑炸响在老街的上空。这是早上出工了。

街上大约热闹了半个时辰的工夫，然后静下来。隐隐约约的，“梆梆梆梆”，空洞而又硬实的梆子声由远而近、由轻及重，一路传过来。这是换豆腐的来了。换豆腐的老三，戴个黑毡帽，上身穿一件总是很干净的薄棉袄，脖子和胸膛半露着，尽管时令已是深冬，可他头上却一直冒着热气。他厚厚的嘴唇总是咧着，露出白白的牙齿。那牙齿像是用刀子切割的小豆腐块儿，整整齐齐地排着。每天上午，车子经过我家的柴门，到达西边第一条胡同时，梆子就三声三声的连敲九下，这时就听见小满家那厚重的大铁门咣当两声，然后是小满娘柔声柔气的说话声：“老三唉，俺换块豆腐，俺身子弱搬不动粮食，你来家里称吧！”老三忙不迭地应声道：“好、好，这就来。”此后再也没有了声响，而豆腐车就停在小满家门口。我哥哥有一次实在馋不过，飞快地冲过去，一下子掀开盖豆腐的笼布，伸出两只黑乎乎的手，抓起两把豆腐就往回跑。没想到在钻我家门口时，被压柴门的大石头绊了一跤，两手扑到地上，豆腐沾满泥屑。他就躺在那里，用牙把脏了的表皮啃掉，张开大嘴，几口就把豆腐吞了下去。然后，伸出舌头把嘴角的豆腐末舔了好几遍，猫腰躲到猪圈藏了起来。那天下午，我再喊小满玩儿时，小满已被他娘锁在小屋里。后来，哥哥让我把他从小叔桑树上摘的葚子给小满送去一把，小满的嘴竟黑了好几天。

中午的时候，随着许多大门“咣当”“咣当”的关门声，街上传来空空的砸击牛骨头的声音，中间伴着一声声凄厉的高唱：“婶子大娘们啊，剩饭剩干粮，可怜可怜，俺这受苦的人……”无腿的老宝坐在一个带轮子的小平板上，身子一扭一扭，那平板一寸寸地行走。那年打井时，井架突然塌倒，只听见“嘭”的一声巨响，老宝的爹爹没出一声，就扑倒在地，全身其他地方不见一处伤痕。老宝娘从此中了魔怔一样，出出进进不说一句话，不久就不见了。只剩下老宝白天要饭，晚上就宿在队场的秫秸垛。我上初中那年秋天，队场失火，所有的秫秸垛、麦穰垛一夜之间都烧了，阔大的场地上只剩下几堆黑灰，从此再也听不到老宝的叫唱……

黄昏的红光照透村头，西湾旁的树像着了火，旁边的碾房边，盲人师徒拉的二胡悠扬的曲子声就升起来。碾房里碾米的人们推着磨，躬着腰，低着头，一步一步，一圈儿一圈儿机械地走，地上的尘土味升腾弥漫，噗噗的脚步声就像棍子砸在棉花堆上，闷闷沉沉的。月亮升起来了，月光凉凉地泼在盲人师徒二人身上，二胡那黑亮的剪影鲜明地独立出来。西湾的水像老牛喘气一般晃荡着，音乐的旋律暗哑而凄怆，不知谁家传出一阵阵的啜泣声，我不由自主地打了个冷战，就踏着月光，和着两旁土坯墙上的一上一下蹦蹦跳跳的影子跑回家去。

躺在土炕上，紧紧抓着被子，瞪着暗黑的屋梁，听着妈妈一声又一声的叹息。街上传来隆隆的牛车声，那一定是赶脚的人在连夜赶路。风呼呼穿越我家的屋顶，窗纸上枯树正一起弯腰倒向同一个方向。"咔嚓"一声，是谁家的树枝断了，一只猫敏捷地跃上墙头，攀上屋顶……

北中国的乡村，沉浸在浩浩的呼吸中……

时在二十世纪七十年代。

神意于人间的见证

关于火，历史学家贾兰坡曾说过："对火的控制，是人类制作第一把石刀之后，人类历史上的第一件大事。这一伟大创造，在人类发展史和人类文明史上，有着极其重大的意义。"事实正是如此，火可帮助人类驱赶野兽，保卫自己；火能用作洞穴里的照明，驱走黑暗；火又给人以温暖，驱离严寒；火还帮助人类猎取大型野兽，使人类能吃到烧熟的食物。火的使用是人类从茹毛饮血的原始生活迈向文明时代的第一步。然而，在漫长的生活中，更值得人类铭记甚至是警惕的，是因由种种原因，火给人类带来的灾难。

在儿时关于声音的纷乱记忆里，最惊心动魄的大约就数火警了。那种由远及近、悠长而急迫的奇异声响，仿佛来自另外的星球。当然，这明明与火灾相连的声音，在童年记忆里，除了饱含着令人恐慌的惊遽，似乎同时还隐匿着一种莫名的激情与神奇，感动与宽慰。

上中学时，我曾目睹过小镇的一次救火场面。几排路边的老厂房起火了，当时正值初春，气温还很低，但火势在南风中不断大了起来，从滚滚浓烟中渐渐蹿出明火，火焰仿佛一幅凡·高的画作，自在张扬，在傍晚灰暗深蓝的天空中，发出惊悚刺目的亮光。这厂房在一处居民区的附近，成群的人顺着烟火匆匆跑来，最令人担心的是，若不能及时扑灭，火情势必会蔓延到周围的民居住宅。焦急、无奈与恐慌的情绪弥漫在人群中。在当时通讯与交通尚不发达的年代，较之今天而言，人们的恐惧无疑是更为巨大了。火焰炫目的映衬，使得夜晚好像来得更快了，这更加令人惊慌绝望。忽然，隐隐的，渐渐听见了救火车的警笛，大家的目光齐齐从火焰转向了街口，而愈加令人绝望的是，街口一段路因为发生了塌陷，这几天正在修整，所有人都在担心，救火车能否到达火灾现场。救火车越来越近，警灯闪亮着停在了街边，我们向街头跑去，正看见穿着防护衣的消防员，拉着长长的输水带从车里出来，几乎看不清他们是怎么跑过去的，刹那间就到了火场。我们情不自禁地停下脚步回望，高压下的水柱，在金红色的火焰与蓝灰色的夜空里，有如蛟龙越海，汪洋恣肆，气吞山河，水柱周围弥漫着莹亮的水汽，在火焰与烟雾里泛着水晶似的光。火势很快就被控制住了，大家唏嘘庆幸，渐渐人群散了。而那一次目睹火灾及救火的经历，也让少年的我对火警的声音更为记忆深远，而那些救火的人，在自己眼中无异于天兵天将。

今天，我们的生活无疑已进入一个全新的时代，无论城市还是乡村，一切都发生了前世今生般的变化，政治、经济、文化、科技，纷纷以加速度的节奏，迈进各个领域的新里程，一些旧有的在消散，一些新事物则在生成。而一个深刻的话题却从未有变，那就是关于火，关于火警，关于消防。或者说，在科技主宰世界的今天，随着人们对电的发明与深度利用，火险的发生变得越来越多样化，对火灾隐患的防范变得越来越意义重大，关于防火的话题愈发庄严而宏大了。数千年的人类历史证明，消防是世界文明进步的产物，社会活动愈频繁，防范和治理火灾的消防工作愈显重要。

我国消防的历史可谓久远。《周易》中便有关于防火的警句："水在火上，既济。君子以思患而预防之。"东汉史学家荀悦在《申鉴杂言》中明确提出"防为上，救次之，诫为下"，其意在阐释"防患于未然""御灾防患"的思想；而英国谚语"星星火烧万年柴"，虽含蕴文学表达之唯美，却同样阐明了消防与整个人类生活的息息相关、分秒不可大意疏忽的核心意义。

从人类开始了对火的利用，直到今天，消防是人类与火永恒的博弈。火如何改变了人类的历史，火同样威胁着人类的生活，如此一来，火就具有了哲学意义上的悖论审美。火亦因此很早就被赋予了神的意象，谓之"火神"。人们以对火神的尊崇，表达着对火的敬畏。火神也是中国神话中火神民间俗神信仰中的神祇之一，在我们中国最早供奉的火神为祝融、炎帝、回禄。由于文化与历史的不同，世界各地均有自己不同的火神文化，在希腊神话里，火神的名字是赫淮斯托斯，是希腊十二主神之一，是宙斯与赫拉的儿子。他是长得最不美的天神，虽跛脚却娶了最最美丽的女神阿佛洛狄忒。只因为他是火神，他具有极为高超的技艺，制造了许多的武器、工具和艺术品，甚至太阳神阿波罗驾驶的日车，厄洛斯的金箭、银箭都是他铸制而成的。神话的赋予令人感动，也足可见人类自远古时代起，即对火有了哲学上的认知。

但在网络覆盖世界的当下，我们不难于每天林林总总的事件中发现，随着时代的全新进程，消防工作已经从最初的防火灭火完全渗透到人类生活的一切领域之中，从而形成了消防工作的全新的社会属性。消防部队已经不仅仅承担灭火救人的职责，现在更担负着一切应急抢险救援的责任。凡是生活中所能遭遇到的所有灾情，从大灾大难到疑难遭际，都会看到那些泥泞中、瓦砾中、烟尘里、冰雪下……各种危机、危急事件中青春的身影，他们令世界焕发新的意义与光芒。

很久以前曾看过一部理查德·唐纳与马龙·白兰度联袂打造的经典电影《超人》，这是一部全世界家喻户晓的科幻影片，讲述的是一个来自克利顿星球、具有超能力的外星人克拉克，因为一个偶然原因来到地球，后来以自己的超能力，保护危机中地球的美妙故事。克拉克对地球的拯救，源于对爱的回报，而今天我们的消防员们，就仿佛克拉克，时刻护卫着人民的生命与生活，这样的护卫是他们的工作，这早已不是简单的职责，他们是以自己的生命作为无畏的筹码，表达的是一种神圣的使命感，一种可以与信仰相连的阔大情怀。唯因如此，他们才可以做得如此无怨无悔，无惧无畏。正如奥地利思想家维特根斯坦所言："理智是淡漠的，信仰才是一种激情。"是的，正是他们拥有信仰的激情，才令我们每个平凡的生命，都多了一双呵护命运之手；令人类面对世间一切灾难，有了不绝望的可能；令绵绵神意，在人间有了最为深情庄严的见证。

夜宿淮安

到淮安时，已是黄昏。

时令接近晚秋，树叶大多泛黄，河水凝重起来，淮安坐落在一片秋日的金黄里。

和三五友人坐在运河边酒馆小餐。从窗子望出去，壮阔的运河两岸灯光闪烁，流光溢彩，勾勒出古式的房屋、尖顶的亭子、多彩的桥。河中偶有画舫木船驶过，河水泛起红的绿的橙的蓝的多色的波痕，深沉地呼吸，缓缓地远去。

于是怀想这河水，这城市，旧时的时光。

这河水，从遥远繁华的京都，穿过津门、燕赵大地、齐鲁山水，漫然而来又默然南去，奔向吴越古道、江南水乡。两千多公里的大运河，多少万人经年累月，一镐一镐地刨，一锨一锨地挖，一篓一篓地背，一车一车地推，硬从平地上开掘出来的！那些褴褛的衣服、蓬乱的头发、额上深深的皱纹、茫然的眼睛，胳膊上、腿上的青筋……早已作了古人。隋、唐、五代、辽、宋、夏、金、元、明、清，一直到如今，两千五百年沧桑岁月里，它曾负载多少历史故事，映照人间多少灯火？

想这淮安的当年，是何样的气象。大河之上，商船云集、千舟往复，纤夫拉纤、船夫摇橹，飞虹卧波、不分昼夜。周边则店铺林立，酒肆里人声鼎沸，街巷里骑马的、乘轿的、背篓的、顶筐的、挑担的，熙熙攘攘；占卜的、修脚的、钉鞋的、剪发的、卖糖葫芦的、贩布匹的、售厨刀的、经营各类杂货的，一块块篷布，鳞次栉比；波斯的地毯、大食的异药、新罗的檀弓、越南的象牙、吕宋的烟草、天竺的郁金香和菩提树，琳琅满目；盐市、鱼市、米市、草市、莲藕市、牛羊市、猪市，更是非凡热闹。到了夜晚，定阳、浙绍、润州、福建、江宁、江西、镇江、四民、新安，散落各处的会馆灯火通明，歌吹沸天；开元寺、龙兴寺、紫霄宫、东岳庙、宴花楼，外语和方言不绝于耳，诗酒唱酬，千灯市喧……那可称得上楼台座座酒正酣，笙歌曲曲唱月圆。而城外，近处则帆樯如林，静立河上，灯影半临水，筝声犹在船；远望，那运河之上，烟笼夜色，红灯十里帆樯满，风送前舟奏乐声。不愧是东南第一州的壮美景象啊。

历史已远去，河犹在，人不同矣！

遐想间，餐馆起菜了。最先上的居然是汤包。

记得朱自清先生曾在《说扬州》中提道："北平淮扬馆子出卖的汤包，诚哉是好，在扬州却少见；那实在是淮阴的名产，扬州不该掠美。"可见汤包算得上淮安当之无愧的特产哩。

那汤包，一个一个各自放在一个笼屉里，白白胖胖的，饱满细腻的皮儿里，隐隐透出黄澄澄的汁液。我急忙忙拿起筷子，就要夹之于碟。旁边的朋友立时拉住，小心帮我撮入碟内。先端起碟来，轻轻转动，只见那包子皮竟如薄纸，汤液如水，随之鼓动流转起来。这可是平生第一回见到流动的汤包，真切的包"汤"。不仅如此，这汤包竟不可直接吃，而是先须用吸管吸，把吸管轻轻插入汤包，细细品食包中的汤馅。一口吸入，顿觉一种无上的美味浸透味蕾，盈满口腔，极鲜美，极醇厚，明香合着暗香，带着糯糯的质感，一种仿佛醉了的感觉涌上脑际。尔后，趁馅汁尚未完全吸尽，将包子三两口吃掉，再回味咂摸那吃的过程和余韵。所谓“轻轻提、慢慢移、先开窗、后喝汤”，是其程序；独吮其汁、风卷其皮、奇美自知、人莫能察，乃是食之哲学啊。

禁不住问这汤包的制作过程。友人慢言细语，娓娓道来，满座从惊叹中安静下来。却说这汤包皮的制作，似乎最简单，却又非常人能及：以水调面，皮面要擀到削薄，仿佛成了一张张面“纸”，一点火就能着，但却又能包住汤馅，蒸而不破；馅心则以肉皮、鸡肉粒、蟹黄、虾米、竹笋、香料、绍兴酒等十数种配料混合而成，先经大火烧开、小火煨制、筛去汤渣、旺火收浓等十几道繁琐工序，而后加入酱油、白糖、味精、盐、胡椒粉等搅匀，取出入盘，凝成汤冻，即成馅心。而包制时，则要用手轻撮，小心翼翼防止捏破，速度、力度、饱满度的掌握，都大有学问呢。

言谈间，又上来一精美汤碗，只见汤水中飘荡着白的、红的、黑的、淡黄的细丝，五彩缤纷，轻盈透亮，似沉似浮，散发出特有的清香。一勺入口，软、嫩、柔、滑、清、醇，未及咀嚼，已化为汤液，唯留鲜美在口中缭绕。一问才知，那缕缕白丝，原来竟是豆腐！菜名叫文思豆腐。

说来这“文思豆腐”传之久矣。清乾隆年间，扬州梅花岭天宁寺有个和尚叫文思的，特别擅长制作豆腐菜肴。他用嫩豆腐、金针菜、木耳等原料制作的豆腐汤，滋味异常鲜美。清人俞樾在《茶香室丛钞》中记载道：“文思，字熙甫，工诗，又善为豆腐羹甜浆粥。至今效其法者，谓之文思豆腐。”据说乾隆皇帝品尝过这道菜后，赞不绝口，引入宫廷，遂成清宫名菜。此菜最见功夫者，在刀功也。一块两厘米厚的豆腐，须能批成三十片薄片，进而切丝如发。这也震动了曾品味此肴的李光耀。这位走遍世界各地、见多识广的新加坡前总理，不住赞叹："文思豆腐细若发丝，真的了不起！"

继而，友人点的软兜长鱼、水晶虾饼、蟹粉狮子头等淮扬菜陆续上桌，尝之无不精美绝伦，而且每味菜都连接着一个或几个故事，令人感慨万千。最后一道菜终于上来了，是鱼圆。遂百度了"鱼圆"词条，看到袁枚在《随园食单》中的记载："鱼圆：用白鱼、青鱼活者剖半，钉板上，用刀剖下肉，留刺在板上。将肉斩化，用豆粉、猪油拌，将手搅之。放微量盐水，不用清酱。加葱、姜汁作团，成后，放滚水中煮熟，撩起，冷水养之。临吃，入鸡汤紫菜滚。"乃想到这袁枚享用鱼圆美味时，是否暗想起"精心独运""自出心裁""独抒性灵""天籁最妙"的诗话要义呢？

品完河边小馆这几道淮扬菜，才切身体认，这被誉为"东南第一佳味，天下之至美"的美味，果然涵蕴着"以味为核心，以养为目的"的中华烹饪文化特质。固然口口相传，使它盛名远播，名著《红楼梦》中的描述，更使其上可至官宴，下能到街馆，远则通达西洋诸国。"凡有华人处，皆有淮扬菜"，道尽这一美肴之胜。

于是又想到这运河的开凿，影响了多少地域的发展，滋养了多少文化生长。如果没有运河，这淮安或会与所有湖环河绕的鱼米之乡一样，宁静如南国清丽少妇，淡然而寂寞地送日迎月、度着时光，哪会成为南北襟喉、漕运要津？哪会有高帆巨舻、群行旅集、南船北马、舍舟登陆？哪会见两岸漕船八十里、樯灯累累一时起？更不会有日本遣唐使十多次由此折返扶桑之国，冷面沉默的新罗人聚居新罗坊，卷发凹眼、身着长袍的阿拉伯商人定居北辰坊……这才有了一座座酒楼饭庄、一间间面馆饼铺，一个个熏烧摊、一条条叫卖担；也才有了清淮八十里，临流半酒家，青旗沽酒舫，红板卖鱼船；也才有了“淮浦高楼高入天，楼前贾客常纷然。歌钟饮傅十户九，吴歈不羡江南船”。北国与江南手法融合，外国与本土制式互补，融合百家，演绎千味，这也才有了淮扬美食吧。

这样的情景也必然发生在运河来去的路上。

当年舟船解缆的通州，当时是一派“天际沙明帆正悬，翩翩遥望影相连，漕艇贾舶如云集，万国鹈航满潞川”的盛状；天子出行的津门，则是“长江西上接天津，万舰吴粳八贡新”“万里云帆漾碧天，村烟渔火泊吴船”的境况；到了沧州，是“工商如云屯，行舟共曳车。漕储日夜飞，两岸闻喧哗”；船过临清，则是“繁华压两京”，也是“名士清樽白玉尘，佳人红袖紫鸾笙。雨晴画舫烟中浅，花发香车陌上行”；到达济宁，这“水陆交汇，南北冲要”“控引江淮咽喉”地带，自是“日中市贸群物聚，红毡碧碗堆如山。商人嗜利暮不散，酒楼歌馆相喧阗”的繁忙。等运河流到苏州、扬州，便呈现出南国气象：“阊门晓严旗鼓出，皋桥夕闹船舫回。”“万艘龙舸绿丝间，载到扬州尽不还。应是天教开汴水，一千余里地无山。”终至杭州，“彩舫笙箫吹落日，画楼灯烛映残霞”，仍是一派华彩景象。而这些名城，也随着人流物流、文化繁盛，成就了一道道名吃：十八街麻花，耳朵眼儿炸糕，狗不理包子，河间驴肉火烧，德州扒鸡，武大郎烧饼，玉堂酱菜，逍遥丸子，沛县狗肉，常州大麻糕，镇江肴肉，藏书羊肉，金刚肚脐，宋嫂鱼羹，西湖醋鱼……闻名天下的鲁菜、淮扬菜，便是普天下舌尖儿上的精华。

酒足饭饱，在这小小饭馆，朋友们就谈起这块土地上的文化。

早在西汉时，淮安人枚乘就写过著名的辞赋《七发》，其中有一段吴客劝楚太子品尝天下美食的文字："犓牛之腴，菜以笋蒲。肥狗之和，冒以山肤。楚苗之食，安胡之飰，抟之不解，一啜而散。于是使伊尹煎熬，易牙调和。熊蹯之臑，芍药之酱。薄耆之炙，鲜鲤之鲙。秋黄之苏，白露之茹。兰英之酒，酌以涤口。山梁之餐，豢豹之胎。小饭大歠，如汤沃雪。此亦天下之至美也。"其中即大书淮安当地佳肴。

南宋时，江西人杨万里多次路过淮安。有一次，他发思古幽情，叹宋金之战，写下《登楚州城望淮河》："望中白处日争明，个是淮河冻作冰。此去中原三里许，一条玉带界天横。"二次登临，又发新诗："已近山阳望渐宽，湖光百里见千村。人家四面皆临水，柳树双垂便是门。全盛向来元孔道，杂耕今是一雄藩。金汤再葺真长策，此外犹须仔细论。"可谓思虑重重。但一见淮安美食，也便禁不住沉湎其间，暂时忘却沉痛。他的《初食淮白鱼》云："淮白须将淮水煮，江南水煮正相违。霜吹柳叶落都尽，鱼吃雪花方解肥。醉卧糟丘名不恶，下来盐豉味全非。饔人且莫供羊酪，更买银刀二尺围。"而这"酒炊淮白鱼"竟也成为南宋宫中的名品。

最见品性的却是李白的《淮阴书怀寄王宋城》："沙墩至梁苑，二十五长亭。大舶夹双橹，中流鹅鹳鸣。云天扫空碧，川岳涵馀清。飞凫从西来，适与佳兴并。眷言王乔舄，婉娈故人情。复此亲懿会，而增交道荣。沿洄且不定，飘忽怅徂征。暝投淮阴宿，欣得漂母迎。斗酒烹黄鸡，一餐感素诚。予为楚壮士，不是鲁诸生。有德必报之，千金耻为轻。缅书羁孤意，远寄棹歌声。”诗人傍晚到淮阴住宿，幸得老妇人热情相待。她宰杀黄鸡并以酒炖好，招待素不相识的游子。李白感动于淮阴纯朴真诚的民风，联想起当年淮阴人韩信“乞食漂母”“一饭千金”的佳话，遂发出“有德必报之，千金耻为轻”的誓言。殊不知这不仅成就了“酒焖黄鸡”这道淮扬菜，而且使美好的故事流传了下来。那缅书羁意的诗人已走进历史深处，而那棹歌之声却时时响在后来人的耳边……

李白去了，生于斯长于斯的韩信、梁红玉、吴承恩、关天培去了，那几十万几百万河工去了；十二岁离开故里，就再也没有回乡的周恩来，也永远地去了……

明永乐帝的好友姚广孝的诗，响在心头：

襟吴带楚客多游，壮丽东南第一州。
屏列江山随地转，练铺淮水际天浮。
城头鼓动惊乌鹊，坝口帆开起白鸥。
胯下英雄今不见，淡烟斜日使人愁。

窗外，运河的水沉沉着着缓缓地流着。

天上，一眉秋月，静静朗照。

万山的行板

一提起贵州，便自然想起那句著名谚语："天无三日晴，地无三里平，人无三分银。""八山一水一分田"的贵州，在各省市区组成的班级里，一直以来感觉仿佛就是那个瘦瘦巴巴寡言少语的穷学生。而此行的目的地、远在湘黔边地的铜仁万山，就似乎更遥远、更偏僻、更陌生。

古诗云："江南千条水，云贵万重山。"贵州省域山连山，路难行，此去万山几千里，那里会有什么风景？眼前就似乎看到连绵的山，黑、灰、干、硬，莽莽苍苍，宛若沙飞半空；那水，瘦的水，浑的水，缓缓流淌的水，似有若无，无精打采；稀稀拉拉的几棵树，也像缺乏营养的孩子，一阵风，便东倒西歪，要被吹到天上去；而道道山梁上的小路，远望如一根根绳子在悠荡，而那一个一个黑的团、灰的点，就是山民身背竹篓艰辛攀援的身影……大山深处、群山环抱的小城，无非就是一片拥拥挤挤的房屋，几条局促的马路，路旁是吵吵嚷嚷叫卖的摊贩，几辆牛车不紧不慢地前行，后面急不可待的汽车发出尖厉急促的长啸短鸣……

记得出发的那个早晨，六点三十分就匆匆忙忙赶到首都国际机场，飞行三个小时到达贵阳龙洞堡机场；在机场足足等了三个半小时后，才乘上庞巴迪CRJ900飞机……谢天谢地，终于在下午四点三十分到达铜仁凤凰机场，不多不少正好十小时。万山乃铜仁辖下的一个区。万山有多远？十个小时，或就是时间对空间的最好诠释。

劳累的身体，沉沉的睡眠，暂且按下不表。清晨醒来，推开窗子，蓦然发现一个全新的世界：高高低低、远远近近的大厦，挺拔、清奇、壮观，大厦上面是苍远湛蓝的天、蓬蓬松松的云，云天下面，是磅礴的山峦、蜂拥的树林。时令已是深秋，满山的树叶红了，在朝霞的映照下，山坡上仿若升起一层毛茸茸、软绵绵、红彤彤的云……

今日何日，此地何地？心底一时恍惚起来。

兴之所至，索性约几位文友同游万山去。

汽车快速行驶在笔直宽敞的马路上，车窗外是蒙太奇般次第变幻的风景，“仁山公园”“万山电商生态城”“国家级电子商务示范县”“乐家互联网家居020体验馆”“万仁新能源汽车”，各色牌匾一掠而过……绿色是这座城市的主调，另外有雪白、浅黄、橘黄、柠檬黄、赭红、褐红、玫瑰红、湖蓝、钴蓝、深蓝、黛青、群青、铁青……楼房的颜色、标牌的颜色、山野的颜色，五颜六色，好像上帝之手打翻了颜料瓶，各种色彩把这座城市涂抹得分外亮丽光鲜。这哪里是拟想中萧条的万山？分明是一座洋溢着蓬勃生气的城市。

来到朱砂古镇，步入地下矿道，从明丽突然进入幽暗，感觉一下子沉入了这座城市悠长而幽深的历史。相传三千年前，这里的先人便发现山石中含有朱砂，那时人们已经捕捉到朱砂蕴含的药用价值，信奉用朱砂可以炼出“长生不死之药”——“丹”。有位梵性女子教土民们在崖壁上循着丹脉凿石取丹，并将丹砂献予周武王。武王服后，不仅医好陈年心悸不宁之疾，而且深感神清气爽，活力倍增，于是敕封这座产丹之山为“大万寿山”，此后历朝沿称其为“大万山”，直至民国时期改称“万山”。随着朱砂的发现，这座山即成为统治者的攫财之地、冒险家的夺宝乐园，明抢、暗夺、杀戮弥漫其间。到了清末，英法鹰隼之眼也瞄向这里，在此设立了“英法水银公司”，据说掠走水银七百多吨。民国时期，豪强山头林立，随地开凿，万山惨遭破坏，满目疮痍。当五星红旗插上万山山冈，万山迎来了明朗的天，源源不断的朱砂汇入祖国前进的洪流。二十世纪六十年代，这里的朱砂被用来偿还苏联外债，周恩来总理亲切地称之为“爱国汞”。万山特区，中华人民共和国第一个县级行政特区，为共和国的尊严增加了水银般的重量。

饱含历史沧桑的巷道，坑壁遍布，记载着几千年来万山人艰难寻找赤丹的记忆。纵横交错、枝蔓横生的山洞，令人扑朔迷离；仰头看，隐见山洞深深；低头俯视，缝隙中可见幽微光亮。谁会想到，这大山腹部竟藏着上中下三层并行、长达九百七十公里的坑道！多少人生故事发生在这里？汗水、泪水、血水，沉重的镐钎击打声、枪声、爆炸声、呻吟声……历史就是一条伤痕累累的巷道，隐在大山的怀抱，难为外人知晓。那一颗颗或晶莹剔透、棱角分明，或温和润泽、雍容华贵，或红白相间、瑰丽夺目，或如玉树琼花、晚霞雪照的丹砂，是历史的结晶，细细端详，颗颗是心底泪。

历史已经远去，随着资源告竭，万山汞矿已化为遗址进入“世界文化遗产预备名录”，“万山国家矿山公园”应运而生。前来参观的后来人，越过鼎沸喧腾的人声，能否倾听到山谷里传来的历史的回声？

钻出千年坑道，仿佛告别了沉重过往，立时感到眼前一片光明。漫步木杉河畔，看湛蓝的河水静静流着，连同河对岸连绵高耸的山，簇拥的松、柏、杉、樟、枫、楠各种树的倒影，连同印在河面上的楼阁、木屋、灌木、草地、红花，渐渐消失在山那端的拐弯处……而休闲广场的喷泉正随着音乐或激昂或舒缓或高亢或低回的旋律，起起伏伏，变化万端：腾起的水柱，时高时低，时急时缓；喷放的水花，时大时小，时方时圆；密集处如瀑奔泻，疏阔时泉泉遥隔；一会儿众泉牵手，齐跳舞步，一会儿又如姐妹俯仰，对话呢喃；骤然间，群泉齐扬，形成一幕连天的翡翠珠帘；倏然沉寂时，一抹红霞冉冉升起。訇訇然，伴随震耳音乐响起，中心水柱腾空而起，在阳光里闪着金光。抬头望它，竟至仰起半个身躯……徜徉在这美好的景致里，尘世间那些焦虑、烦躁、怨怼、愤怒、渴求，顿时云散烟消。人本是自然的产物，一个通透纯净的心灵，只有回归自然才可寻回天然，与山水融为一体才得以超越外在的羁绊，在大化流行中自然运行。人的心中，应该给山水留一个位置，在那里寄寓拥抱自由、安顿灵魂的情思。物质的人生是被遮蔽的人生，审美的人生才辉映澄澈的生命。然而，谁会想到前几年这里还是一条臭河沟呢？

一行人又走进万山九丰农业园，一个颜色金黄的巨大的南瓜吸引了大家的目光。那瓜形状扁圆，斜靠在为它搭建的台子上，远远望去，仪态雍容，和蔼可亲；走近时，看它又像一个硕大的浑天仪，仿佛在接收来自外太空的消息。南瓜身边大约半亩地爬满了瓜蔓，可以想见这个重达七百九十九斤、号称全国最大的南瓜，需要多少土地的精华滋养它的生命。农业园所在的山地，三年前还是一座荒山，如今却已是一个名闻遐迩的农业博览园。一眼望去，无数的大棚相连，那边的大棚在智能育苗，这里的蔬菜瓜果正争奇斗艳。花卉馆里，蝴蝶兰紫、夹竹桃粉、黄脉葵绿、波斯菊黄，姹紫嫣红，令人目不暇接。海洋科普馆则是欢乐沸腾的海洋，憨厚的海豹步履蹒跚，老到的海龟沉思冥想，灵巧的鳐鱼自在飞翔、粗鲁的鲨鱼猛然而至……来自俄罗斯的姑娘身着美人鱼服饰与群鱼共舞，掌声、笑声、欢呼声此起彼伏，令人仿佛置身某座东部沿海城市的海洋世界。不仅如此，万山彩虹海游乐场和国际风筝联合会万山放飞基地，气势宏大，设计精妙，品位不凡，好像来到了一座浪漫隽永的欧洲城市。

不知何时，天上飘起了蒙蒙小雨，雾岚弥漫，远远近近的山朦胧成一团团深深浅浅的绿团。雨丝扑面，混杂着泥土味青草味的清冽气息纷至沓来，沁人心脾。这时，突然一种强烈的歉疚感涌上心头：万山啊，你与我当初对你的想象是如此不同，你有多美，我的惭愧就有多深。

鸣世章丘

章丘可鸣世者多矣！

章丘素以泉鸣世，与“泉城”济南并称“小泉城”，百脉泉、墨泉、净明泉、梅花泉……或如万千珍珠串涌，汇成众泉之冠；或似黑墨喷涌，汪洋恣肆，一泉成河；或纤尘不染，清澈如镜，水底细小石子粒粒可见；或五泉激荡，如一朵硕大梅花盛开于浩大水面。明水名泉，不负盛名。

章丘亦以大葱鸣世。早在公元1552年，章丘大葱即被明世宗御封为“葱中之王”。或曰章丘大葱具有高、白、脆、甜四大特性。言其高，2017年评出的“葱状元”竟高达2.51米，比篮球王子姚明还高25厘米；说其白，大葱葱白可长达80厘米，色泽如玉如乳如凝脂；谈其脆，其质地脆嫩，嚼之爽口；讲其甜，这美物入口，不辛不辣，透着丝丝甜意，甘味悠长。何以章丘出产葱王？答曰，此乃气候土质等先天条件使然。然而，我却看到亭亭玉立、蓊蓊郁郁的葱林深处，跃动着章丘人挥锨抡镐、插根育芽、起起落落的身影。这人间至味，其实沐照着章丘人智慧的光，结晶着章丘人汗水中的盐啊。如今到了齐鲁沃原，不管是在城市酒肆，还是在乡村茅舍，常见那黑脸大汉或娇嫩小嫚，将一大截葱白卷于面饼或煎饼之中，佐以甜酱，两手紧握，大口啖之，南方朋友见之往往张口瞪目，而他们则兀自大快朵颐。

章丘铁锅堪以鸣世。自古章丘出铁匠。当年，以朱家峪人为代表的章丘父老闯关东的艰辛路途上，一辆小推车就是一个流动的铁匠铺、一座赖以生存的粮仓。每跋涉十几里，遇到村落，便支下摊子，为人锻造铁具，换来一点口粮，一家人住几天后继续赶路，就这样经过一个又一个村庄，碾过一道又一道山梁，最终走向遥远的黑土地。章丘铁匠一双粗粝大手、一把大铁锤、一尊小铁砧，可以锻造出铧犁锄头，也能打制出锥钉刀剪。最让人津津乐道的是，历经十二道工序、十八遍火候、一千度高温锤炼、三万六千锤锻打，章丘人直让一块黑铁头出落成一口亮如明镜的铁锅。随着中央电视台《舌尖上的中国》第三季的传播，章丘铁锅更是名扬天下，一时炙手可热，人人以抢购一口为乐。

章丘更以文物鸣世。在章丘发掘出的西河遗址、洛庄遗址、危山墓葬、焦家遗址、城子崖龙山遗址等五大遗址，呈现了距今8000年前后的后李文化、5000年前后的大汶口文化、4000多年前的龙山文化，昭示着章丘这块土地上先民们筚路蓝缕、以启山林的历程。专家认为，这些凝结着人类智慧的遗址的发现，对于考证中国文明的起源和形成，启迪当代社会发展，具有弥足珍贵的历史价值、科学价值和艺术价值。

如果说泉是章丘的禀赋，赋予这座城以灵性；物产是章丘精神的外化，辉映着这座城的品性和韧性；文物作为章丘历史的记忆，积淀着这座城的根性；那么心地坦荡、耿介忠直的章丘人，乃是这座城的灵魂，也是章丘鸣世的根本。

“千古第一才女”李清照本是章丘人。清代文坛领袖、山东桓台人王士祯曾论道：“仆谓婉约以易安为宗，豪放惟幼安称首，皆吾济南人。”

作为豪放派的旗手，辛弃疾金戈铁马，气吞万里如虎，精神勃发，文笔遒劲；而被标举为婉约派的词宗，李清照的词可谓缠绵悱恻，一语三叹：“寻寻觅觅，冷冷清清，凄凄惨惨戚戚”“一种相思，两处闲愁。此情无计可消除，才下眉头，却上心头”，真个是至细至微，至真至纯。

然而李清照的生花妙笔不仅能够绘出清丽深婉，而且可以抒写慷慨激越。“天接云涛连晓雾，星河欲转千帆舞。仿佛梦魂归帝所，闻天语，殷勤问我归何处。我报路长嗟日暮，学诗谩有惊人句。九万里风鹏正举，蓬舟吹取三山去。”空间上的“星河”“云涛”“九万里”，力道上的“千帆舞”“鹏正举”“吹取三山去”，其豪迈、大气，似非大丈夫不能言也！

特别是靖康元年，随着金人入侵、北宋覆灭，李清照一家随众南迁，在颠沛流离中，丈夫赵明诚又不幸病故，面对国家飘摇命运和个人人生遭际，李清照作品的视野更加宏阔，气象为之一变，既有喟叹身世、思念故国之作，更有痛斥现实、直言情志的诗篇。

诵读那首堪称千古绝唱的五绝：“生当作人杰，死亦为鬼雄；至今思项羽，不肯过江东。”谁不为其凛然悲壮的刚烈豪情而肃然起敬！其名作《题八咏楼》：“千古风流八咏楼，江山留与后人愁。水通南国三千里，气压江城十四州。”感时咏史，气壮山河；忧国之思，跃然纸上。而《送胡松年使金》：“子孙南渡今几年，飘流遂与流人伍。欲将血泪寄山河，去洒东山一抔土！”更是壮志不让须眉，铮铮铁骨感天动地。其胸襟、其情怀、其辞采，高山景行，令人仰止行止。这章丘女子真乃女中豪杰也！

生于元代的张养浩，也葆有章丘人的自性。养浩少游京师，因辞章获得平章政事赏识，相继被聘为礼部令史、御史台属官、丞相属官、堂邑县尹等职务。在堂邑县尹任上，他毁淫祠，破迷信，理狱案，严刑法，劝耕稼，关切民生，抑制豪强，离任十年，仍被百姓立碑称颂。

后来他官拜监察御史，仍秉持大丈夫之姿行事，正大光明、磊磊落落，不避险、不妥协，不做太平官，大胆向皇帝进言，指陈时政“十害”：“一曰赏赐太侈；二曰刑禁太疏；三曰名爵太轻；四曰台纲太弱；五曰土木太盛；六曰号令太浮；七曰幸门太多；八曰风俗太靡；九曰异端太横；十曰取相之术太宽。”从人事、法纪、经济、文化、政务等多方面提出自己的观点，刚正不阿，言辞切直，锋芒毕露，毫无顾忌，因此触犯当权者利益，不久即被罢官。

等到元仁宗即位，张养浩以其清声干才，峰回路转，相继担任左司都事、翰林直学士、秘书少监，后又提任礼部侍郎、礼部尚书，最后一直升至中书省参知政事，可谓官位显赫，大权在手，待遇优渥，可他却在这人生辉煌时分弃官归隐，在济南云庄度过近十年的隐居生活。其间，朝廷曾七次下诏起用，他六不赴任，直至听闻关中大旱、饥民相食，这才毅然把家财分给庄里乡亲，应招赴任陕西行台中丞。

在奔向陕西的路上，他逢饥者赈，遇死者葬，到任四个月，全力以赴，克尽厥职，未曾在家中居住一天，终因操劳过度，猝死离世。

他去世后，“关中之人，哀之如先父母”。而他在从济南奔往陕西的旅途上写就的一首《山坡羊·潼关怀古》，响彻千古：“峰峦如聚，波涛如怒，山河表里潼关路。望西都，意踌躇。伤心秦汉经行处，宫阙万间都做了土。兴，百姓苦；亡，百姓苦。”全曲苍凉悲壮、沉郁感伤，而“兴，百姓苦；亡，百姓苦”的浩叹，更是见人之未见，发人之未发，立人之未论，是对大历史的深刻总结，对为政者的深刻警策，对老百姓命运的深刻认知。具有怎样的大智慧、大悲悯、大境界，才能抒发这样振聋发聩、震古烁今的警句？中国文人风骨，于此得之。

历览一部章丘史，英雄前贤，举不胜举：唐贞观年间运筹帷幄辅佐唐太宗安定社稷的宰相房玄龄，元时仗义执言、敢于任事的集贤殿学士刘敏中，明朝号称“嘉靖八才子”之一的著名剧作家李开先，清乾隆年间“胆大于身”、以直言敢谏震动朝野的刑部郎中李慎修……莫不诠释着章丘人的风范与品格。

一方水土养一方人，信然。

蟋蟀

去宁津访友，恰逢宁津蟋蟀文化节开幕，来自天南海北的蟋蟀爱好者蜂拥而至，街头巷尾，到处是卖蟋蟀、选蟋蟀、买蟋蟀的喧嚣声，热热闹闹，一派喧腾，东北高声、吴侬软语、齐鲁腔调，不绝于耳。这边的一堆正聚精会神撩拨蟋蟀，那边的一位已拿出一摞的票子在成交。一只蟋蟀，少则几元、几十元，多则几百元、几千元，甚至上万元，据说，一只“虫王”曾卖出过五万四千元的高价。

原来，宁津县号称中华蟋蟀第一县，只是如我辈隔行隔山，未曾闻也。

却说蟋蟀文化以南北划分，南方以江、浙、沪为代表，北地以京、津、冀、鲁为标志。而众口皆碑的极品蟋蟀产地，首推齐鲁，并以宁津、宁阳两地为最。宁津的朋友则众口一词：如果说山东是蟋蟀王冠，宁津就是王冠上的明珠。宁津蟋蟀兼具南北之长，既有南虫个大、头大、项大、腿大的优势，又有北虫独具的斗性、耐性、凶性和烈性的品格。特别是在全国蟋蟀大赛上，来自宁津的蟋蟀多次获得冠军；在香港举办的国际蟋蟀比赛中，也两次夺魁。这给宁津蟋蟀带来了不俗的声名。

宁津为何盛产极品蟋蟀？或可说这与宁津的自然禀赋密不可分。宁津土质系黄河冲击而成，澄浆胶泥，板结黏韧，燥湿合宜，酸碱适度，并且其中含有大量钙、铁、锰、盐离子，蟋蟀在其中发育成长，自然增强了骨密度值，其头颅坚硬、牙齿锋利、脚力异常盖源于此。

然而地处黄河冲积平原之地多矣，为何宁津独享产蟋盛名？继续探问下去，友人推荐我去看中国科学院博士生导师吴继传教授的《中国宁津蟋蟀志》。

细查之下，吴先生果然不是凡人，他不仅是中国科学院中国昆虫研究所所长、昆虫学家、生物化学家，而且身兼中华蟋蟀研究协会会长，被蟋蟀界尊为“虫圣”。先生著述浩繁，仅蟋蟀研究专著就有《中国斗蟋》《中国巨蟋油葫芦谱》《中华鸣虫谱》《中国蟋蟀图画谱》等大部头。作为蟋蟀学研究的学术权威者，能以专著为宁津蟋蟀正名，可见宁津蟋蟀确实了得。

在宁津，我平生第一次欣赏了斗蟋蟀的场面。

活动安排在宁津蟋蟀文博馆。我们坐定后，只见一弈者轻轻滑开一只陶罐盖，用一根爬蔓草将蟋蟀引到一只竹筒中，然后，用竹筒将蟋蟀送入陶制斗盆内。另一弈者亦如是将另一只蟋蟀置于斗盆中。

只见左边那只蟋蟀，全身古铜色，发出硬铮铮的光泽；头颅硕大，一颗圆头向前凸起，占了身体的四分之一；眼角呈方形，不是我们平素所见的圆形或椭圆状；分列头上的两须粗而长，直而硬，如剑如戟，仿佛弹拨有声；两颗牙齿深红如血，仿若蟹夹，钢嵌铁锯一般，频频张合。弈者不停颤动草叶，引逗其触须，此物开始岿然不动，突然间双翅张起，频频震动，传出的声音浑厚凝重，有如钟鸣。而右边那只蟋蟀，色如乌金，脸像一整块平面铁板，双眼黑如点漆，突出于额角，长须斜刺，须的中央各有一疙瘩，仿若骨节，一入斗盆，就呈焦躁状，怒气冲冲，张牙舞爪，左奔右突，气焰嚣张，振翅时，声音高拔，略带嘶哑。听友人讲，看品相，这两只蟋蟀都属上品。

一场恶斗就在眼前，大家凝神屏息，气氛紧张起来。

裁判将隔片倏然提起，两个角斗士就要兵刃相见了。

铁板首先猛烈振翅发出鸣叫，龇牙咧嘴，直扑圆头而去。圆头不动，身体绷直，头向前倾，方眼怒目，铁板似乎被什么东西弹了回来。那铁板又嘶叫一声，绕盆底旋转一圈儿，再次发起强攻，獠牙直扑圆头左腿。圆头缓缓回退，铁板步步紧逼，一瞬间，只见圆头向铁板忽一低头，未及看清发生什么事情，铁板一个后翻，跌落下去。未几，铁板围着盆底迅疾飞旋，甚至从圆头身上越过，圆头继续撑卧原地，大头微低，前腿铺展，后腿弓起，状如斗牛。只见铁板又从侧面几度撞击圆头，每一次撞击后，紧接着就是一个后空翻。须臾间，圆头猛地一跃，与铁板撕咬在一起，头相撞，牙相咬，一个攫住另一个前腿，一个逮住对方的身腰，纠缠在一起，一会儿似乎铁板占了上风，一会儿又好像圆头取得主动，交战数不清回合，分不出孰胜孰负，突然空中划过一道黑影，圆头几声长鸣，不见了铁板踪影。

或许喜欢观斗是人的习性吧？相斗者剑拔弩张，拼死拼活，旁观者兴味盎然，热血沸腾。那蟋蟀如果只是当初为了争夺食物或配偶而争斗，还是出之天然，如今在外力的撩拨下，全然失去同类间的相怜相亲之心，拿整个生命去搏击，赢者获得喝彩，输者已是伤痕累累甚或搭上性命，到头来只不过获得他类的评头论足而已，想来诚可叹也！

中国的斗蟋之风始于何时？或曰起于唐代。唐代开元年间，从皇帝到百姓，从宫廷到民间，斗鸡走狗习气成风。李隆基就热衷斗鸡，竟在宫中兴建鸡坊，定时举办斗鸡比赛。上有好者，下必甚焉，堂堂大唐竟似斗鸡之国。在这种氛围中，出现斗蟋游戏，似在情理之中。

而蟋蟀成为人们的爱物亦有其必然性。想那蟋蟀生命长度仅为百天左右，《诗经·豳风·七月》所谓："七月在野，八月在宇，九月在户，十月蟋蟀入我床下。"中国作为农耕国度，夏秋之际，蟋蟀以自己一生的光阴陪伴人们的生活。在乡野田间地头，农家天井屋舍，被沉重生活重压的人们，偶然发现雄性蟋蟀搏击的场景，于是好奇心驱使他们捉来雄蟋，使之争斗厮杀，在观景中暂时忘却苦难，遂成生活一趣。

而随着秋天的到来，秋风萧瑟，万木凋零，人们的悲秋情绪油然而生，正如阮籍咏怀句："开秋兆凉气，蟋蟀鸣床帷，感物怀殷忧，悄悄令心悲。"特别是那些锁在深宫人院的宫女，朝夕度日月，寂寞宫花红，泪湿罗巾梦不成，斜倚熏笼坐到明，骤闻蟋蟀声，声声入耳，声声凄清，声合心悲，遂捉而养之，无意中发现雄蟀同笼的角斗，于是便有意逗引，以此聊解孤苦，而这又或吸引了皇后乃至皇帝的注意和参与，为广辟蟋蟀资源，便令各地选蟋蟀进宫，遂成一时之风。所谓斗蟋源头之民间说和宫廷说大概由此而来。无论宫廷说还是民间说，都可见斗蟋之风的形成，根本在于其与人的心理的相契。微小如蟋，却有似解人意的灵性，能够拼将生命予人以安慰，满足人们远离尘世之累所趋；又因其小，便于捉拿，易于携带，方便畜养，故令人取而爱之，遂使斗蟋游戏发扬光大，俨然成为一种文化现象耳。

蟋蟀与宁津关系的传说也成就了当地一桩耳熟能详的口头文学段子。一说是北宋年间，徽钦二帝疏于国事，在宫中建台斗蟋，乐此不疲。徽帝的皇后是宁津所在地德州刺史王藻之女王敏。王敏知书达礼，深明大义，多次劝说徽帝节制玩心，竭智谋国，却不见效，反被冷落疏远，不久皇后抑郁而亡，年仅25岁。死后，她变身一只乌头金翅大蟋蟀，来到徽帝身边，终日在其耳边啼鸣："夫君醒来！夫君醒来！"东京汴梁被破后，徽钦二帝被金军劫持，连同宫中之物，一并驱往幽州。当车行至鬲津河畔临津县即今宁津县时，天气突变，乌云翻滚，一声霹雳，车裂盆碎，乌头金翅大蟋蟀一声鸣叫，群虫振翅齐声，没入草野。这传说为宁津出产极品蟋蟀提供了依据。

另一传说亦颇有趣。说是清同治年间，宁津蟋蟀在京城已大有名气。某年，慈禧太后生日在即，大内总管太监李莲英为讨老佛爷高兴，决定以斗蟋蟀助兴，于是派太监贾大鼎和郭老福到宁津选虫。二人不懂蟋蟀之道，惟以体大者为上品。百姓奉上蟋蟀，往往因个头小而不中，甚至因此遭到衙役棒打。有几个农人愤懑难平，决定捉弄太监，抒怀。于是他们捉到几只特大雌蟋，把雌性器官剪掉，献了上去。太监一见，如获至宝，运回京城，献给佛爷。太后闻讯，欲先睹为快，李莲英兴奋异常，精选两头决斗，可几经挑逗，不见相战。仔细探究，方明内情。堂堂太后竟然被骗，加之"雌蟋"与"慈禧"谐音，犯忌触讳，太后勃然大怒，下令将两太监打入大狱。

但传说毕竟是传说，斗蟋一事进入正史，还是在《宋史》中。宋史记录了南宋太师平章贾似道之事：“襄阳围已急，似道日坐葛岭，起楼阁亭榭，取宫人娼尼有美色者为妾，日淫乐其中。尝与群妾踞地斗蟋蟀，所狎客入，戏之曰：此军国大事耶”。大敌当前，国命危在旦夕，贾似道竟全然罔顾国事，仍陪群妾斗蟋玩乐，足见其何等昏聩。所谓玩物丧志一词，用之于评价贾氏再贴切不过了。然而，任何事物都有两面性，这厮沉醉于斗蟋之乐，不关心国家大事，固然误国害国，但他对蟋蟀之道深入研究，竟著成《促织经》一书，成就我国第一部研究蟋蟀的专著。该作涵盖论赋、论形、论色、决胜、论养、论斗、论病几部分，堪称内容丰富、体系完整的蟋蟀专论，可谓天下之大观也。

蟋蟀进入文学，最令人难以忘怀的是蒲松龄的《促织》，征虫、觅虫、卜虫、失虫、斗虫、献虫、评虫，一条线索牵起主人公从悲到喜、喜极生悲、悲极复喜、祸福转化的奇特故事。仅仅因为“宫中尚促织之戏”，即“岁征民间”，从中酿成了几多人生苦难，演绎了多少人间哭戏。每每想起，不由人不扼腕叹息。

蟋蟀，一只小虫，跳动在宁津的大地上，在历史中，在现实里。

石林峡散赋

京东百余里，有平谷区；去城东北40里，群山逶迤，石林峡隐居深处。何谓石林？曰：因峡谷内峭拔山峰林立而名之。远望则气势巍然，近观则形状万般，或如巨笔探云，或如长戟刺日，或如大汉昂首问天，或如神女凝眸玉立，而奇石怪石散布粗粝山野，高瀑深潭点缀狭壑幽谷，天然洞门时或隐现，庞然巨石随处成檐，苍松翠柏诠释北国壮美，黄叶红花书写秀色江南。正是峰在云霓奇幻中，人游梦境现实间。

寻找一座山，发现一种生活。扑向山林、逍遥山水，自有万千欣喜：负奇气，携幞被，遍历佳山，徐霞客成就“世间真文字、大文字、奇文字”；游西湖，望瀑布，寄情庐山，苏东坡博大胸襟体味竹杖芒鞋行走之潇洒；赴琅琊，赏酿泉，对菱溪，欧阳修士子情怀沉醉山轿蹇驴行旅之散淡；王安石艰行褒禅山，慨叹“世之奇伟、瑰怪，非常之观，常在于险远”；柳宗元闲步小石潭，沉浸游鱼“影布石上，佁然不动，俶尔远逝，往来翕忽”之游观；仰慕田家之乐，袁中道留下西山十记；倾心焦山名胜，王渔洋书写畅游快事；孙福熙《山野缀拾》传达海外旅行之体验，许地山《上景山》顿起远离尘世之觉悟；郁达夫穿行于优美山光水色，下兰溪，走宜兴，临平登山，屯溪夜泊，方岩纪静，烂柯纪梦，仙霞纪险，冰川纪秀，迷恋于富春江奇山异水、桐居山风景名胜，沉醉于西山虫唱、玉泉夜月、潭柘寺钟声，向块然纯粹满怀兴味，对远离尘世羡慕倾情；徐志摩独坐山居河畔，娓娓絮语田野、森林、山谷、湖、草地，是课室；云彩变幻、晚霞绚烂、星月隐现、田野麦浪是功课，瀑吼、松涛、鸟语、雷声是老师，“寂寞时便不寂寞，穷困时不穷困，苦恼时有安慰，挫折时有鼓励，软弱时有督责，迷失时有南针”。如此生活，岂不谢山古来多少风流人物，与山结缘。而今山犹在，文尚存，人已远。

恋上一座山，钟情一个家。处拥挤狭窄久了，山是空旷辽阔风；对面面围全倦了，山是纯然自在水；心受伤了，山是疗伤的家。在山中，尽可隐逸于红尘之外，对恶俗抱以否定；尽可融于山水之间，对山外世界保持距离；尽可倾心于高闲旷逸，对主体人格葆有自觉追求；尽可独立于内心世界，对回归自然、回归自由、回归内心，怀有内驱冲动。石林峡，赋予你花的日子，沐浴日光，享受细雨；体验鸟的生活，身在山巅瀑雨，心寄白云蓝天；同云相处，自在卷舒，随心流转；与水相伴，汩汩交流，涓涓细言。孟春宜踏青，放眼绿绿蓬勃、青青朦胧；夏至宜乘凉，山树透深绿，浓荫拒烈阳；秋来宜赏月，月生山峦，圆圆，冷冷，朗朗，每块石头泛起暗暗玉色，每棵树梢镶上亮亮银光；冬夜宜饮酒，雪卧峰顶，松涛振振，一炉火旺，且把那三杯两盏饮下，凝神寂照，澄怀忘虑，将烦恼往事送到雪光背后……正是碎雪微雨有意，明月星辰含情，木石皆为友，水草无不诚。瑰丽石林峡，温情石林峡，家的石林峡！

感悟一座山，见识一个人。胸中藏沟壑，心底有山河，石林峡如此浩瀚，如此高洁！其瀑也，九天飞瀑、神雕瀑、天蛙瀑、碧崖瀑、威虎瀑、蛟龙瀑，八大飞瀑自数百余尺高处轰然下泻，如银、如玉、如雪，气势壮阔，回声不绝；其潭也，栖霞潭、银鱼潭、幽趣潭、通幽潭，十余灵潭，如翡翠、如明眸、如静女，清清可观，深深几许；其柏也，悬于陡崖，附于褐壁，枝柯如铁，绿叶斜出，不知根之所在，难测命之维系，而自昂然挺秀、豪美吟诗。此诚绝胜之所在也！然石林峡淡泊如斯，隐在浩浩山群，不与名山大川争锋，勿因声名不远为累，甘于清静，安于寂寞，雷电霹雳不惧，和风细雨不变，悄悄开花，默默结果。山格即人格，其格不亦高哉！

噫！山中无郁结，自然浇块垒。远离桎梏，山给你自由；逃别喧嚣，山赠你安静；告别雾霾，山予你清新；冲出疲惫，山还你精神。

美哉石林峡。

又见天鹅

五年前，我曾在这个园子里度过四个多月的静美时光，从金箔样的银杏叶落满校园的秋天，到洁白的大雪覆盖高高低低的亭台楼榭的冬天，大多时间，我都埋首书案，手不释卷，常常在安静的阅读和写作中，不知不觉度过一个又一个宁静的夜晚，在鸟儿叽叽喳喳啄破黎明的欢快叫声中，迎迓霞光临窗。

偶尔，我也会去园子里散步，燕园、楚园、掠燕湖、千萃山，只感觉林子连着林子，水接着水，刚过长桥，又逢短桥，亭子参差错落、遥相顾盼，满眼是湖光山色、草木葳蕤，这园子确然是一个蓬勃而幽静的读书的好去处。

那时，在园子西边树林中一条不算宽阔的河边，我第一次见到黑天鹅。

这传说中的生灵，果然高贵优雅，长颈高昂，体态丰满，双翅略展，色如黑缎。在人群的注视下，两只天鹅一前一后在河中悠然而行，仿佛两架徐徐移动的凤首箜篌，它们行过处漾起的层层涟漪，明明暗暗泛着微光，就如一阕不绝如缕的美妙旋律。

此后几年，我去过不少地方参观，却总忘不了这个园子。那些园子，有的规划布局太局促，没有这里的大气疏阔；有的景色粗野，不如这里精致；有的未免做作，比不上这里的自然；有的看上去美丽娇艳,唯独缺乏这里的自信内敛。尤其是,这里的天鹅,常常让我不由自主地忆念——那脱离俗尘的高格、不惊不惧的风雅、融入日常的气质。

而今,我又来到这里度过一段学习修炼的时光,从三月春季,到七月炎夏。

每天中午和黄昏,我都去园子里散步。园子中的天鹅多了起来,掠燕湖、方舟湖、水木园湖、停留湖,静静流淌的河水中,到处可见它们的身影。当年的那两只黑天鹅,是否还在其间,又是哪两只?已分辨不清了。

从我居住的20号楼出发,穿过濯涟池,拐过木质的赏雨茅屋,但见一条河在蓊蓊郁郁的林木间不疾不徐流过。远远便看到一座铁艺镂空雕刻的小桥,卧在河上。那桥体每边由十组图案组成,图案上花枝柔长,花梗柔婉,寥寥几笔素描绘成柔美的花冠,铁的硬质与线条的柔软相逢,更强化了花瓣的柔和;两相对衬的桥体上同样的图案在视觉里交错叠合成繁花锦簇,令人眼花缭乱。桥下小河中,有一个棕黄色圆球状草墩。连续几天了,一只黑天鹅一动不动卧在上面。一天中午,太阳朗照,柳絮如雪,飞扬在空中、林间,散落在路边、水面。我看到黑天鹅从草墩上站起来,它的翅膀微微张开,蹼边隐隐可见墨绿色椭圆的鸟蛋,一个、两个、三个……整整六个,静静团在微凹下去的草甸中央。

原来,黑天鹅在孵蛋呢!

从此,每次散步,便多了一桩心事,我都特意从那条河边经过。每次都驻足一会儿,看那草墩上的天鹅。天鹅安静地卧在那里,丝毫不为外在的风、雨、落叶和人的凝视、议论所动,只是微闭双眼,完全沉浸在用自己的体温全身心孵化子女的生活中,那就是它的全世界,在它看似慵懒、邋遢和谦卑里,透着一股子孕育生命的傲然、不管不顾的决然、安详面对一切的泰然。黄昏的光轻轻抚摸着它,夕阳在河水中撒下无数银针,草墩的倒影在波光里晃动着,黑天鹅的剪影更加分明。当夜色的天幕缓缓地不为察觉地降落下来,虎皮松、白杉、银杏和玉兰渐渐融入夜色,天鹅也化为暗暗的一团,夜风里,唯有深沉的河水流着。

另一只黑天鹅,应该是丈夫吧,大多时候时远时近地绕着草墩活动。一天中午,它在离草墩大约一百米的方介眉宅院旧址下边,自顾自地吃着什么,长长的脖子向上伸直,嫩黄如蜡的长喙闭紧,光润细腻的脖子里一个鼓出的圆状物一点点滑下去。向晚时分,它围着草墩一边游动,一边把嘴扎进河水中搜寻着什么,显得峻急而不安。第二天中午,我从那里路过,没有见到它,沿着河道向西向北瞭望,都没有看到它的踪影。于是,我的心里产生了一丝烦躁和愤怒。它的妻子在这里尽职尽责孵化孩子,它干什么去了?不会去找别的母天鹅了吧?当天散步有些晚,来到河边时,在暗影里听到草墩方向传来的叫声,仔细看去,两只天鹅罕见地面对面居于草墩之上,一会儿交颈在一起,一会儿一头高一头低,似乎诉说着什么。它们终于又相爱在一起了!我的心中充盈着温馨和满足。

西行穿过燕园,便会看到园子的西南角有亭翼然,上悬“听雨亭”匾额,字体潇洒劲健,为周慧珺先生所书。亭子对面与之隔湖呼应的,是一座城门楼式的古建筑“罔极楼”。城楼坐北朝南,雄居于山石之上,穹顶暗灰门洞之上,楼分两层,重檐叠脊,镂空架阁，黄瓦绿边，煞是凝重庄严，在响晴的天空下，经了透明的阳光照射，屋顶仿佛被镀上金光，璀璨耀眼。此时，鲜绿的蔷薇已敷满城楼，透过城楼门洞，可见假山跌宕，牡丹花、芍药花正开得艳。

听雨亭下，高低错落、通灵剔透的太湖石假山之中，一泓清波自在荡漾。在假山低处一个平台上，一只黑天鹅默默卧在一个乱枝杂草围成的草窝上，莫非它也在孵蛋？另有两只天鹅在湖中自在游玩。它们是什么关系？是父母和一个孩子组成的和谐之家吧？果然，一天中午路过时，一堆人聚集在那里，一齐向着草窝的方向，指指点点，议论纷纷。草甸之上，竟有两大一小三个鹅蛋！假山下，三只黑天鹅正匆匆围着假山转圈。从草甸到湖水本有一个搭板，天鹅每次经搭板下水、上岸，也算方便。“上不去了，让人急死了！”人群中一位女士嘟囔着。细看湖水在湖堤上的印痕，大约是天气热起来的缘故吧，湖面下降了五六厘米，别小看这几厘米，对于体大腿短的天鹅来说，便成了它们上岸不可逾越的障碍。三只天鹅继续围着假山快速游着，它们尝试着在几个地方上岸，伞状的蹼在水中用劲扑腾，仍然不能成功。天鹅的眼睛内陷，那无助无奈的样子让人揪心。“傻老爷们儿！真没本事！”有人对公天鹅骂起来，还有人要打110求助。因下午有课，我不得不离开。课堂上一边听课，心神却是不稳。一下课，我便径直向那里跑去。欣慰的是，搭板已经被人降落并用铁丝固定下来，但令人不解的是，草垫在，鹅蛋在，那只黑天鹅并没归巢。

“如果天鹅放弃孵化，就太可惜了。”一位五十多岁模样的人说。

“那是怎么回事？”我大吃一惊。

“有些鸟孵化期间，如果受到惊吓，往往会弃蛋。”那人回答道。

“还有这样的事！”我的心猛地一沉。

好在当我散步回到这里时，天鹅妈妈已经卧在草甸之上。

蓝天、白云、假山、天鹅与它们在湖水中的倒影连接在一起，好一幅美妙的画面！

前天傍晚，我赶到那里，发现一个奇怪现象，天鹅换了姿势，头朝假山而卧，不知为何。昨天中午，我去观察，草窝里空空如也，三只天鹅在湖里结伴同游，从它们的表情看并无异样。鹅蛋哪里去了？是孵化出小天鹅了？我攀上旁边一块巨石四处观察，又沿着湖岸跑了一圈，始终未见鹅蛋，更未见到小天鹅……

而方舟湖畔，彩虹桥边，居住着另一户和美的天鹅家庭。那是一个六口之家。去教学楼的路上，或是散步期间，我常常看到两只大天鹅带着四只小天鹅在岸上晃晃荡荡地走，在湖里自由自在地游。四只小天鹅何时出生，我们来之前还是之后？仿佛突然间，就遇见它们一家。一天上午下课后，正看到大天鹅率领孩子们过马路，大家停止了说笑，围拢过去，天鹅爸爸妈妈率先晃过马路，健步越上路牙石，进到湖旁的林子中，四只小天鹅圆鼓鼓的像长着嘴的小皮球，紧紧跟着爸爸妈妈，低着头，看着脚趾，踉踉跄跄挪到马路边，意欲爬上台阶，试了几次，却跌落下来。它们泛黄的细细小腿，似乎是透明的，隐隐露出细小的血管，仿佛承受不住身体的重量。一只勇敢的小天鹅，一次又一次发起冲击，都没越上去。最后，它把上身担到路牙石上，两条小腿蹬啊蹬啊，一次又一次，却始终不能成功，有一次还摔了个“四仰八叉”，费了好大劲儿，才站起来。它的另外三个弟弟妹妹急得啁啁啾啾虚弱地叫着，低着头打转打圈，不敢再去攀登。我实在看不过，蹲下身去，双手轻轻捧起小天鹅，一只一只送到林地里。蓦地，一只黑天鹅，不知是天鹅爸爸，还是妈妈，匆匆伸着颈，几乎贴着地皮冲过来。我担心它没领会我的好意，或是对孩子们的表现不满意，啄我或是啄咬小天鹅，幸而它只是低吼了几声，圆圆的眼睛向着小天鹅剜了几眼，一家六口便钻入湖中……

从听雨亭北去，穿越南山，缘河而行，竹林小道旁，小住为佳亭畔，是个别样的存在。是处乃掠燕湖水流经留筠馆去往停留湖做客的途中，大概流连留筠馆的清奇，而成就的一湾碧水。黑瓦白墙，一袭绿竹，半方红花，映照着这一爿水田。湖里几十条锦鲤，白的、黄的、橙的、红的、黑的，浑圆丰盈，茁壮可喜，成群结队，游来游去，见得人来，迅疾聚拢，唼喋有声。两只黑天鹅常驻于此，它们与这一池锦鲤和平相处。我路过此处时，不止一次看到天鹅一口一口给锦鲤喂食，天鹅的样子十分认真，态度近乎慈祥，成群的魚儿在它嘴边张着大口，涌动着、翻滚着、扭动着，像撒娇的孩子、调皮的顽童……

园子中还有两只白天鹅，它们主要在孔子和老子“问道”塑像旁边的小河里活动。但在校园的银杏林、雪松林里，或是综合楼西侧的绿地上，常常看到它俩。有几次发现它们大摇大摆行走在马路上，几十个学员小心翼翼跟在它们身后，唯恐惊扰了它们。然而，它们并不在意，自顾昂首挺胸，踱着方步，相互咿呀对话，偶尔还摆个亲热的造型。我怀疑它们有出淤泥而不染的傲慢、放逸和自信，是魏晋风度的传人。

沿着竹林继续北上，转过五步桥，便是掠燕湖了。远远的，首先扑入眼帘的，是湖北岸矗立的一座高大牌楼。牌楼背倚千萃山，面对一湖水，四根浑圆的紫红色木柱，撑起“品”字形庑殿式门楼，巍巍然，灿灿然，散发着大气厚重的气象，那门楣汉白玉匾额上铭刻的“弘佑天民”四个金色大字分外醒目。据说这座牌楼是北京现存的最古老的牌楼，是建校时从大高元殿迁移而来的文物。

掠燕湖西北有桥曰“蟠龙桥”，是一座拱形三孔汉白玉石桥，拾级而上，则见桥面顶端刻有一条盘曲环绕的龙，是为蟠龙。传说中的蟠龙是东海龙王第十五子，曾施法降雨，驱逐怪兽，造福人间，颇受人们喜爱。只见这石雕，龙首昂立，长须飘浮，躯体遒劲，五爪暗藏，这本是腾云驾雾、见首不见尾的神灵，却蛰伏于一座小桥，内敛低调如此，其中寄寓了设计者几多情志？此时，突然听到桥左有溪流盈耳，定睛看时，但见高处密集竹林中乱石嶙峋，中有水流哗然跌落，汇成三叠瀑布，在下方山石上激起众多硕大的雪莲和碎玉万千。

行至静观亭，放眼西望，夕照中的掠燕湖波光潋滟，远处山林下的平湖秋月亭、二味书屋、有恒亭影影绰绰。一叶小舟，仿自嘉兴南湖上的那座红船，穿越百年历史苍茫，在丹霞映照下仿佛随时待发，恍惚间英姿勃发的执灯人还在其中开会，窗棂里透出的红光把湖水照彻。

湖中游弋着的十二只黑天鹅，在逆光里追逐、缱绻，如梦、如幻。

想起二味书屋正门上的对联,“为学深知书有味, 观心澄觉湖生光”,说的是“为学”和“观心”的滋味。而我欲斗胆将其改为“为学深知书有味,观湖澄觉心生光”,读书滋味,人皆知之,而观湖之于心灵的养育,味道尤长。当然,这湖,不拘于眼前的“掠燕”,不止于脚下的一园,它连通江海,通往大地,是浩浩茫茫的世界。

第四辑

那些事

心中的园子

那个园子，最初留给我的印象，是一个隐居闹市的静谧所在。四年多前，在作协参加完考试，天突然下起了蒙蒙细雨。离京之前，怀着一种不敢相见但终须一认的忐忑心情，我曾悄悄进入这个园子。正是七月，古朴典雅的几座小楼，默默静立，不见一个人影；池塘边，万木葳蕤，柳绿花红，六七座名人雕塑，或坐或立，隐在绿丛中。偶有几声嘀嘀咕咕的鸟叫，远处弹起扑闪扑闪的白的灰的翅影。院门外，高楼耸立，直插云霄，而扰扰市声进入园门，就仿若被绿色吸纳过滤，竟变得缥缥缈缈。漫步小园，雨丝扑面，沁凉润泽，恍在红尘滚滚之外另一个世界。

就是这个园子，这个在许多人的作品中被写、被记、被怀恋的园子。

后来终于每天在这园子中工作了，出出入入，也便觉得寻常。而每天不能忘怀的是这园中的人和事。

鲁十八，我在这里最初的相遇。

我来时，他们距离告别这个园子仅有一个多月的时光了。当我被作协领导引着第一次见到他（她）们，是在地下室餐厅，欣喜的、温暖的、坚定的、秀美的眼神，还有几声尖叫、一片掌声。我开始参加他们的研讨会，到教室听课，熟悉着名字、印证着人。离别季，伤感氤氲在那个回字形殿堂。有那么几个夜晚我离开时，曾听到他们站在廊厅对歌，开始是高亢的，继而是缠绵的，不知何时在低沉委婉里有了啜泣……冬日的枯枝在月光铺满的地上投下斑驳的影子，寒风呼呼穿过树林，我的心对这文学的生活，充满忧伤的甜蜜。

那个夜晚，会餐后，面对翌日的远离，三楼、四楼、五楼，满满当当全是人。独唱，忧伤的蒙古族长调、高拔的藏族歌曲、婉转的维吾尔族民歌，如泣如诉，不绝如缕；合唱，男声粗壮沉雄，女声清脆高亢，男女声混唱，或深情凄婉，或气势恢宏；时或是大吼一声转而归于沉寂，时或有汩汩而哭缓缓而行；一会儿是一高一低两人对唱，一会儿众音复起歌声雷动；这边的，长号共鸣，那边的横笛疾声，嗡嗡然、訇訇然、悠悠然，此起彼伏，连绵不绝……整个教学楼，成了京城东北一架巨大音箱，那个不眠的夜晚，在生命记忆里常常回响……

一个又一个作家班，开学了，结业了。

园了里的玉兰花，开了，又谢。

我在那个园子里度过了三年。终于，我也离开了。

是否离开一点儿距离，才更能看清一些人，认清一些事？这个园子，无疑是一本大书，值得细读。多袖珍的一个园子，隐在大都市，既不豪华，又不轩敞，但在多少作家心里，她却是神圣的殿堂，温暖的故乡。为她而来，跋涉千里；从此而去，频频回眸。时间万水，空间千山，一根肠子拴牢思念与向往。她，或许意味着纯粹，文学栖居的远方；或许意味着青春，是金子一般的时光；或许意味着美好的记忆，是心底最柔软的一角；或许意味着文学的宝藏，曾经在此获取终生享用不尽的珍宝；或许意味着攀爬上升的经历，云梯从来会在成功者生命里悠荡……回望、相忆、引颈、怅惘，成了离去学员定格的精神形象。

鲁院，鲁园，更像一个故事，成为多少人的梦中往事。

鲁院叙事，则成为铭刻当代文学史的行迹。

翻阅卷帙浩繁的三卷本《鲁十八》，一张张面影浮上来。那诚恳的、坚毅的、深沉的、善良的、安静的、调皮的、忧伤的……多少次回环脑际的面容。诗歌、散文、小说，一页页，一首首，一篇篇，我又看到了四年前的自己，走过的路、见过的人、经过的事；我从中读出生命的孤独、忧虑、焦灼、恐惧、期望、追求、梦想，体味生的艰难、活的过程、人生的不可复制、命运的不可捉摸，见识了光与暗胶着、黑与白混合、净与浊共处的实景，倾听到同情与批判、喟叹与劝解、无奈与无解的心音，身心融入了变中不变、不变中变，这大千的世界。

我们所处的世界，本是事实世界和价值世界。

存在与意义，物质性与精神性，才构成世界的全部。

如若没有价值，生存之核桃只是一个空壳（尼采语）。

如若没有精神，世界又何似茫茫沙漠？

幸亏有文学，这世界不只是物质。

幸亏有文学，人类的存在有了意义。

幸亏有鲁院，这永在的园子。

鲁十八，

一个月，

一辈子。

生命在鲁院

鲁院，一个神奇的所在。一个小院，隐在十里堡；一座小楼，藏于芍药居。居于大都市，却没有豪华，缺乏轩敞。但在多少作家心里，她却是殿堂般神圣，故乡般温暖。为她而来，跋涉千里；从此而去，频频回眸。一根肠子拴牢思念与向往。时间万水，空间千山，更使她成为记忆虚化、情感美化、想象幻化中的心灵憩园。鲁院，意味着单纯、纯粹、青春、美好，意味着心底最柔软的地方、文学栖居的远方。从与她结缘那天起，“鲁院”便凝为一个永不消逝的“情结”。回望、相忆、引颈、怅惘，成为离去学员定格的精神形象。

在鲁院，他们经历着，思想性引领，底蕴性打造，研究性学习，创新性研讨；他们坚守着，明净的价值自觉，明晰的精神秉持，滚烫的心灵追求，深沉的文学担当；他们发愤着，孜孜不倦、兀兀穷年的阅读，沉浸浓郁、含英咀华的涵泳，博考经籍、摭华摘艳的覃思，如切如磋、如琢如磨的交心，且行且思、且珍且惜的实践，投身生活、扎根实际的体验，吟安一字、拈断数须的磨炼；他们享受着，思与想碰撞、诗与词的交融、传统与现代的对接、诊断性研究与方向性发展的融通，拒绝知识性傲慢，呈现平等性亲和，力行研究性对话，达致成长性提高。

在鲁院，他们，阅读先人著作，聆听音色清晰的经典，追远溯源，捕捉远古的回音；披览当下文丛，沉潜涵泳，如鱼在水，探寻未知的秘境；清夜独坐，一桌、一椅、一笔、一纸、一键盘、一屏幕，一腔心绪，一幅剪影……

在鲁院，他们步入精神世界，感受读书写作的灵性之美。

美在品位。一个人抛却物欲，远离浮躁，沉下心，稳住神，坐得住，学得进，写得沉，不论是狂风暴雨、电闪雷鸣，还是烈焰炽炽、热风难耐，潜心攻读，养性修身，自是一种境界、一种修炼、一种品位。灯红酒绿，太醉；香车美女，太俗；追名逐利，太累；鸡毛蒜皮，太碎。只有读书写作，最好、最妙、最美！

美在享受。读书写作，拍案而起，击掌而坐，捧腹而笑，抚掌而哭，扪胸而问；为之歌、为之舞、为之泣、为之诉；找到自尊、自信、自强、自己；寻回真情、真意、真志、真理；使人生得其所，生活充实、生长快乐、生命美丽。书人默契，会心而悦，读书写作真好！

美在进向。书到用时方恨少，写到深处最有味。读自然，一朵花上见命运，蓬松白云有人生；读社会，红尘滚滚藏清明，关系交织蕴含深；读人心，大海般喧腾，密根般纠结，一个针眼，穿过八级大风；读佳制，形象上入心，理论上入脑，全局上着眼，细微处体验，读出语言，读出情感，读出哲学，读出诗性。读书，可救急；写作，能救命！

于是，读书写作，成为他们的生存方式、生活追求、生命状态。

有一种力量，叫文学；

有一种美好，叫回忆；

有一种感动，叫青春；

有一种生命，在鲁院！

金声玉振寥亮人心

鲁院需要一个自己的论坛。为它之为殿堂，从而承担的使命；为它之为摇篮，故被寄予的期冀。

无疑，这个论坛主人应是学于兹、研于兹、成长于兹的学员。阅读先人著作，追远溯源，必有感慨于胸；披览当下文丛，沉潜涵泳，不言势必如鲠在喉；难得文友相聚，如切如磋，如琢如磨，钟声磬韵，绕梁不绝；至于清夜独坐，一桌、一椅、一笔、一纸、一键盘、一屏幕，一腔心绪，能不发声？

开坛之际，且振三磬：

一曰礼敬经典。经典，文明的源头，精神的乡愁。卡尔维诺有论："我们聆听音色清晰的经典……在经典中捕捉远古的回音。"一切精品创制，无不为经典化过程，起自经典、走向经典、接近经典，乃至成为经典。从古至今，从西方到东方，从杰姆逊、伊格尔顿、布鲁姆、德里达到福柯、尼采、施特劳斯、索绪尔，从莎士比亚、托尔斯泰、福楼拜到兰陵笑笑生、蒲松龄、曹雪芹，彪炳人类文化星空、熠熠闪光灵魂，如此恒久、如此闪耀，启迪论坛之舟奋力前行。

二曰追踪先锋。先锋，前方的前方，未知的秘境。亚里士多德言："诗人的职责，不在于描述已经发生的事情，而在于描述可能发生的事情。”批评置于如此语境，它必探照具象深处，捕捉事物背后，瞄向朦胧远景，搜寻为时间或心灵遮蔽、遗忘、未知的内情。或是抗拒程典，抑或披荆斩棘，根本在于与蒙蔽斗争。论坛指向明确：为真正批评家寻找理想意义，为真正批评开辟荒野路径。

三曰贴紧当代。克罗奇断定，“一切历史都是当代史”，历史是过去的现实，当代是未来的历史。别林斯基指出，“在构成真正诗人的许多必要条件中，当代性应居其一”。爱德华·赛义德这位“仍然健在的最后一位文艺复兴时代的通才”概言：“文本总有其一定的环境和场景，而其意义和用法又总是过着一种不同的后世生活，在这个意义上，文本具有不可还原的当世性。”哲言睿语，道尽“当代”对于文学的意义。奥地利人格里尔柏尔策尔在《维特根斯坦笔记》中写道：“在远方巨大的目标之间徘徊是多么的容易，而要抓住眼前的事物是多么艰难。”对此，我们应当引而警醒！

不遗过往、不辞将来、不缺席在场，阔大包孕，虔诚捡拾，犀利透视，以金声玉振，寥亮人心。学员诸君，你们准备好了吗？

一朵雨中的笑莲

真是一个特别的女子。

温婉而洒脱，清纯而练达，齐眉刘海，灿烂笑靥，眉宇间透出一股子飒爽英气。

初见她，是在鲁迅文学院第18期中青年作家高级研讨班结业前的最后一月。正是离别季，伤感氤氲在那个回字形殿堂，歌声与眼泪齐飞，吟咏与掌声共鸣。有几个夜晚我离开鲁院时，曾听到他们站在廊厅对歌，开始是高亢的，继而是缠绵的，不知何时在低沉委婉里有了啜泣……冬日的枯枝在月光铺满的地上投下斑驳的影子，寒风呼呼穿过树林。我的心中充满忧伤的甜蜜。

临别的那个夜晚，鲁院那座四合楼宇成了一个巨大音箱。四、五、六楼厅廊站满了人，只见她白皙的脸颊隐显在五楼同学们长发短发之间，在缱绻的拥抱和泪水中她凄然笑着。这让我产生了一种幻觉，仿佛看到了淅沥泪雨中的一朵纯白雪莲。后来我才知道，一贯坚强的她，羞于当面流泪的她，每隔一会儿就悄悄跑回寝室，孤独地坐在床上，任感伤的泪水打湿衣衫。而第二天，她又含笑穿行于为孟繁华、贺绍俊等几位著名评论家接风的餐桌旁，仰首一饮，地华天芳。

她原是一个有故事的人。

她本攻读于荆楚大地喻家山下名闻遐迩的华中科技大学，攻读的专业是计算机应用，可谓标准的“工科女”。但走出校门时，也许是军人世家的耳濡目染，抑或是听惯了军营的号角，她毅然选择了军营，并且弃理从文，开始与文字缠绵。战士报，巨笔如椽；中国新闻奖，喜折桂枝。工科女成了女秀才，花木兰上了点将台。再后来，在走过十余年记者编辑军旅生涯后，她转业到广州市文联，继续为他人做嫁衣裳，由《广州文艺》编辑部主任而副社长兼副总编，如今还担任广州作协副主席兼秘书长。前一段出差广州，已是夜里11点，她不顾当天的劳顿和第二天的繁重事务，执意去接见，见到她时依然是温婉而洒脱，依旧是清纯而练达，灿烂笑靥，遮不住眉宇间那股子飒爽英气。

又是出人意料！

前一段，收到她的邮件，原以为肯定是新作出炉，哪怕想象饱餐刚刚出炉的精神美食，也堪称异常惬意之事。她本长于报告文学和散文创作，报告文学和散文作品都曾获全国、全军的各种奖项。然而打开邮件，不禁瞠目结舌！这竟然是一部诗集！印象里的不少女诗人是瘦的、孱弱的、有点神经质的、略带些病态的。而她常常是火、是风、是哗哗笑的阳光、是健美的红木棉。她能写诗？

且读下去：有许多想要的东西/连篇累牍从一能数到三十/能不能得到要看天意/而不是我的努力/所以我能够摊手摊脚/在四月的天空和大地间/想象自己是任何一种动物或植物/只要能在四月醒来和生长(《四月》)

她本沉醉于一颗心灵的成长，不求无厌的获得，唯求自然的赐予。豁达，来自无欲的缘，源自醒来和成长的欣喜。我不是你的偶遇/来是来去也还是去/真实自然/清新得如你呼吸山间的空气/所以不能当作是匆匆过客/有多少能跨过沧海的心事/来到这里折断了翅膀/我早已将它们放下/你留下也好或是不屑一顾/都没关系/任它们落地生长吧/长出一棵树或是生出一根草/开花不结果结果不开花/都是自由的选择/只要你看着就好/不置一词才是我想要的最深刻的解读(《心事》)

追求真实和自然，珍视自由和随缘，一个小女子的心，竟是如此洒脱；一位女诗人的精神世界，竟是如此开阔。

这应是饱经沧桑后的淡然，应是阅尽人事后的安恬。而她竟能做到！是游走校园、奔波军营、经营文字的人生之旅使她对人生况味比同辈人多了一些感悟？是纷纭时代、尘嚣社会在一个表面潇洒其实内心善感的小女子心中一经折射便放出的光华？早已没有了/一千零一夜的故事/谁还能牵挂这样的夜晚/我只要/一棵开花的树不经世事/怒放在我的窗前(《退让与坚守》)

禅意、诗意出之于透明的渊深、平易的深刻。一部《无以言说》，莫不饱含对人生的理解、对自然的憬悟、对社会的穿透和对自我的把握。而这每首诗，又不同于常见的或多愁善感，或无病呻吟，或玩弄技巧，或陷入泛滥的流派主义，诗句是如此平实、自然、纯粹，仿如一股清新的春风。这春风是绿色的，充满了树叶、花朵、青草、鸟鸣、蜂声，气息让人醒悟：原来诗歌应该是这样的。它让我们能够读懂诗的内涵，它让我们领悟诗意是什么，它给我们的生命、情感以真切的启迪。

细细揣摩这充满知性和情感的诗，在技巧上也有独到之处，首首是为表达诗意的自然流露。古典诗歌的情调、唐诗宋词的韵致和意境潜在渗透于每首诗的字里行间，而在表达上又不失新诗的现代感。这的确是难能可贵的，中国新诗无论如何发展、如何现代，它都不可能离开我们伟大的传统，只有传承“本来”，借鉴“外来”，才能催生“新来”，面向“未来”，在这个意义上，《无以言说》是很值得推崇的。

“诗集大部分是我在鲁院写成。也许是一种对鲁院生活的纪念，或是一种莫名的情愫，我想让它被更多的人读到……我知道这是些不成器的文字，但对于我，一个写纪实作品的记者出身的写作者，在鲁院这个特殊的环境里的感受是件非常奇妙的事情。这是我的第一本诗集，而且，如果能请到您为我作序，那将是我最大的荣幸！”我仿佛又一次看到泪雨中的那朵纯白雪莲，那样纯粹、纯净、纯洁、纯美。

朱珠，你的心原是诗做的。

诗，不仅仅是你的心事。

一个与万千

一个人一生会驻足多少地方，遇见多少人？

有的人生活是如此简单。故土里爬，故土上长，一生没有离开那片土地，所见所交是那村庄里的人，死后又埋到家乡的大地下，成为那块土地的一部分。

有的人就丰富缤纷得多。离开家乡，就像自由的鸟，翅膀下是无垠的大地，无尽的村落、城池，无数的栖枝。多少人，多少事，过眼烟云。阅人无数，饱览风物，是他们人生的代名词。

还有许多人，他们的生活轨迹大略如此：童年的瞳仁里，显影父母乡亲的影像；阳光灿烂的少年，是故土学堂的时光；青春的身影，跃动在大学的讲堂晚会和操场中；自别母校，他们就常驻一个城市，工作于一个单位，偶尔会去外地出差、游走，但惯常生活在身边的，除了家人，不过就是三五好友、十百同事。

你所经历的地方，有几处令你刻骨铭心？你所遇见的人，有几位让你心头萦怀？

几年前，我从齐鲁来到京师。

二十六年，多长的时光。大学毕业后，我乘坐从济南到滨州的长途汽车咣当咣当一天，才进入北镇城内。驶过渤海八路、七路，恍惚中是走过了济南的历山路、山师东路。从留校几成定局到突然改变去向，志得意满的气球，经不住一针的戏刺。一切转眼成了泡影！泪光就是在那时悄悄朦胧了眼睛。暮霭中，路旁稀疏的柳树下，吃过晚饭的人们悠闲地摇着蒲扇，拉呱闲谈；或是推着童车，慈爱地守护着宝宝的童年。那时我曾暗自思忖：他们怎么会甘心在这里待一辈子？

如果不是一份面向全国的招聘启事，大概自己也就在齐地度过余生了。

15年滨州黄河岸，11年烟台大海边。认识的人，上万；打过交道的，几千；密切交流的，数十；知心的，又有多少？我的山东兄弟。

而美好的青春，泼洒在那块土地；成长的身影，跋涉在那块土地；泪水、汗水、血水，滴滴浸润于那块土地。爱过、恨过，期盼离开而又充满不舍的那方土地。

而他的童年是在福建霞浦小村度过的。朴实的乡风，温暖的亲情，长空静美，大地葱茏，雨水淅淅沥沥，溪流潺潺淙淙，牛羊娴静，鸟鸣嘤嘤，他与世界会心相视，心灵中氤氲平和的风。20岁，意气风发的他步入省城，福州大学建筑系向他奏鸣了石与瓦、光与影、结构与意境的旋律；后又踏入静谧的清华园，书、画、印古典之美的光，照亮他的生命。他或常忆第一本诗集《阳光青青》出书的时刻，20多岁的生活充盈阳光；也会回眸组诗《水手》荣膺全国新诗大奖赛校园诗人奖的时分吧，那时的日子多么青青；他也不会忘记与老诗人蔡其矫共同发起成立福建省诗歌朗诵协会的日子，年轻的副会长兼秘书长青春的脸，好不生动；他当然忆念骑自行车从福州到北京长达28天的行程，风里、雨里、阳光里……又怎能忘却第27届青春诗会的场景，那激昂、那婉约、那诗的芬芳。

人生充满偶然，人生何尝不是一场大偶然。

2013年，我们俩的人生产生了交集。

鲁迅文学院，白地红字的院牌旁，一个黑壮如齐鲁塔松，一个安静似闽南新榕。

鲁院，青年作家心中的远方。

奔向鲁院的路，不平坦。

怎会想到，一个似乎远离文学很久的文学中年人，跋涉20多年后，遇到了回归文学的机缘。中国作协以宽广的视野、博大的胸怀，在众多奔行而来的著名作家、评论家、编辑家中选择了最不被看好的那个，从此他的职业生涯与服务中国作家密切相连。

……无数前辈曾在这里耕耘，无数名家曾在这里成长，无数新秀曾在这里诞生。从丁玲、张天翼到贺敬之、雷抒雁，一代一代文学大师、教育前辈，筚路蓝缕，以启山林，在鼓楼、在八里庄、在芍药居，开辟一座又一座家园，建构起鲁院巍峨的物质和精神大厦。

郭沫若、胡乔木、周扬、茅盾、郑振铎、叶圣陶、老舍、曹禺、艾青、何其芳、张天翼、田间、曹靖华、赵树理、冯雪峰、光未然、刘白羽、柳青……一个个闪光的大家走上鲁院的讲台。

马烽、唐达成、邓友梅、徐光耀、陈登科、玛拉沁夫、蒋子龙、叶辛、王安忆、何建明、张抗抗、周大新、莫言、余华、刘震云、迟子建、麦家……当代文学从这里出发，迎接喷薄的黎明。

缘此，这里被冠以作家的摇篮、文学的殿堂之名。

一个学文学的人，能够把职业、事业与生命融为一体，为当代文学事业奉献绵薄之力，谁言不是人生的幸运和幸福，命运的眷顾和垂青？

大凡到鲁院研修的中青年作家，无不铭刻了许多艰行的记忆。

向往、报名、排队、等待，等待、等待、等待。一期、又一期、再一期。一年、一年、第三年，有的头发等白了，也没能叩开鲁院的大门。

2013年5月，49名中青年作家脱颖而出，从全国各省市、各行业、各民族，跋涉千山万水而来，来到期待已久的鲁院芍药居校区，这个宁静安闲的园子，红尘中的一方净土，闹市里的一个憩园。

心无旁骛的阅读，沉浸浓郁的涵泳，摭华摘艳的覃思，如切如磋的交心，且行且思的步履，吟安一字、拈断数须的苦思……

思与想的碰撞、诗与词的交融、传统与现代的对接、诊断性研究与方向性发展的融通……

追远溯源，聆听音色清晰的经典，捕捉远古的回音；沉潜文丛，寂然凝思，探寻文学未知的秘境；清夜独坐，一桌、一椅、一笔、一纸、一键盘、一屏幕，一腔心绪，一幅剪影……

那剪影里有一位来自福建的诗人。

温和、温情、温厚的张幸福。

踏实、朴实、真实的张幸福。

生命和诗歌融入大海的张幸福。

阅读张幸福，仿若读大海，读生命，读人生，读世界。

《海螺里有多少惊涛骇浪翻滚不息》《那是一整片一整片大

海的呜咽与哭泣》《爱是船沉下后静静的水面》《我的书架上挂满海浪的笑声》《一滴水一转身摸出一堆盐》《如果让我成为缓慢的珊瑚》《我所经历的沧桑已全部忘记了我》《我提起整座大海的澎湃》《我在黑色的午后用渔火引爆光芒与声响》……

那里有巫性。黎明前的黑暗时刻，现代人的孤单感、忧虑感、艰难感、恐惧感、无望感，在大海扭曲、挣扎。

那里有神性。人类对光明、对美好、对未来的追求，在波浪里盘旋、汹涌、升腾……

那里有诗性。魔幻般的原始想象在澎湃、陌生感觉在偾张、灵性思维在闪光……难以言传的表达，使人体味心灵的激动，体味人的精神的成长，体味世界的神秘和本质。

一个人和一座湖

一座宁静的湖，一个求取宁静的人。

好美一座湖！一两个好友，在这里听风、观雨、烹雪、煮茶、钓月、洗耳、踏冰、奔跑，春湖潋滟、静夜苍茫、秋月洗心、冰湖微火，真是一个独特的存在。

这湖是自然自适的所在：夜色一寸一寸铺满水面，像竹节虫，满怀忧郁，弓背前行；像春蚕食桑，伴随着沙沙的节奏感，夜色就从湖那岸一点一点地移过来。鹧鸪鸟飞进了湖边的草丛里，长腿鹤的白羽渐渐变得凝重深沉，浅水藻中的水鸭子，也归巢了。真是万物随性，自然畅宁。

这湖是安然自在的所在：日色渐暗，打在水面上的光慢慢变冷，直到倏忽钻入水中，成为黢黑的一团；飞鸟归林，落叶杨的树枝上停满了黑乎乎的生命，巢穴里幼鸟嘤嘤；红尘隐退，喧嚣落幕，万籁俱寂，虫子发出悠然的鸣唱；渔舟横斜，渔歌唱晚。好一派平和胜景。

这湖是超然自由的所在：站在湖边，视线可以看得很远，所有葳蕤的绿植，都隐没了去，不再成为眼睛的阻碍。面对一座开始结冰的湖，面对一片曾经浩渺如今沉默的大水，会想起许多人，也会想明白许多事。滚滚红尘在远处，此处仿若超然台。

这湖是偶然必然自足的所在：一座湖，在你生命的途中，与你相遇。与一座湖对视，与一座湖座谈，到湖边去，去听听夜色，听听水声，生命自会有另一番景象。每个人的身体里，都有一个湖泊。那一个湖，时而静谧安详，时而云诡波谲，时而热潮澎湃，时而一潭死水。每个人都是这个湖泊的上帝。站在云蒙湖边，可谓天地静美，内心素净，上帝无言。

然而，这湖不是世外的桃花源、乌托邦。它的对应物，分明是城郭、是红尘、是人世。

“在城市里，除非窗前凝眸，我们很少能够看到夜色渐变的过程。即使有闲暇，倚窗遥望，那闪烁的华灯也等不及黑色铺满就亮了起来。在湖边不这样。”这是景色迥异的另一个参照的世界。

“所有葳蕤的绿植，都隐没了去，不再成为眼睛的阻碍，就像那些夏天的烦恼的琐事，都消失得无影无踪，不会再成为心的挂碍。”这里的他者无疑隐现着现实人事的纠葛。

“一年的浊音入耳，红尘塞耳，耳朵里灌满了太多世俗的靡靡之音……太多的浮躁的会议、太多火气旺盛的训斥、太多铺天盖地的资讯，都会让我们喘不过气来、耳背耳沉，甚至让我们每天成为故意装聋作哑的人。”这个或是沿湖夜奔、或是湖堤孤行的人，这个仿若完全融入自然的人，在独钓湖上雪、淡然面湖月的内里，却原来藏着两个字——逃离。

黑格尔言“神是自然与精神的统一”。人原本来自自然，归于自然，与自然同源同构。然而自然身上又呈现着人的本质力量，它一旦进入人的视野，经过主体接受和创造性转化，便又成了

“第二自然”“心化”“诗化”的自然。当人类面对自然，那书写也便成了人的精神对自然的改写，其中寄寓多少情思？

面对自然，或是踟蹰彷徨。渴求亲近自然，逃离烦闷尘世，却又不能全身心投进自然，忘却社会，这就造成许多人沉陷“自然”与“人事”纠葛的无奈困境。现代作家钟敬文的《西湖的雪景》《太湖游记》超凡脱俗，但其内心却也时时被现实纠缠：“既生而为人，和周围的环境，便不能不有休戚与共的自然关系。我们的时代，是醒觉与争斗的时代了！即使真的有那与世不相涉的桃源，容你去逃离，你可能也不易把心情宁静下来吧？”而郁达夫下兰溪、走宜兴、临平登山、屯溪夜泊，方岩纪静、烂柯纪梦、仙霞纪险、冰川纪秀，迷恋于富春江的奇山异水、桐居山上的名胜景观、鱼梁渡头的乡野情趣、谢氏西台的幽谷妙景，沉醉于陶然亭的芦花、钓鱼台的柳影、西山的虫唱、玉泉的夜月、潭柘寺的钟声，对块然纯粹的自然满怀兴味，但又不能忘却世间苦难。现实的苦痛、归隐田园的意愿，使他们徘徊在山水与人事之间。

面对自然，或是心向逍遥。庄子的“天地与我并生，而万物与我为一”，道尽人与自然和谐交融的境界；“逍遥于天地之间而心意自得”，传达了中国文人孜孜以求的自由情怀。在现代作家徐志摩眼里，“人是自然的产儿，就比枝头的花与鸟是自然的产儿”，“只要你单身奔赴大自然的怀抱时，像一个裸体的小孩扑入他母亲的怀抱时，你才知道灵魂的愉快是怎样的”，“体魄与性灵，与自然同在一个脉搏里跳动，同在一个音波里起伏，同在一个神奇的宇宙里自得”。“你的愉快是无拦阻的逍遥”，或可表达诗人游于自然、融于自然，脱却人间烟火的精神状态。而在冰心童年一般的瞳仁里，“海好像我的母亲，湖是我的朋友，我和海亲近在童年，和湖亲近是现在”。大自然的一切，上自美妙的天光、明月、秋雨、冬雪，下至山峦、花木、大海、瀑布，都闪烁着美妙、神奇、诗意、灵性的光彩。山水自然激发作家情感，作家赋予山水自然以人格，作家身心完全融化于自然，并在自然之美中神思畅游，从而达到一种人情物景和谐交融的美的境界。

面对自然，或是归于隐逸。隐逸之途，源远流长。孔子有“天下有道则见，无道则隐”“君子之道，或出或处，或默或语”的隐思，孟子则有“达则兼济天下、穷则独善其身”的隐志，“竹林七贤”又有身居林泉、人格豪迈的隐怀。隐逸葳蕤，时光绿地上生出了身居朝市的“大隐”，遁入丘樊的“小隐”，暂“留司官”的“中隐”，还有隐于酒、隐于苦茶、隐于“壶中天地”的园林。现代的俞平伯倾心仰慕明人名士情趣，对待现实明避暗离，《芝田留梦记》《陶然亭的雪》《湖楼小撷》，岂不是一阕阕“隐逸”的诗。废名的“桃园”“菱荡”“小桥”“竹林”，则无不渗透着不为境移物扰，直指本心，追求顿悟、适性自在的禅思理趣。也正是抱着归隐的人格诉求，王世颖游览放生日的东湖，“要在尘嚣中找出干净土来”；心感则到“两山夹峙的谷里”寻找“我所喜欢的一切”。现代多少人即是如此流连忘返于山水之间，在对自然的体悟中感受个体生命的意义，做着顺适自然、称意而发的心绪表达。

这《湖边书》又是如何诠释人与自然的关系的呢？

“在湖边，人成为湖的一部分，像一条鱼、一只鸟，一个走兽，一根野草。血壁上的脉动随夜色消沉，渐渐平静。生命的呼吸与湖水的呼吸成为一个频率，吞吐着风雨，也吞吐着天地。”这莫不是融入的逍遥？

“整个冬天，朋友借居在这里，像一只冬眠的熊。之前他在灯红酒绿的城市里高谈阔论，每天流连于欢场上。这么一晃，就晃出去了三十年；这么一晃，就晃到了五十岁……但他却觉得，他什么也没有。他徒步来到这里，面对一座湖，住下来，借湖而居。每天里与一片大水谈心、与一带长堤为伴……一个冬天，他掐断了网络，与外界失去了联系。大雪封湖的季节，他在湖边的泥土里雪埋了一个秋天收获的红薯、白菜和萝卜。”这字里行间散发的不正是隐逸的气息？

“生命中常有许多这样的时刻，安详、欢乐或苦痛，在那一瞬，突然静止，又无限放大，扬起情感的海啸，铺天盖地而来，让人变得无比脆弱、激动、心潮起伏。”“一个湖心岛，之所以如此吸引人，因为它是孤绝、安全、恐惧、寂寞、进退维谷、左右逢源的。”心灵终究不能逃离尘世，进退失据，出世入世，多少彷徨在其里！

赏《湖边书》，读作家心语。面对纷杂时事，他不愿委曲求全，警觉地保持与社会的距离，清新淡远的山水是其心向往之的理想空间，自然湖泊自成安顿灵魂的精神家园。是如此地执着而鲜明：独立于世俗红尘之外，在彷徨中对残缺现实抱以批评乃至否定态度；独立于趋同之外，对流俗行为警觉地保持疏离；独立于内心世界，对回归自然、回归自由、回归真实、回归逍遥，怀有强烈的内驱冲动，葆有自觉的热切追求；独立于清澈旷逸文本的创造，柔性表达对纷杂社会的清醒认知与反抗、对美好事物难寻的伤逝与叹惋、对自然湖泊暗蕴的诗情哲思的惊喜发现与真诚相拥；凝之于文学创作，便是在从从容容、去急去躁、不温不火、一张一弛的叙述中，充满对存在的现实追问、对遮蔽的不舍质疑、对人类终极取向的温润坚持。正是因了作家人格基于“觉醒”和“发见”，从而成就一种现代“隐逸人格”、独立自由的主体性人格。

原来那出自古代文人心灵深谷、缓缓流经现代人思想高坡的一脉清凉，依然汩汩流淌于当代中国人的血液，浸润为集体无意识的基因，此去无所止，涌动而不歇……

月华朗照，世事不息变迁。

静湖尚在，终究或为桑田。

当代人垂钓，钓钩上的不再是柳宗元的寒江雪。

眼前的云蒙湖也不是孟浩然的云梦泽。

西湖落雪、太湖升月、湖楼曾小撷。

钟敬文、俞平伯的背影远矣。

小乔，站在未来回眸这个时代，我们唯一的选择是超越。

从逐水而居到逐水而思

——与鱼禾书

鱼禾：

读了你的《大河之上》，深感震撼，忍不住给你写这封信。

“唯有洞察，才能和解”，这缘于一条大河的漫长心灵史。

从逐水而居到逐水而思，你以这部长篇纪实散文，完成了一场人与河流的促膝长谈，这既是你对客观存在的大河的亲切感受，又是设身处地的人文想象，是一个心灵对一条大河发出的美学邀请。你以历史与地理、现实与神话、水文与生物、时间与空间为纬度，以生命对大河的心灵体验为经度，织造了对一条大河的无限哲思；字里行间，彰显着极具深意的文化与生命意识。

与许多类似题材中对黄河的拟人化处理不同，你这部作品显然更为理性，更专注于理解和感受对象自身的属性，眼光更为冷静。你拒绝对于河流的“肖我”阐释，拒绝以属人的特性去比拟河流。为规避这种不敬，你试图“反主为客”：“靠近一条河流或许意味着对自身被动角色的体认——去‘感受’，而非想当然地‘观看’。”这样的“洞察”与“和解”，大约是约翰·伯格式的“看”——凝视，也被凝视。大河是特殊的生命体，“它的存在还有更为广大的意义，有属于自然本身的目的。我必须放下全部成见，以赤子之心去领略它的密语”。当你以这样的心肠去“看”一条大河被时间所忽略的禀赋，于是，具有自然属性的河流所遵循的某种天道、人与河流之间那些令人荡气回肠的交道、那些必须正视的疑难，无不清晰显现。

作品开篇，便涛声滚滚，文意泼洒：“我曾在不同的地点看过这条河流——在氧气稀薄的约古宗列盆地，在深秋的玛曲河湾，在龙羊峡，在梨花漫卷的贵德，在兰州，在宁夏与河套平原，在黄土高原，在大风劲吹的风陵渡，在三门峡、小浪底，在河洛汇流处，在东坝头……当然，也在我居住的这个城市——河流中下游分界地郑州。”这关乎大河的热烈与悲凉，关乎个体生命乃至一个民族的记忆与遗忘，用笔从容隐忍，却格外有力，于滔滔不绝中抵达一种陌生的艺术审美。这陌生中蕴藏的气概，令人肺腑为之一震。当你对逐水而居的民族之源，对这个民族特有的文明之路展开刻骨的精神观念，并以文学的方式慷慨表达，事实上，在你与尊为主体去“感受”的对象之间，一种诚挚的美学应答便已悄然建立；而本属一己的观念，因为这样的亲密连结，必然获得宏大的精神磁场。

民族之源，华夏之源，在你如此走近河流的时刻，便投射于大河的源头。

大河之源，也是人的源头。散文开篇，你对父亲的回忆着墨不多，但于整部作品而言却至关重要——这是一个意味深长的过去将来时，是将以全部心力靠近一条大河的情感伏笔。父亲叙述中的“漫水滩”空旷辽阔，“十几个人往那里一撒，跟往大路上撒了把石子一样”。父亲年轻时代的记忆，也随着与漫水滩有关的旧事物汩汩流泻：“他说他们那一拨兵，穿解放鞋，用铝制水壶和搪瓷茶缸，说五花八门的方言。他说他们使用白玉牌牙膏，牙膏皮是锡做的，烧化了能焊平搪瓷茶缸上的砂眼。漫水滩哪，他说，看一眼，叫人心都慌了。”让父亲“心慌”的漫水滩，就这样烙在了作者的心头：“那场景在我印象里像颗钉子，尖锐、冷硬，在某个角落里发出旧金属的微光。时日延宕至今，我觉得我似乎也成了那样一粒被抛掷到某个巨大空间里的石子，周遭旷野辽阔，人迹断绝……父亲大约想不到有一天我会成为一个醉心于远行的人。他当然也想不到，‘测绘’这件事会成为我跟某个越野团队之间的第一个话题，进而成为隐藏的牵线，成为连接我们的媒介。”那一片烙印，仿佛一方神秘的文化地图。关于黄河的前世今生，图上标注着类血缘的符号和密电码般的信息。军人父亲的专业地理测绘，由此转化成一个作家铭心刻骨的精神测绘。

对这条华夏生命之河的探究与思考，需要足够强韧的精神力量。时代的节奏越来越快，在生存的驱使下，更多的人在内耗中选择了对精神刻度的放弃，成为惯性的陀螺。你则与之相异。你于沉实生活中坚决地表明自己的精神立场，在不断行走中执念于倾听一条大河缤纷阔远的音律。大河之上，水流与时间的潮声交替轰鸣，冲积出地理意义上的大平原，也沉淀出精神维度上的文化滩涂。纷杂的河道，繁复的水系，古人的陉道、津渡与埽岸，今人的水库、堤坝与公路……大河之上，有水患漫延的唏嘘记忆，有王朝更迭、文明承继的历历标记，也有两岸大地上的万物生长、欣欣向荣。在你的笔下，这一切，是时间的历史与作为空间的地理共同涵养出的黄河之魂。

古老神秘的华夏文明，从来就是神话的沃土。这里有神话的来龙去脉，也有神话与现实的隐秘关联："华夏民族的图腾'龙'，一说意味着生殖崇拜。然而，这能够腾云驾雾、翻江倒海的神秘生物，难道不也是洪水咆哮的形象？龙身如河，龙势如洪。它是属水的神，也是镇水的煞。"没有神话的民族是精神贫瘠的民族，没有神话的文化则如无源死水。神话也赋予了大河以灵魂。大禹的父亲鲧对水的围堵失败了，却因此有了大禹的因势利导治水法。正是这方法无数次消除了肆虐的水患。"曾有过那么一些人，在构木为巢的原始时代，率领自己的部族，有过导河积石、疏通百川的壮举。那样的赞叹，想必是由衷的，也是有具体指向的：'微禹，吾其鱼乎！'"这由衷的慨叹，如今听来，依然令人动容。

历史，镌刻着大河的过去；地理，描摹着大河的样态；神话，承载着大河的灵魂；而现实，拓印着大河的属性。从某种意义而言，这一切堪称最为精妙的平衡。也许正是因为这种平衡，共同铸就了黄河的本质和命运，以及与大河之上的人间万物永不止息的缠绕。"黄土地的诞生""水与风的杰作""恍惚之河""西口·碛口""或陉道，或津渡"……如大河般流动的文字章节，仿佛是从浩荡无垠的时空中撷取而来的珍珠。你感受着大河之上的自然万物、文化风情、历史习俗、神话与传说，更对当下的黄河生态有着切身体会。从"野外"到"索河风景"，从古老的"泽薮"到珍稀的"原生湿地"，无数的"旧相识"中，包括"从门前经过"的贾鲁河。人们在"深呼吸"，水系在"深呼吸"，鸟儿在"深呼吸"，辽阔的滩涂也在"深呼吸"。这是蕴含于万物之中的活力，是大地之"肾"的生命律动："野性的恢弘、混沌与丰沛的元气，那种浑然一体的生命感，强悍的生长性与同化力，都是人工湿地难以模拟的。"

这部作品从大河的源头出发，又刻意与源头留下神秘的距离，一路自然流转，逶迤而来，激荡人心。对文本力量的大胆释放，令这部长篇纪实兼有了长叙事的悬念和民谣般回荡的旋律："这条悬在无数人头顶的大河，在千百年的奔流中无数次决溢改道，成为令历代君王不敢轻忽的朝廷要务，更成为令下游两岸居民爱恨交加的'母亲河'与灭顶之河。"浩浩文学巨制，表述着对一个民族一脉黄河文化的热爱、敬畏，对黄河前世今生的回望与重温。风格之浑厚、情意之深沉，祝福与隐忧，无不彰显着你对大河滋养的这片土地的刻骨热爱。无论深沉还是明亮，从容还是犹疑，简洁还是繁复，无不践行着散文作品源于生活却高于生活的文学规律，呈现出你作为中国当代作家的坦诚与担当。

土地滋养肉身，文化涵育精神。几千年大河滔滔的浑厚壮美，大河文化的深远神秘，赋予了作品丰足的灵魂营养；丰沛的文学创造力，成就了有别于其他同类题材的独特表达，提供了具有特殊精神质地的美学经验；对大河之上天地风物的满怀敬意与深切洞察，使这部长篇纪实深沉开阔、恳切感人。仿佛是自我身心的某种交锋，更如完成了人与河流、人与自然万物的握手和解。精诚所至，落笔入化。

几年不见，欣喜地读到你这部新作，从中可以看到你的精神的成长和文字的茁壮。微信长度受限难以表尽，电话难以完整表达，于是用这种"老派"甚至"古老"的方式，述说我的感受。

来京时一见，酒杯空置太久了，期待你。

不尽。

品文论人的典雅抒发

——读王国猛《别有根芽》

王国猛的《别有根芽》，是一部感悟式思想文化随笔集，凡160则短文，不以鸿篇巨制为愿，而以短小精致典雅见长。择其要端，主要围绕文和人两个方面展开，既品文，又论人，重在论人，而且是在生与死、清与浊、魂与形、贫与富、得与失、取与舍、智与愚、说与做、快与慢、长与短、大与小、凡与奇、往与来、真与幻、常与变、过程与结果、糊涂与明白、忘却与记忆、物质与精神等多重关系中，考量人生，思考生命，其所悟所得，呈现着自己独具的生命观、人生观、价值观、文学观，文简而意深，言近而旨远，出之块垒，常令人有醒目会心之感。

死生之事，乃人之根本和终极大者，亦是文学永恒的母题。生死面前，最可辨明人的风骨和品性。作者从浩如烟海的历史中，撷取荆轲刺秦王一节，感叹荆轲之所以悲壮，是因为其明知有去无回却坚守承诺，慷慨赴死，“虽千万人吾往矣”。“风萧萧兮易水寒，壮士一去兮不复还”，荆轲头也不回，决绝的背影丰满了历史的画面，成就历史经典的时刻。在作者看来，敢以一人敌一国，毅然决然踏上不归路，从容淡定献出最珍贵的生命，这样的行为，气壮山河，勇冠天地；这样的人，谓之英雄尤嫌轻。“没有什么比这更让人耸然动容，没有什么比这更让人击节赞叹！”透过文本对用生命践行诺言的品质的颂扬，可以想见作者的铮铮骨气和烈烈血性。

清与浊，乃是人格高下的表征。作者极为推崇中国古代纳兰性德和嵇康两位贤哲。康熙十七年冬，纳兰性德随康熙北巡，独立塞外寒夜，但见瀚海万里风沙，空中雪花飘洒，天地一派宁静，人间唯余圣洁，故情感飞扬，灵魂颤动，写下名篇《采桑子·塞上咏雪花》，其中“别有根芽，不是人间富贵花”，成就千古绝句。在作者看来，别有根芽者，又怎独是雪花？更是耿介拔俗、潇洒出尘的纳兰性德的自况。王国维曾赞纳兰：“初入中原未染汉人风气，故能真切如此，北宋以来，一人而已。”纳兰不仅以自然之眼观物，以自然之舌言情，而且冰清玉洁，广结雅士，可惜寿年不永，三十即逝。作者叹其“真乃别有根芽，人间多少富贵都留不住他”！作者将因为朋友山涛举荐自己为官而挥写《与山巨源绝交书》的那个孤傲不群的广陵才子嵇康引为知己，敬佩他一生不与流俗苟同，“度白雪以方洁”，推举其高洁人格、耿介性情，叹惋其难为众容、终未善终，表达了对污浊世俗的摒弃，对清洁人格的敬意。

而对于人生的理解，作者立于时间、空间和心间场域，在长与短、大与小的辩证关系中，有了新的发现、新的悟觉。他认为，人生长短以百年计，历史长短以千年计，地球长短以亿年计，宇宙长短无法计。对于浩瀚无垠的宇宙，时间空间都可以忽略不计。然而，人身虽微如尘埃，人心却可大可小。有的人心怀无际，浩如宇宙，放眼天地间，畅想无极限；有的人心胸促狭，小如针眼，只有眼前几百米、三五年，困于斗室方寸之间；人心细微，处处皆是坎，时时皆是难；人心宽阔，则所遇皆等闲，所经皆赐予。人生格局，实有云泥之别。在无限与局限、自由与束缚之间，作者崇尚高远意态，沉湎于纵浪大化之中，自然与我为一，心神畅游天地豁然的文化想象。

作者对于生命过程有着独到的思考，认为生命是日渐深刻的过程，日渐清醒的过程，日渐寂寞的过程，日渐自在的过程。在新与旧的交汇处、往与来的临界点、真与幻的分水岭，摒弃浮华、浅陋、幻想，可以直达物性、人心、天理。生命的过程，定将揭开世情的缥缈面纱、庸者的威严伪装，选择痛思后的扬弃，破碎后的重构，于平常处求非常，在平凡中创不凡。

《别有根芽》的相当篇幅是谈读书和读书生活的。作者历览经典著作，精骛、神游、静思、切问，体味经典思虑之深、情意之切、气象之宏、文辞之工，于浩繁典籍中发潜掘幽，在浸香书卷里获得智慧和安静，沉浸浓郁，块然自足。作者认为，物质享受有尽，无非山珍海味、金银玩好，多了，便千篇一律，兴致索然；而精神的享受无穷，诗词歌赋、琴棋书画，其中的乐趣韵味，深远宽广，绵绵不绝。读书不一定执着于更优秀，而是为了免于沉沦，在精神上高人一筹。作者不仅谈读书，而且讲写作，追求陶渊明“常著文章自娱，颇示己志，忘怀得失，以此自终”的理想人生和精妙境界。

这部书在当下出版界何以如此别开生面，令人耳目一新？窃以为根本在于作者抱持思想的独立和精神的自由，坚守对世俗的警觉和反抗，与先贤对话、与现实对话、与未来对话，从而在探寻生命的根本价值和终极意义上，言自己之志，抒独立之言，抒写了特质性、独创性体验，为当下文艺创作提供了值得学习和思考的最佳范例。

面对大地的心灵倾诉

——一次访谈

记者： 作为一位文学评论家和散文作家，从您的成长路程看，一直与文学紧密相连，请介绍一下您的语文学习经历。

李一鸣：我的文学启蒙，最早来自童年经验。幼年贫苦的家庭生活使我变得敏感而早熟。那时我父亲在辽宁煤矿工作，年假探亲会带回一些小画书，在当时闭塞的乡村生活中，这点稀少的文学读物就成了我最美的精神食粮，也成为我瞭望外部世界的窗口，从此在心里埋下一颗向往文学的种子。上小学三年级时，第一次作文就得到了老师的赞赏和宣读，这对一个孩子来说有非常重要的意义！往往老师的一句话，会影响到一个学生的兴趣爱好、职业选择，甚至会影响到他的一生，所以为人师者不可不察啊。可以说童年、少年时期，不管什么书、报，只要是带文字的印刷品，我都会爱不释手、反复阅读。读初中时，依然热爱语文课程，曾在学校举行的作文比赛中获得一等奖，作文被抄写到教室外的黑板上，这给了我极大鼓励。到了高中时，特别迷恋古体诗词，曾发表诗作，其中有这样的诗句：“挥笔墨幻黄浦江，搁管迹潜未名湖。李贺神驰化名诗，太白情逸梦花雨。”表达了一个青涩中学生对北大、复旦的向往，借对李姓诗人成就的夸赞，道出对于文学的痴迷和自己的志向。后来读大学，更是放情游弋于书籍的海洋,激昂放歌在文学的高冈。开始写诗,后来写了第一篇散文《串杨叶》,在1985年山东省大学生文学创作评选中获得文学创作评选一等奖散文第一名，后来成为山东省作家协会最年轻的会员之一。

参加工作后,我在滨州医学院做学生工作、办公室工作,后来较长时间担任校领导。尽管工作非常繁忙,但总是在忙乱的工作之余、在夜深人静的时候,对心仪的文学,用整个心灵去苦苦地感受,默默地追寻,发表了《野地漫步听黄昏》《礼拜》《婚期》《磕头》《岳父的眼神》《产房门前》《我的理发馆》等一大批作品,其中有的被《中国散文年选》《散文》《散文选刊》等选载,有的获得刊物举办的全国文学创作评选优秀作品奖,产生了较大反响,获“首届山东省十佳青年散文家”称号。

为了继续深造，我于2007年考取华中师范大学中国现当代文学专业博士研究生。有的朋友说,你已经是厅级干部、正教授,不必为职务职称而努力,何必费心劳神攻读学位呢？我认为,对一个人来说,精神追求最为重要。哲学家斯宾格勒曾经谈到,人除了拥有长度和宽度之外,最重要的是拥有第三维度——深度,即人文维度。也就是说人的生命是有长短的，生活面是有宽窄的，但是人是靠人文精神层面活着的，精神的满足是最大的满足,精神的追求是最好的追求。很多人说,要在文学创作上有所成就不必读博士,文学创作和文学研究不是一回事。但我认为,文学精品靠的是思想的重量和感情的质量。作家只有眼界宽了,思维深刻了,作品才可能具有穿透力。一个作家唯有清晰地建构起他的文学史框架,他才容易找到自身的文学定位。后来,我的博士论文《中国现代游记散文整体性研究》获得冰心散文奖散文理论奖。可以说，文学一直激荡在心中，是心中永远的情结，它已成为自己的一种生活状态、生命形态、生存方式。

2012年，中国作协面向全国公开选拔鲁迅文学院副院长，我参加了考试，幸运地进入文学殿堂，遂了心愿。大家知道，鲁迅文学院是作家的摇篮、文学的殿堂。无数前辈曾在那里耕耘，无数名家曾在那里成长，无数新秀曾在那里诞生。到了鲁院，我既有终于回到文学故乡的欣悦感、归属感、皈依感，又有面对文学事业的庄严感、为之奉献的责任感、参与发展的使命感。所以到鲁院工作，对于我个人来讲，是志向的溯源，是情感的回归，也是人生的正道。这次选择，是听从内心的召唤，人生路上的重新出发。

一个优秀的作家之所以比一般人站得高，看得远，想得透，写得精，在很大程度上得益于学养深，而语文学习是学养的基础，又是涵养人文情怀的重要渠道，尤其应该予以重视。

孙永庆：您说，“散文写作应是散文作家自由的而不是桎梏的，个体的而不是群体的，真实的而不是虚假的，关注生命的而不是见物不见人的，审美的而不是功利的对于世界的把握、体验和垂询”。师生们在写散文时如何把握。

李一鸣：散文是作者精神的载体。精神的品格，决定散文的品质。无疑，相比于其他文体，散文写作是作者个体生命经验最直接、自如、自由的诉诸与表达。它不仅饱含作家对自然界、人类社会等客体世界的深刻体验与揭示，更是作家心灵的真实“自传”。如果将小说比作博尔赫斯笔下的“小径交叉的树林”，把诗歌比作“三千年前，引人惊叹的闪电”，那么，散文则更接近于人类面对世界的心灵倾诉。

散文写作要突出“有我”“主真”“由自”三个要素。

“有我”,是散文文体内在的特质。周作人强调散文要“言自己之志”,“以自己表现为主体”;李素伯认为散文特质在于“作者最真实的自我表现与生命力的发挥，有着作者内心的独特的体相”。“有我”,就要求散文写作要杜绝公共体验、公共语言,抒写个人性、特质性、创造性经验。

“主真”,乃散文的文体伦理,是长期以来散文读者和作者之间达成的一种默契。狄德罗说,“任何东西敌不过真实”;维特根斯坦指出,“关于写作，你不可能写出比你自己更真实的东西”。散文强调真实,就是要警惕陷入虚无、虚假、虚伪,描绘真的客观世界,表达真的生命体验。当然,主真并不意味着拒绝散文创作手法上的多元创造。

“由自”则是散文超迈所在。胡适曾说,“自由,在中国古文里的意思是‘由于自己’,就是不由于外力,是‘自己作主’”。“由自”,意味着散文作家应秉持独立品格,阻拒外部力量侵入,通过自由内质的呈现和自在外形的创设,在心绪无拘的流淌中,获取世俗意义的暂停,抵达对世界抑或内在精神结构的审视或警醒。

记者:您的著作《中国现代游记散文整体性研究》荣获第六届冰心散文理论奖,此书的成功之处,正如王泽龙先生在此书序中所说:“从文化心理论与审美艺术论的视角，该论著初步建构了一个中国现代游记散文的研究系统。”您对游记散文进行了深入研究,作为中学生怎样写好游记作文,谈谈您的看法好吗?

李一鸣: 游记散文创作在我国富有悠久传统。作为一种文体，游记散文肇始于东汉，马第伯的《封禅仪记》被称为“最早的山水记”；成型于魏晋南北朝，王羲之的《兰亭集序》、郦道元的《江水·巫峡》、杨炫之的《洛阳伽蓝记》等众多游记，“叙事、写景功能已较完善，景物人事相配合”“特别引人入胜”；成熟于唐宋，游记散文文体得到极大丰富发展，叙事、写景、抒情、议论综合运用，文体形式丰富多样，产生了柳宗元、王安石、欧阳修、苏轼等游记散文大师；延展至明清，《徐霞客游记》将科学与文学融合为一，成就“古今游记之最”，被誉为“世间真文字、大文字、奇文字”，袁宏道、姚鼐、张岱等人亦都留下经典传世游记之作。历览中国古代游记散文，其突出特征是山水游记占有相当比重，主要根源大致来自古人心中固有的“山水情结”与“逍遥之念”。

“五四”之后，现代游记散文在承继传统游记中实现丰富和超越，在借鉴西方游记中获得发展与提升，表现了现代中国人在重大社会变革中看世界的心灵图景，展示了独具特色、影响深远的诗学特征和文体追求，涵容了深广而复杂的美学思想。现代游记散文大体形成了“山水自然类”“社会人生类”和“文化行旅类”三种类型。“山水自然类”游记散文是现代知识分子游走山水自然的心灵映照，体现为“彷徨型”“隐逸型”和“逍遥型”三种形态。“彷徨型”知识分子进退失据于山水自然与人事泥淖，踯躅于传统与现代两难冲突，盘桓于回顾与前瞻的尴尬与矛盾之中，沉陷精神彷徨困境；“隐逸型”知识分子作家面对纷杂时事，不愿委曲求全，警觉地保持与社会政治的距离，把山水自然作为安顿灵魂的精神家园，并在其中建构独立自由的隐逸人格；“逍遥型”知识分子以山水自然作为理想王国，逍遥于山水的自由世界，在游记散文中寄寓了自由追求人生理想的浪漫情思。“社会人生类”游记散文，是现代知识分子漂泊社会人生的精神镜像，寄托了现代知识分子在流寓转徙中，背负沉重社会责任感和历史使命感，对民族国家前途的深情关注，对政治和社会变革的深入思考，对人生问题的深切体察，映射出现代知识分子关注民族、国家、社会、人生的精神折光。“文化行旅类”游记散文呈现了现代知识分子在历史文化、地域文化和宗教文化三个维度上的生命体验和精神诗性，含蕴着现代知识分子对历史的深入探寻和对文化记忆的还原叙写，对“文化符号”蕴含的民族文化精神的反思和时间体验的生成与发展，在生命本真体验中，审视、还原和重建历史，发掘历史文化和地域文化中蕴含的民族精神，着力于现代文化人格的建构，使文化类现代游记散文获得历史性穿透力和时代性意义。

游记散文写作，我认为要把握以下几点。

一要注重题材的广泛性，力避只写山水，窄化游记散文的单一题材，事实上，异域异地的文化景观、人生世相都可入笔端。

二要注重寄情自然的社会性。古代山水游记中，古人寄情于山水名胜的多是个人一己之意，少有对社会现实的深刻揭示。而“五四”以降的现代知识分子，在刻画山水的同时，往往将目光投向社会众生。举岱说：“古人旅行，山轿蹇驴，竹杖芒鞋，时时刻刻都拥在自然的怀抱中，所以感觉最亲切的是自然，体味最深刻的也是自然，游记最好的题材便只有自然风景。现代人的旅行却不同了，凭借轮船火车的便利，走遍各地各国的都市；而在大都会中，人的活动常淹没了自然，于是‘社会相’又代替了自然风景成为游记最好的题材。”郁达夫这样论述现代游记：“作者处处不忘自我，也处处不忘自然与社会……写到了风花雪月，也总要点出人与人的关系，或人与社会的关系来。”而古代游记则是“写自然就专写自然，写个人就专写个人……散文里很少人性，及社会性与自然融合在一处的”。这是很有启迪性的论断。

三要注重人文情怀的深广性。古代游记重笔描绘的多是作者游玩过程中的山水自然景致，即使抒写对社会的愤懑不平，亦常以山水纾解。“五四”以来的作家，怀着超越人的深切社会责任感，在游记散文中往往体现出强烈社会批判性倾向。在古代游记中，作者表达的怨愤，多是个体意识的反映，而现代游记散文家的“怨怼之音”，则代表了一代知识分子群体的声音；古代游记散文家的批判常常针对某个具体统治者，仅仅是和个别的人或集团发生这样或那样的对抗，而现代游记散文家的批判却针对的是几千年的封建制度，其内涵要深沉和广阔得多；古代散文家的怨愤常常和个人特殊原因有关，大多囿于“悲士不遇，忧生之嗟”的个人狭小天地，而现代游记散文家的批判则涵容着对灾难深重的祖国和贫穷不幸的民众的热切关注，反映的是广大民众的心声。当代游记写作者要树立深广的天下情怀，培育深长的人民情怀，涵养深切的人文情怀，拥有深厚的哲学情怀，增强对世界的深刻认识、对人类的深切关怀、对社会的深度把握、对自然的深入理解、对自我的深微认知。面对自然界、人类社会和大千世界种种，要能发现其与人的命运、人的处境、人心相连的心灵悸动，从而表达对整个人类、对全部世界的强烈关怀，这应当是当代中国知识分子、中国作家的孜孜追求和烈烈担当。

四要注重抒发情怀的本真性。郁达夫说："现代的散文之最大特征，是每一个作家的每一篇散文里所表现的个性，比以前的任何散文都来得强……我们只消把现代作家的散文集一翻，作家的世系、性格、嗜好、思想、信仰以及生活习惯等等，无不活泼泼地显现在我们的眼前，这一种自叙传的色彩是什么呢，就是文学里所最可宝贵的个性的表现。"写游记散文，就要高扬主体精神，倡导个性解放，肯定自我价值，展示自然人性，尽情袒露情怀，自由表现本真。就如徐志摩提出，"要使生命成为自觉的生活，不是机械的生存""就使打破了头，也还要保持灵魂自由"。他的游记散文名作《翡冷翠山居闲话》和《我所知道的康桥》就是他试图以"活泼无碍的心灵境地"去感受美的范文，寄寓了追求个性自由的文化心理。

记者：2011年高考结束，您模仿"高考作文体"写了篇《行走》，您的这篇高考作文，在有限的字数里，写出了无限的内涵，说说您当时是如何想起写这篇文字的。

李一鸣：谢谢您对这篇"作文"的认可。2011年高考第一场考试结束，听说作文题目是《行走》。《烟台晚报》记者约我以此为题写一篇"作文"。后来证明那年山东高考语文考试作文题目并不是这个，但已经写了，编辑认为这篇"作文"可以给学生以启迪，于是就发表了。

《行走》这个题目具有延展性，可以有很多话题来写。事实上，人生就是一场行走，"在路上"，写照了人的一生。那么在行走中，会有哪些发现和体验呢？入之于眼，则是眼中的风景；入之于心，便是心中的体验。因此，文章首先分写行走的所见所感："这里有扑向山林、逍遥山水的欣喜：遥看瀑布，闲游西湖，寄情庐山，苏东坡博大胸襟体味竹杖芒鞋行走的潇洒；游琅琊，赏酿泉，对菱溪，欧阳修士子情怀沉醉山轿蹇驴行旅的散淡。仰慕名士情趣，俞平伯芝田留梦；倾心康桥柔波，徐志摩甘心做一条水草。冰心《寄小读者》传达海外旅行的畅意，方令孺《在山阴道上》沉思穿山越谷的愉悦！”在这里，以六位先贤行走山水自然的事例，描述行走之乐。“这里有穿行红尘、跋涉人生的艰辛：李太白感叹行路难，难于上青天；杜工部愤懑世道黑，路有冻死骨。郭沫若流离失所、漂泊海外，承受内心熬煎；陈学昭背井离乡、亡命出走，备尝精神折磨。”在此，由四位文学家行走社会人生中的经历，呈现行走之难。“这里有心灵游走的辙印：‘寂然凝虑，思接千载’的刘勰，寄意《文心雕龙》，写尽心路历史；‘观古今于须臾，抚四海于一瞬’的陆机，寄寓《文赋》，表达激荡心旌；《文化苦旅》表述的是一种‘苦涩后的回味，焦灼后的会心，冥思后的放松，苍老后的年轻’，《行者无疆》抒怀的可是一位文化学者的心声？”在此，从古今三位文化学者的心灵行走展示精神的成长。

继而，综述与分述结合，褒扬在自然山水、社会人生、文化景观行走中知识分子应有的思想境界和价值追求：“行者跃动的步履里，展示着浓浓的人文关怀：郁达夫游走于优美山光水色，下兰溪，走宜兴，临平登山，屯溪夜泊，方岩纪静，烂柯纪梦，仙霞纪险，冰川纪秀，迷恋于富春江的奇山异水、桐居山上的风景名胜，沉醉于陶然亭的芦花、钓鱼台的柳影，但作为现代知识分子，他又不能忘怀责任，时刻关怀时政，文人的生命葬身于日寇的刀刃。”“艰难的远行，何尝不注满忧国忧民之情！为追寻真理，瞿秋白决绝远行于俄国土地。一边是心念来路频频回首的望乡，一边是对精神理念的执着追随；一边是理性认同的西方观念的招引，一边是积淀血液的传统文化的呼唤；一边是理智上对祖国落后的浩浩哀叹，一边是情感上对故乡的深深眷恋。种种矛盾，重重压力，一部《饿乡游记》，一卷《赤都心史》，就是作为革命者的瞿秋白背负沉重社会责任感和历史使命感的精神之旅，对民族国家前途的深情关注，对社会变革的深入思考，对人生问题的深切体察，灌注于流寓转徙之途。”

进而扩而广之，由特殊性举证扩展到普遍性认知：“在路上，还有多少蹒跚者、踉跄者、爬行者、奋争者？”

其后进行总括性涵括，对行走的人生态度和精神境界从三个方面进行了提升：“人生就是一场行走，慢慢走，欣赏啊，可别忘了身边的美景。”

“人生就是一场行走，自然走，体验啊，可别忽视心中的风景。”“人生就是一场行走，坚定而脚踏实地往前走，定能踏平坎坷，步入坦途。”

最终以责任点题：“路在脚下，责任在心中。”

哲学意蕴与人文情怀

开学之后，尽管见得很少，但是对你们每个人的名字和你们的创作情况，我都了解。翻档案，看照片，也认得差不多了。非常难得，61个人来到这个地方，在八里庄度过两个月的文学生活，这红尘中的一方净土，闹市里的一个栖园。我们选的老师，他们的课并不一定堂堂都是精品，但是希望可以对大家有一点点的启示，任何的发展和提升都是从一点点开始的。今天，咱们座谈这个人文情怀与哲学意蕴，我也希望能有一点点，勾起你们的一点回忆，或者念想。

现在大家谈起来，创作对于一个作家来说，什么是最重要的？对此，有各种说法。有的说技巧最重要。一个写作者，如果没有娴熟的技巧，难以写出优秀的作品。过去我们经常接触一些作家，也往往能够感受到他们那种逼人的技巧。我上大学的时候，黄永玉先生，大画家，同时写散文，也写小说，他给我们开过一个讲座。他说"'文革'的时候，我有空就撒谎，对魔鬼只能用魔鬼的办法。那个时候看到有些非常自高自大的人，感觉老子天下第一，我就送给他们一句诗：'好大一个气球啊，经不住一个针尖的批评。'"多大一个气球，一针下去，瘪了。这个语言是有技巧的。

再比如桑恒昌先生，著名诗人。我上大学的时候，他曾经去给我们开讲座。他个子不高，矮矮壮壮的，站在主席台上，朗诵了一句诗："我愿意和高个子在一起，和高个子在一起，我不会驼背。"是啊，和高个子在一起身体是要挺起来的，那么和精神境界高的、才华高的人在一起，谁不会向他看齐呢？这个是人人心中有、但是他人笔下无的一句诗。他还有一首诗是感人至深的。他说小时候，母亲晕倒了，"我患了麻疹/浑身像一堆炭火/我的病竟成了回春良药/只一剂/就稀释了母亲的病痛"，如今妈妈去世了，诗人呼喊："母亲/我的病能医好您的病/我的死能医好您的死吗？"这蕴含着刻骨的情感，但也存在大技巧。

我一个大学同学谈恋爱，我陪他到火车站去迎接他女朋友实习归来，在火车站他禁不住朗诵："我张开双臂做两条路轨，你鸣响欢乐扑入我的怀中。"那种热切的情感和期待，通过在场的诗传达出来。后来很不幸，他失恋了。我陪着他沿着经十路往西走，这时远处的太阳正落下去，他又难过地吟出一句诗："太阳的子弹射进群山的胸膛/溅起一片血光。"那种沉痛的心情，技巧性地表达了出来。

那时，我们诗社举办了一个同题征文，题目叫《诗人》。当时我和同学们到北京师范学院来实习。我穿着妈妈给我做的布鞋，第一次走在长安街上。这时我突然有了灵感："妈妈也是诗人/她一针一线写成的诗/被我发表在长安街上。"是啊，我的鞋底是妈妈纳的，那一针一线里纳进妈妈对孩子多少的牵挂、多少的期待、多少的爱啊。那一个一个针脚就是妈妈的诗，如今我走在长安街上，我就把妈妈的诗发表了。好长的长安街啊，中国最大的刊物上，发表了妈妈的诗！我想这里也是有技巧的。

我的一个朋友，路过天安门广场，远望人民英雄纪念碑，写了一首诗，题目是《人民英雄纪念碑》，就两行："你，中国的拇指竖在这里！"从具象上讲，它是一个拇指的形象；抽象上看，1840年、1919年、1937年、1945年、1949年以来，多少为了民族独立、人民解放和国家富强、人民幸福而捐躯的先烈，他们的鲜血泼洒在这块土地上，站起来，凝结成这块丰碑！这不正是中国人民的骄傲、中华民族的骄傲吗？所以说，好诗是有技巧的。

你们的一个师哥鲁若迪基，写过一首诗《小凉山很小》："小凉山很小/只有我的眼睛那么大/我闭上眼/它就天黑了/小凉山很小/只有我的声音那么大/刚好可以翻过山/应答母亲的呼唤/小凉山很小/只有针眼那么大/我的诗常常穿过它/缝补一件件母亲的衣裳/小凉山很小/只有我的拇指那么大/在外的时候/我总是把它竖在别人的眼前。"小凉山多小啊，眼睛那么小，声音那么小，针眼儿那么小，拇指那么小，但是它又那么大，寄托着那么多的回忆，那么深情的回顾，那么深切的精神唤起。

技巧确实是重要的，刚才是说诗。至于小说，你们的另一位师哥，刚刚获得鲁迅文学奖的徐则臣曾经谈到，写小说要从上午十点写起，这不是指作者写小说的时间，是指小说的叙述时间。小说中的叙述时间从10点开始，大约就是这个时候，你总不能从凌晨1点就开始写，一直写到12点；或者从他一出生就开始写，写到他死，这样的顺畅。它是从10点开始，然后前后的回环，左右的穿插，从而使得小说有了相当的张力，这是技巧。

还有人说写作心态最重要。如果总是想我要得奖，我要写一篇得奖的小说，我要写一篇得奖的散文、得奖的诗歌，那么急切，那么浮躁，可能也写不出好作品。王安忆，你们大师姐，她说："我写作的秘诀只有一个，那就是勤奋的劳动。""写小说就是这样，一桩东西存在不存在，似乎就取决于能不能坐下来，拿起笔在空白的笔记本上写下一行一行字，然后第二天，第三天，再接着上一日所写的，继续一行一行写下去，要是有一点动摇和犹豫，一切将不复存在。"写小说是怎样的？就是坐下来，从第一个字开始写，一个字一个字地写，一行一行地写，一页一页地写，是一种劳动而已。刘庆邦曾经谈到，2006年作协第七次代表大会的时候，他们在一个楼住，他去看望王安忆，王安忆说："庆邦你回家吗？"他说："有什么事儿吗？"王安忆说："你回家的时候给我带一些稿纸来。"刘庆邦就想，这样的会，全国各地的朋友、文友、领导，文学家、理论家都在这里，除了开会，闹哄哄的，打牌、喝酒、谈心、聊天，哪儿有时间写作呀？王安忆说："你给我拿稿纸来，我要写作。"刘庆邦说："正好我带了稿纸。"就跑到楼上，把稿纸拿下来，分给她一多半。一本稿纸是100页，一页有300多个方格，分给她六七十页，会开完了，稿纸用完了。王安忆几乎每天都在写作，一天都不停止。她写了长的写短的，写了小说写散文。她在家里写，在会议期间写，更让人惊奇的是她在乘坐飞机时照样写东西。我们都坐过飞机，那么狭小的空间，那么嘈杂的环境！但是王安忆哪怕是坐飞机的时候也在写东西。她认为创作没有什么神秘的，就是劳动，日复一日的劳动，大量的劳动，和工人做工、农民种田是一样的道理。同样是上海的作家，陈村也说："小说家就是写，写得好不好是天数，上帝说了算，写不写自己说了算。写下去自然会进步，自然明白什么是对的，什么不可以。摄影大师是胶卷堆起来的，小说家是稿纸堆起来的。”这种心态对于创作的重要性，怎么强调也不过分。特别是对于我们现在这样一个时代，这么浮躁，坐不下，坐不住。而王安忆的心态，陈村的心态，对于我们来说多么重要。

我本人也总是想，我要突破，我要突破，我要突破。和刘庆邦谈起来，他说得好，“写是硬道理，写的过程中，自然会突破。”总是想突破那是不可能的，只要写就会有进步，进步的过程就有实现突破的可能。这就是一种心态。

大家到了北京，到了八里庄，外边是红尘滚滚，我们能不能静下来，坐下来，遵从内心的那种追求，保持、葆有那样好的一种心态，把写作当成一种劳动。一个字一个字地、一行一行地写下去，我们就会进步了。

法国大作家福楼拜说：“我们不论描写什么事物，要描写它唯有一个名词，要赋予它运动唯有一个动词，要得到它的性质唯有一个形容词，我们必须继续不断的苦心思索，非发现这个唯一的名词、动词和形容词不可。仅仅发现与这些动词、名词、形容词相类似的词句是不行的，也不能因为思索困难就用类似的词句敷衍了事。”这也是一种写作的态度，是一种精益求精的态度。一定要找到那唯一的名词、动词、形容词。在写《包法利夫人》时，为了描写包法利夫人与作品中另外一个人物罗道尔弗会面，他打算写30页，结果用了3个月，30页纸用了3个月。托尔斯泰一贯强调他的文学作品要一改再改，他说：“写而不加修改，这种想法应该永远抛弃，三遍四遍还是不够的。不要急于写作，不要讨厌修改，而要把同一篇东西改写十遍、二十遍。”他的《战争与和平》写了7年，修改了99次；他的《安娜·卡列尼娜》写了5年，修改了12次，仅开头就用了十多种不同的写法；他的《复活》断断续续写了10年，先后修改了20多次。这是创作的一种心态啊。我们现在常常看到很多作家，一天写1万字，有的想着几个月就写一个长篇，匆匆忙忙写作，急急忙忙出版，心急火燎研讨。我们现在一年出版3000多部长篇，但真正能留下的有多少？我们长篇中的人物能够真正给读者留下印象的有多少？应该说，我们的心态是有问题的。

还有的人认为拥有自己的园地很重要。“自己的园地”，是周作人讲的。我们确实看到许多成功的作家，都有自己的园地，我想这个园地可能是体裁的，像我们今天在座的大部分是专门搞报告文学的，有的是专门搞诗歌的，有的是专门搞散文的。这可能是自己的一个园地。之所以形成这样一种状况，可能是写作开始或过程中，我们就奠定了这样的一种喜好和归属。另外，这个园地可能代表着自己的一个文学地理，就是说有这样一个地方，我们出生在那里，或者是经年成长在那里，那里的地理文化、风俗人情深深影响着我们，铸成了我们灵魂中的一些东西，铸成了我们写作中的一些特质，于是我们就把这个地方作为我们写作的一个关注点，甚至在我们的作品中虚拟这样的一个地方，以这个地方来承载我们的价值观。像莫言的高密东北乡、汪曾祺的高邮、福克纳的杰弗生镇。这个园地，也可能是情感的触发点，就像刘白羽，他写作品，总是当他所描写的对象和战争联系起来的时候，他才能够喷涌出激荡的情感，像他的《长江三日》，就是一种战争的那种节奏和调子。我想，拥有这样一个地方，自己最熟悉的、最易于表达的、最能够激发情感的一个地方，是很重要的。在创作中，如果是有意识给自己寻找或者创造这样一个文学园地，它有可能成为你作品的一种指纹、一种标志、一种风格、一种独特的载体。

技巧重要，心态重要，园地重要，是大家共同的观点，感觉我们的青年作家现在最需要强化的还是人文素质。

何谓人文？人文，在古代它与天文相对，在现代与科学并举。《易经》最早提到人文这个概念，“观乎天文，以察时变；观乎人文，以化成天下”。这里的天文，是指日月星辰的运行、风霜雨雪的变化；人文，更多的是指诗书礼乐等人类文化。在英文中对应人文概念的是人道、仁慈、人性这样的一些意象。著名科学家、华中科技大学老校长杨叔子院士，曾经说过一句话，“人文就是人要成为一个人的精神需要，就是为了人能成为一个对社会负责的人、一个真正的人的精神标准与内涵”。就是要使人成为人，这样的一种标准与内涵。这个似乎拗口，人不就是人吗？怎么还讲人要成为人呢？那么这里面存在着两个概念：一个叫人化，一个叫化人。人化，就是把生物的那个人化成精神的那个人，现在我们发现生活中有多少那种纯粹生物意义上的人？或者是叫作有着人的外表，而其实不是人的那样一种动物，是不是有这样的一些？我们的人文就是要把动物的人化成精神的人，还原人的本质。人文，狭义上应该是指人何以是人、如何待人的现象。人文素养，一般是讲三个层面，一个叫掌握人文知识。人类创造的知识分作三类，一个叫人文科学，一个叫社会科学，一个叫自然科学。自然科学都知道了，数、理、化、生这些；社会科学是与社会相连接的社会知识，教育学、经济学、政治学等等。那么人文科学，就是文学、历史、哲学、语言、艺术等知识。二是把握人文取向。就是用人文知识蕴含的那种方法去观察和解决问题。最重要的是秉持人文精神，这是人文素质的核心。什么叫人文精神？就是一切以人为中心，在万事里面人的事是最重要的，在万物里面人是最核心的。人是最重要的，人是第一的，人是最高的，这样的一种精神。人文关怀就是表现为一种以人为中心的普遍的人类的关怀，表现为对人的尊严、价值、命运的维护和关心，表现为对全面发展的理想人格的肯定和塑造。我们讲人文，就是讲目光聚焦于人本身，重塑价值理性，高扬人性尊严，唤醒内心力量，促进人的发展，让梦想不再贫瘠，让精神充满力量，让文学成为人学；就是一切以人为中心，关心人，帮助人，爱护人，怜悯人，发展人，完善人，这样的一种情怀。

人文素质是一个人的素质中最根本的素质。德国著名哲学家斯宾格勒在《西方的没落》一书中提到，人的生命是有长度的，人的生活是有宽度的，但人之所以为人，最根本的在于他的深度，第三维度，人文维度。也就是说，人的生命是有长短的，那叫长度；生活面是有宽窄的，那叫宽度；但是这些都不重要，你活上一千岁，你如果没有人文情怀，你也称不上真正的人。生活面是有宽窄的，你接触万千人、万千物象，但是你没有人文情怀，你也不是真正的人。衡量一个人的存在，最关键的是深度，人文维度，亦即杨叔子讲的，人之所以为人的那种精神、那种特质，那是人之所以为人的核心。

文学作为人类的心灵映照，它是我们实现精神追求的一种方式，是我们价值观的一种表达、世界观的一种表述、人生观的一种表现。它必然以关怀人的生命、幸福、尊严与价值的深层意蕴，启迪人的思想，照亮人的心灵，滋养人的精神，促进人的全面发展。这就决定了我们作家的价值取向，比之一般人，应该更加增强对世界的深刻认识、对人类的深切关怀、对社会的深度把握、对自然的深入理解、对自我的深微认知。

作家和非作家，他们是不一样的。

比如说面对大自然，我们作家是把自然当作有生命的来看。我们到了一个大山中，在大山深处，在非常寂寥、非常偏僻的地方，看到了一朵花正在开。这么大的一座山，这么深幽的一座山，没有一朵花因为没有人发现它，它便不盛开。有一首歌唱得好，“野百合也有春天”，可以想见，它的生命里有雷有电，有雨有旱，有地震，有泥石流，万千风险。让我们审视这朵花，它会有憧憬开花的童年，有蓓蕾初绽的少年，有灿烂开放的青年，也有凋落的老年和死亡。它期待着，它在开着，它在灭亡，它有这样的一个生死的过程。这么的柔弱又这么顽强，这样平淡又这样惊心动魄。当我们看到这朵花的时候，我们从“花生”身上不也看到“人生”吗？

著名作家张洁有一个演讲，提到她家“旁边的小胡同里，有一家小饭馆，饭馆门口有一棵树，饭馆里的人把洗刷之后，所有苦、辣、酸、甜、咸的脏水，都倒在那棵树下。树根下的泥土被那些脏水烫得龟裂如玻璃的碎片，或像那些极度干旱的土地，但是那棵树还活着。如果它死去，那是一个经常发生的故事，可是它还活着。你可以想象，为了活着，它付出了何等的痛苦和艰辛，比死去还要付出更多的痛苦和艰辛。每次经过那棵树,我都想把它搂进我的怀抱,给它一些温暖,让它知道,世界上并不只有那些烫伤它的脏水;或是和它一起大哭一场的失意人……我后来不敢走那条小胡同,而是绕行”。面对一棵树,面对“树生”,我们的作家是否也体会到它身上反射的“人生”?这棵树是从哪里来的?是从贵州的大山深处移植来的吗?当初它在被运往北京的时候,它是否充满了无限的庆幸和憧憬之情?我就走出大山,要进首都大北京了。然而,它被栽到这个餐馆前,经受的是这样的处境和命运,好大的雾霾啊,它会想念大山中的清风明月吗?会想念它的妹妹吗?

面对自然,是这样;面对一个具体的物象呢?这让我想起上大学的时候,我们的校长是一个诗歌评论家。他给我们讲课的时候说,诗人一定要写美的东西,比如说尿壶就不能入诗。我就想尿壶怎么不能写呢?想一想,尿壶和茶壶本是一堆泥土,工人随手抓了一把泥土做了茶壶的胚胎,另抓一把泥土做了尿壶的胚胎。尿壶和茶壶都是来自同块泥土,经过一样的1200度烈火灼烧,从炉中出来的时候一样的洁净啊,只是因为我们当初叫它尿壶,赋予它一种功能,它就和茶壶有了完全不一样的生命历程。茶壶可以堂而皇之放到讲台上供人喝茶,被人珍爱,甚至会放到博古架上展览,进入博物馆成为文物。而尿壶,它的功能就只有接尿了。白天的时候它被放置到床底下,秘不示人,晚上的时候,拿出来,把肮脏的东西倒到人家嘴里,灌到人家心里。提起的时候充满鄙夷,充满厌弃,写诗也不让入诗,质本洁来还污去,它有何罪呀?我们想一想,各位,我们是不是也有过尿壶的命运?我们奉献的是真诚，得到的是鄙夷；我们付出的是牺牲，获得的是厌弃？想一想，在这个星球上，无数的房屋，无数的床，有多少尿壶置身隐蔽的角落，默默地度过平凡甚或屈辱的一生。在“壶生”身上我们是否看到人生？这“壶生”寄寓多少“人生”的况味？

一个大作家说，一个作家可以面对一只破鞋子大发感慨。面对一只破鞋，有什么感慨的呢！我们来审视这只鞋。它是由谁做的，曾穿在谁的脚上，谁曾经牵领着它，谁曾经与它相携，谁曾经跟随着它，它走过了多少泥泞？这只鞋怎么来到这里，另一只呢？一只破鞋，一部长篇。最近我看到一篇小小说，只有一句话：“售货员：士兵，我们的鞋是成双卖的。”这士兵怎么了？他怎么来买一只鞋？他怎么来的，他从哪里来的，他的生活遇到了怎样的困境，有卖一只鞋的鞋店吗？这一只鞋能不引人深思吗？

记得1985年，我和同学们到北京师范学院来实习。我穿着妈妈给我做的布鞋，第一次走在长安街上。那时，我们诗社有一个同题征文，题目叫作《诗人》。当时我突然有了灵感：“妈妈也是诗人，她一针一线写成的诗，被我发表在长安街上。”是啊，我的鞋底是妈妈一针一线纳的啊，妈妈在做这双鞋时，融入了多少对儿子的牵挂、惦念、期待和爱啊，一个个针脚，就是一个个饱含深情的文字，我走在长安街上，我就把她的诗发表在长安街上了。好长的长安街啊，中国最大的一本刊物，上面发表了妈妈的诗！这“鞋生”包含多少“人生”的意涵！

也是那次实习，我一个同学第一次经过天安门广场，看到人民英雄纪念碑，写了一首诗，题目是《人民英雄纪念碑》，就两行：“你，中国的拇指竖在这里！”从具象上讲，纪念碑是一个拇指的形象；心象上看，1840年以来、1919年以来、1937年以来、1945年以来、1949年以来，多少仁人志士、中华儿女，为了民族独立、人民解放和国家富强、人民幸福而捐躯，他们的鲜血泼洒在这块土地上，站起来，凝结成这块丰碑，它不正是中国人民的骄傲、中华民族的骄傲吗？“碑生”承载“人生”啊。

这是面对物象，而面对其他生物呢？近期看到一个报道，有个军马场，一群母马发情，挣脱缰绳，撞破栅栏，跑到一群公马处。这些公马是等待淘汰的病马。他们享受了一次抚慰——这本是动物本性使然。故事的结局是，第二天，这群母马全部遭到处理。它们被污染了！仅仅是因为一次生理的冲动，或因为追求生命中的爱情，或仅仅是因为随大流看热闹，它们的生命从此被剥夺。听到这“马生”，我们能否想到“人生”？

面对人呢？我们常常在飞机上、公交车上、地铁上，会看到一位母亲抱着一个孩子，孩子不知因为什么，撕心裂肺、不管不顾、毫不停歇地在哭。许多人会非常烦甚至愤怒，而那母亲是那样的无力、无助、无措、无奈。我们是否会想到，这孩子怎么了？是尿了、拉了、饿了、受惊了、哪里不舒服了？甚至想到一个孩子成长的不易，想到哺育孩子的艰辛？甚或想到自己小时候也有过这样的时分，妈妈也有过这样的经历？我多次在地铁站口，看到一个衣服褴褛的妈妈在给孩子喂奶。我就想，她怎么来到北京，为什么流落到地铁门口？她遇到什么困难，人生有了这样的际遇？看到她面对孩子的眼神，那是最美的妈妈的眼神。不由自主，我会想到自己的妈妈，会联想到那个孩子是不是我。由他人想到自己，以己度人，推己及人，这就是人文情怀了。

曼德拉，大家知道，从年轻时就被白人关到监狱里，从满头黑发到满头堆雪，从额头明净到皱纹深深，他最美好的青春岁月蹉跎在白人的牢笼中。当他临出监狱的时候，他说："当我走出囚室，迈向通往自由的监狱大门时，我已经清楚，若不能把悲伤与怨恨留在身后，那么我的心其实仍在狱中。"他走出监狱的大门，他走向南非的大地，登上庄严的殿堂，他当了总统，他把白人和黑人一样看待。他是黑人的总统，也是白人的总统；他的政策施惠于黑人，也施惠于白人。因为他是南非的总统。这是什么样的情怀啊？当他去世，全世界为他垂下高贵的头颅。这是这个世纪最伟大的人，能够撇除怨恨，能够平等待人，把自由平等光照每一个南非人，这是大情怀，高贵的人文情怀。

"9·11"事件，多少人为此高兴地跳了起来。我们没法儿高兴。2996人无辜丧生啊。扪心自问，我们这个年龄，活着已经不是为了自己。我们是为父母活着的。我们会想，如果没有了我，父母怎么过？为子女活着的，为爱人活着的，如果我们万一发生了什么事，子女怎么办、爱人怎么办？为兄弟姐妹活着，我们是他们嘴角的骄傲、心里的依靠，我们万一有个阴差阳错，他们怎么活？为朋友活着、为钟爱的文学活着……那2996人，早晨本是正常告别亲人去上班，他们想着晚上还要回来一家幸福地吃个晚餐；他们如往常一样来到办公室，开始生命中平常的一天……可是罪恶的狂徒劫持了飞机，他们的生命被无端剥夺了。这都是有血有肉的活生生的人啊，是和我们一样的血肉之躯，是爸爸妈妈的孩子，儿子女儿的爸爸妈妈。每个人身后都是几十人、上百人的亲情圈。多少人从此生活破碎，人生暗淡！以这样的眼光去看那两座大楼、那两座大楼里的人们，这就是人文情怀的体现了。

作家就是这样，我们看到任何一个东西，我们都能赋予它不一样的感觉，都能发现与人的命运、人的处境、人心相连的心灵悸动，这就是作家的人文情怀。作为优秀作家，在人文素养上应该有更高的标准、更严的要求，他们应该涵养崇高的人文情怀，具备对整个人类、对全部世界的强烈关怀。

我们中华民族拥有浑厚璀璨的人文文化。咱们的老祖宗孔子的《论语》，用三句话或可以概括它的核心思想。第一句叫作“仁者爱人”，第二句叫作“己所不欲，勿施于人”，第三句话叫作“己欲立而立人，己欲达而达人”。“己所不欲，勿施于人”，自己不愿意干的事不要让别人去干。有人还说“己所欲勿施于人”，你自己愿意干的事儿，也不要让别人去干，这是一种不忍人之心。不忍是怜悯，是慈悲，是悲悯，是这样的一种情怀：把人当人看，把别人当自己看，把自己当别人看。每个人都是一个独立的人、个体的人、自由的人、有血有肉的人。“己欲立而立人，己欲达而达人”，自己站起来也要让别人站起来，自己要发达也要让别人发达，这是命运共同体观念啊。这三句话事实上就概括了孔子思想的核心。那么到了孟子也延续下来了，“老吾老以及人之老，幼吾幼以及人之幼”。像孝敬自己老人一样对待别人的老人，像疼爱自己孩子一样爱护别人的孩子。后来的历代作家，大家都知道了，许多先贤、英雄，其实也都是作家，只是我们淡忘了他们的作家角色。像陆游“位卑未敢忘忧国”的担当，范仲淹“先天下之忧而忧，后天下之乐而乐”的情怀，顾炎武“天下兴亡，匹夫有责”的志向，林则徐“苟利天下生死以，岂因祸福趋避之”的风骨，秋瑾

“粉身碎骨寻常事，但愿牺牲保国家”的决绝，左宗棠“身无半亩，心忧天下”的追求，张载的“为天地立心，为生民立命，为往圣继绝学，为万世开太平”的抱负，这些人和我们是一样的人，他们写这些句子的时候和我们年龄差不了多少。我们都是在中华文化浸润下，在中华精神沐浴下成长起来的。他们这些语言不是知识，不是口号，是体验，是生命的绝唱。那么我们是他们的时候，我们能否喊出这样响亮的、弹奏着中国文化人铮铮铁骨的、洪钟大吕的声音呢？

我们举两个人为例，一个是谭嗣同。谭嗣同，我们知道他是改革家，同时他又是作家，是知识分子。变法失败之后，当时清廷正在追捕他们，日本领馆就给他传信了，说谭嗣同赶快来领馆，来到这里你就保命了。谭嗣同说，“不有行者，无以图将来；不有死者，无以召后来”“各国变法无不从流血而成，今日中国未闻有因变法而流血者，此国之所以不昌也，有之，请自嗣同始”。毅然舍身报国，血溅北京。另一个是文天祥，大家都知道他的名句“人生自古谁无死，留取丹心照汗青”。文天祥被捕后，元世祖对他说：“汝以事宋者事我，即以汝为中书宰相。”你就像对待南宋皇帝那样对待我，我就让你当总理。文天祥说：“天祥为宋状元宰相，宋亡惟可死，不可生，愿一死足矣。”遂推出城门斩首。元世祖说：“好男儿不为吾用，诚可惜哉！”这么好的男子不能为我所用，多么可惜呀！可惜也杀了你！

一边是生，一边是死；一边是当相，一边是成尸。他们选择了死！这两颗头颅就是两粒种子，落在中国的土地上，种在这块土地上，为的是开出自由的花。“镜破不改光，兰死不改香”。镜子破了，哪怕碎成一万片，每一片碎片都可反射太阳的光芒；兰花死了，它的香仍然幽幽存在。这就是天下情怀，人文情怀！涵养德性以完善自我，建立功业以济福社会，著书立说以彰显思想，心忧天下以安身立命，这是一代一代中国知识分子的孜孜追求和担当。正如杨叔子讲的，一个国家、一个民族，如果没有先进的科学技术，一打就倒；一个国家、一个民族，如果没有优秀的人文文化，不打自倒。我们作家，在建构中华民族的优秀人文文化上有我们的责任。

但凡成就卓著的人，都具有杰出的人文素质。像毛泽东，大家知道了，他的人文素质足可撼世。周恩来，他那种怀民兴邦的入世情怀，和而不同的中庸精神，信守诺言的君子人格，谦谦君子的风度气质，也体现了一种崇高的人文素质。科学家也不例外，亚里士多德、笛卡儿等，不仅是赫赫有名的科学家，而且是著名的哲学家。爱因斯坦13岁的时候，就熟读康德的《纯粹理性批判》，13岁，想想我们的孩子13岁的时候在干什么？爱因斯坦认为哲学对他创造性的科研起到了巨大作用。诺贝尔是率先发明炸药的科学家，但他同时也是一个文学写作者，他曾经将伏尔泰的作品翻译成瑞典文，而且创作了一部戏剧《复仇的女神》。我国著名数学家苏步青，曾担任复旦大学校长，他的古典诗词功底很深。事实证明，深厚的人文素养对一个人的成功是至为关键的。

文学史上，脍炙人口的文学巨著无不充满了人文精神。许多人认为，到目前为止，中国现代思想史上没有任何一个人的思想超越鲁迅。他对中华民族的认识，对中国国民性格的认识，识之深，爱之切，鲜有人超越。他对铁屋子人的麻木和冷漠毫不留情地批判，揭示了对国家、民族、大众、他人，以至人类世界和宇宙的大关怀、大悲悯，放射出人文主义的光华。巴金的作品《家》《春》《秋》好，但是在思想史上、文学史上，大家觉得他的《随想录》毫不留情解剖自己，不怕疼，狠狠挖出自己的心，拷问伤痕累累的灵魂，成就体现民族良知的大作品。诺贝尔文学奖从1901年创立到现在已经有109名作家获奖。作为具有全球性权威的文学奖项，我们披览历届获奖者，发现他们的作品大多以崇高的思想境界和人文情怀著称。1901年，首位诺贝尔文学奖获得者法国诗人普利多姆，他的颁奖词是高尚的理想、完美的艺术和含有的心灵与智慧的实证；1908年，德国作家鲁道尔夫·欧肯，因为他对真理的热切追求、他对思想的贯通能力、他广阔的观察以及他无数作品中阐释的一种理想主义的人生哲学而获奖；1915年，罗曼·罗兰的《约翰·克利斯朵夫》获得诺贝尔文学奖，是由于作品表现了高尚情怀，以及对真理的追求；1946年，赫尔曼·黑塞的《荒原狼》获奖，是源于高度的创意和深刻的洞见；1992年，诺奖委员会以具有巨大的启发性和广阔的历史视野以及对多种文化的深刻呈现，将诺贝尔文学奖颁给圣卢西亚诗人沃尔科特；2005年诺贝尔文学奖获得者，英国剧作家哈罗德·品特的作品，则让人们深深感受到了人类长期置身其中的处境。109名，我们选了一部分，他们是因为什么获奖？除了艺术上的，很重要的就是情怀上的，价值追求层面上的，是因为给予人类不一样的启迪。所以要当大作家，出大作品，就必须呈现这样的一种情怀。以这样的情怀去写作，以作品呈现这样的情怀。

当前，应该说我们文学创作大发展、大繁荣，但是真正在文学史上叫得响、传得开、留得住的精品力作还不够多。有的作品人文主义缺失，理想主义缺失，现实主义缺失，缺乏对宇宙、人类、国家、民族、社会、民众、人生的强烈关怀，缺乏对生命意义的追问和对人生终极价值的追寻。那么表现在作品上，往往就是没有大境界、大格局、大气魄，往往是狭隘平庸乏味。对报告文学作家来说，尤其需要突出理想主义、人文主义、现实主义、批判现实主义，介入现实，介入人生，介入社会，介入世界。对于我们青年作家，亟需加强人文知识的学习、人文素养的培育、人文精神的建构。

在这里我们另外拈出一个词——哲学，来进一步探讨。

法国存在主义作家加谬说过，“任何小说都是形象化了的哲学”。对他这句话，要全面理解。并不就是说小说、散文、诗歌全是某种哲学理念的阐释、某种概念的表达，不是这样的，他指的应该是一种价值取向、思维取向，他要求我们以哲学的眼光、视野、襟怀去观察世界，观察自然，观察社会，观察人类本身。

哲学是什么？冯友兰讲，哲学是宇宙论、人生论、方法论。事实上，哲学就是对世界和人生的追问。我们抬起头来看天，浩茫的宇宙，古人说，四面八方曰宇，往来古今曰宙，宇宙从空间上无边无际，从时间上无始无终。2015年9月14日，科学家探测到由黑洞合并产生的一个时间极短的引力波信号，持续不到1秒，它经过13亿光年的漫长旅行被捕捉到。光的速度是每秒30万千米，1光年约为95000亿千米，普通民航客机跨越1光年的距离需要飞行120万年。而这个引力波来自13亿光年之外。而且，13亿光年并非终点，在其外还会有多少亿、光年之远？宇宙何其大！地球在宇宙中不过一粒小米儿。以这样的视野观察世界，世界便有了不同。

哲学是什么？印象派的画家高更有一幅名画，标题是“我们从哪里来，我们到哪里去，我们是谁”。这是一个永久的哲学命题。我原来是医学院的副院长，我的学生当医生的多。一天，一个做了骨科大夫的学生对我说：“院长，当初你给我们提出的那个哲学命题我懂了，我能回答了。”他说，“我从产房走来，我向太平间走去，我是一个病人。”说得多好啊，我们人类就生在产房，死在太平间，人与人的不同往往就在于进出医院次数的不同。“我是个病人”，更是概括了人的状态。另有一个诗人说，对这个命题，他是这样理解的：“我从大地走来，我向大地走去，我是成长的人、变化的人。”我们生在大地上，无论是炕上、床上、草窝里，其实都是大地上，我们开始爬，后来站，后来慢慢长高，离土地的距离越来越远，到了我这个年龄又离大地的距离越来越近了，最后成为大地的一个负数，埋到大地里，成为人地的一部分。我们不就是拥有这样一个人生吗？我们出生前在哪里，死后去了哪里，我们是怎样度过自己的一生？这样的问题我们考虑得太少了。

人是可以从两个视角来看的，一个视角，我们是肉体的我、物质的我、生理的我；另外一个视角，我们又是灵魂的我、精神的我、心理的我。人就是灵与肉的统一。但往往我们就沉入具体的生活，过着具体的日子，往往就走不出来了。什么叫作人生？有人说酒、色、财、气是人生，现在我们的生活里又出现了一样东西——手机。不管到哪里，你看一看，地铁里，会场上，人们都在玩手机。酒色财气加手机，这成为许多人的生活。许多人就失去了对世界的惊奇,对人生的疑惑。而当我们对宇宙开始思考,对大千世界开始思考,对人生开始思考,对宇宙与人生的关系开始思考,我们就站出去了,可以俯瞰人生,俯瞰世界,俯瞰一切。这样,我们的思维就能够打开了,能够思考一些大的问题。

事实上一切杰出的作家无不是思想家，无不具有哲学上的深厚造诣,无不接受哲学的熏陶。我们看看现代文学史吧。鲁迅的思想更多受到尼采的影响。尼采哲学,是关注人的,是对传统价值进行重新估价,鲁迅也是对整个传统文化进行了重新估价,意在改造国民性和“立人”。郭沫若,郭沫若受过康德、尼采、叔本华、克罗齐等人哲学思想的影响,克罗齐的“艺术即直觉、直觉即表现”深刻影响了郭沫若。茅盾深受马克思主义的影响,他的阶级分析的方法、社会分析方法,都是从马克思那里来的。巴金,有人说“巴金”这个笔名是从巴枯宁和克鲁泡特金这两个名字中来的,他确实深受巴枯宁和克鲁泡特金无政府主义的影响。老舍,老舍深受英国哲学的影响,他曾写过一篇《老张的哲学》。曹禺说:“一个剧作家应该是一个思想家才好，一个写作的人，对人类,对社会,对世界,对种种大问题,要有一个看法。作为一个大的作家,要有自己的看法,自己的思想,自己的独立见解。”曹禺广泛涉猎东西方的哲学著作,老子、叔本华、尼采、所罗门等等,这样的一些哲学人物,以及他们的哲学著作、哲学思想,对曹禺产生了巨大的影响。中国现代文学史上鲁、郭、茅、巴、老、曹,这六个人,是最著名的六大家。再说冰心,冰心的哲学是爱的哲学、美的哲学,基督教教义、泰戈尔哲学和童年的经验,三者发力形成了她的哲学。仔细回味,我们发现他们七个人,都是出生在传统的中国家庭，受到了中国传统思想的影响；后来又都出国留学，接受了西方哲学思想的影响；“五四”时期，都来过北京，接受了“五四”精神的洗礼。他们的作品无不充满着哲学的意味，他们的创作过程无不接受了哲学思想的熏陶。

再说当代。史铁生，我认为史铁生的《我与地坛》是中国当代散文史上的第一名篇。你看，他写到了地坛中所见到的人物。他写到15年前，一对中年夫妇，他们总是在薄暮时分来园中散步，他们是逆时针绕着园子走，男人个子很高，肩宽腿长，走起路来目不斜视，他的妻子攀了他一条胳膊走。刮风时他们穿了米色风衣；下雨时，他们打了黑色的雨伞。夏天，他们的衬衫是白色的，裤子是黑色的；冬天，他们的呢子大衣又都是黑色的。15年中他们或许注意到一个小伙子进入了中年，他则看着一对令人羡慕的中年情侣，不觉间成了两个老人。人生的那种沧桑感，它所包含的那种哲学的况味，就在这样的一圈一圈的散步形成的年轮中呈现了。他写到一个小伙子，在“文革”中，因为说话受到处理，他想通过长跑获取成绩，来改变自己的命运。第一年他在春节环城赛上跑了第15名，他看见前10名的照片都挂在了长安街的新闻橱窗里；第二年他跑了第4名，新闻橱窗里只挂了前3名的照片；第三年他跑了第7名，橱窗里挂了前6名的照片；第四年，他跑了第三名，橱窗里只挂了第一名的照片；第五年，他跑了第一名，橱窗里只有一幅环城赛群众场面的照片。人生就是一场大荒诞呀，大荒诞。人生的那种含义，那种荒诞性，那种不可确定性，那种隐匿性，那种哲思，都在这里面体现出来了。

人生是什么呀？生命是什么呀？他写道：“那时你可以想象一

个孩子，他玩累了，可他还没玩够呢，心里好些新奇的念头甚至等不及到明天。也可以想象是一对老人，一个老人，无可置疑的走向他的安息地，走得任劳任怨，还可以想象一对热恋中的情人，互相一次次说‘我一刻也不想离开你’，又互相一次次说时间已经不早了。时间不早了，可我一刻也不想离开你，一刻也不想离开你，可时间毕竟是不早了。我说不好我想不想回去，我说不好是想还是不想，还是无所谓，我说不好我是那孩子还是那老人，还是一个热恋中的情人。很可能是这样，我同时是他们三个。我来的时候是个孩子，他有那么多孩子气的念头，所以才哭着喊着闹着要来，他一来，一见到这个世界便立刻成了不要命的情人，而对一个情人来说，不管多么漫长的时光，也是稍纵即逝，那时他便明白，每一步每一步，其实一步步都是走在回去的路上，当牵牛花初开的时节，葬礼的号角就已吹响。但是太阳它每时每刻都是夕阳，也都是旭日，当它熄灭着走向山，去收尽苍凉残照之际，正是它在另一面燃烧着爬上山巅散布烈烈朝晖之时。有一天，我也将沉静地走下山去，扶着我的拐杖。那一天在某一处山洼里，势必会跑上来一个欢蹦的孩子抱着他的玩具，当然那不是我。但是那不是我吗？”

你看他对世界的认识，不是充满了哲思吗？一个人来到世界上，他与世界的关系，是孩子，是情人，又是老人，他必然要回去的。一个人来到这个世界上，就决定了他必然要死。我们来到这个世界上，我们出生的时候，上帝就确定了，你要死的，人生的过程就是向死的过程。死是一个不必着急必然到来的盛大节日。这是史铁生的认识。

还有一个学员给我讲他对生与死的认识，他说有人说人生是不可能完美的，他说人生包含了生和死两个事儿。既然这个死是存在的，那么人生的一半已经是不完美了，那么我活着的这个时候，应该是可以完美的。我说你这是对人生有思考了。就是这样的一些思考渗透到我们的创作中，打动人心。

张承志，他作品中体现的那种强烈的生命意识，对生命存在、生命意义的追寻，使他的作品充满了哲学意味。张承志的作品，流动着那种哲学的音乐，缓缓流淌着那种哲学的河流，大家读他的作品都会受到深深的哲学的震撼。

刘震云，大家读过刘震云的作品，他的每一个作品都是思考一个哲学道理。比如说《一地鸡毛》，他是在讲大和小的概念；《我不是潘金莲》，是讲一个芝麻怎样变成了西瓜，一个蚂蚁怎样变成了大象的故事；《一九四二》，思考的是这个民族对待苦难的态度。刘震云说："文学是干什么用的呢？大家可以说它是讲故事用的，但是我的文学主要不是讲故事，而是一种思考。"

毕飞宇，对于毕飞宇与哲学的关系，有一个评论家谈到，追根溯源可以回溯到他的大学时代。大学时代的毕飞宇对哲学问题所思甚深，那时候的他似乎天生为哲学而生，他成天在康德、马克思、黑格尔等等那里驻扎，很多时候成天都不会说一句话，双眉紧锁。有人问他："毕飞宇，你最近在读什么书啊？"他说在读一些哲学的逻辑的书。他大量的时间在读哲学、逻辑学。他对哲学达到了着迷的、入迷的、痴迷的程度。

余华，余华的《许三观卖血记》，大家应该好好看一看。《许三观卖血记》，就是一个简洁的活动舞台，上面人的动作是重复的，就是一遍遍地去卖血，第1次，第2次，第3次……第12次，12次卖血的故事。12次暗含了一年中的12个月份，12次是否充满了哲学的寓意？

鲁、郭、茅、巴、老、曹、冰，史铁生、张承志、刘震云、余华、毕飞宇，我给你们提供了12个人，是否有寓意？

生活中处处充满了哲理、哲思、哲意、哲学，它们氤氲在我们的空气中，流淌在我们的眼波中，回环在我们的大脑中。我曾经到农村一个中学支教，在那里度过了一年的时光。有一个秋天的黄昏，我和几个同事到田野中去散步。那个时候高粱、玉米、大豆都已经收割尽了，阔大田野一派空旷。这个时候我突然想，我停下来，听一听田野中有什么声音。在大平原的人都会有过这种体会，在农村生活过的人都会有过这种体会，你在黄昏的田野中，你停下来谛听时，你会听到一种声音，但是你仔细听的时候，又没有了。有这种感觉：我听到是一种音乐的声音，缥缥缈缈，似有若无。在鲁北，一对新人要结婚，一般是早晨天色朦胧的时候，前一天的傍晚在男方家门口，就敲锣打鼓，吹唢呐，非常热闹。另外是老人殁世，家门上的黄幡在夕阳里懒懒地摇摆，街筒子里就走来一个或几个吹唢呐的，后面跟着一队长长的白衣子孙，那男的常常是一哭三叹，涕泪皆流；那女的则拖着长腔，像婉转地唱。那么这个时候，是发生了什么事情呢？大家看我，看我一眼，就在刚才你们看我一眼的这一瞬间，医院产房里，一个孩子刚刚降生；你们看我的这一瞬间，一个老人，刚刚咽下最后一口气。我们在这儿交谈，这个时候，正有个孩子生出来，有一个老人死了，有一对新人在商量着明天办喜事；正有人高兴，兴高采烈；正有人痛哭，痛哭流涕；还有人在那里窃窃私语，还有人在那儿搞着阴谋诡计。就在这一瞬间，这个世界发生了多少事情。“一辆地板车丁零丁零斜过田野，碾动鲁北的黄昏，小黑驴沉思般低头前行，天边的太阳紫红地照耀着它们。”这辆小驴车呀，它是生活，它是人生，它是命运，它是世界。生与死，痛苦和欢乐，失败和成功，高尚和卑下，都被它负载着前行。这一眼啊，充满着哲学，这个世界上那些对立与统一，那些矛盾共同体，那些过程，那些系统，都在这一眼中存在着。我们的生活就是这样，我们生活在哲学中，就看我们能否有第三只眼睛去看世界，去看别人不能觉察的那个世界，去看那个真实存在的隐匿着的那个世界，去看精神的另一个世界。世界上不是没有故事，根本在于我们是否有第三只眼睛去发现。

我们观察世界，观察自然，观察社会，观察人的内心，我们会发现它的复杂性、丰富性、浑然性，发现它的偶然性、必然性、不可知性。报告文学，我感觉至少是四个方面需要考虑：新闻和文学的统一，新闻宣传与文学创作的统一，入乎其内和出乎其外的统一，道与术的统一，理解好这四个关系。

我们今天讲了人文情怀与哲学的意蕴，不是讲用我们的作品去诠释某一种哲学理念、哲学概念。中国传统文化中，中国美学的最高境界是什么呢？是“花未全开月未圆”。花全开了，它就缺少意味了；月全圆了，它就缺少想象了。我们讲哲学意蕴只是以哲学的眼光，以另外一种眼光，提供给大家一种方向，用这样的眼光去观察世界，体验世界，叙写世界；不是说要写出当年我们上中学的时候，老师讲的卒章显其志。真正好的作品是混沌一片，一片混沌，不同的人在它里面读出不同的感觉。它没有明确的意志，没有明确的概念，没有明确的什么中心思想。它是藏着的，藏得越深，艺术水平越高，越混沌，越丰富，越多义，越博大。

真诚希望我们的各位学员能够用这样的一种情怀拥抱世界，以这样一种视角去观察世界。哲学给予我们黑色的眼睛，我们用它去寻找光明。